D1347396

Ho
9/09

2 9 MAY 2013

2 5 NOV 2009

2 3 FEB 2011

1 4 AUG 2013

- 9 DEC 2014

1 4 APR 2011

1 5 APR 2015

5 - APR 2012

1 2 FEB 2018

- 1 MAY 2012

1 1 OCT 2019

2 7 APR 2013

Er cof am Mam

Manon Steffan Ros
Fel Aderyn

y Lolfa

Diolch i:
Nic ac Efan am y cariad, y gefnogaeth a'r chwerthin;
Nain a Taid Bont am y sgyrsiau;
Lisa Markham a Laura Micah o Lyfrgell Tywyn
am roi llonydd i mi weithio, ac am hwylio paneidiau i mi;
holl staff y Lolfa yn enwedig i Alun Jones
am fod mor garedig, gweithgar a chefnogol.

HO

ı Cyf., 2009

Dymuna'r cyhoeddwyr gydnabod cymorth ariannol
Cyngor Llyfrau Cymru

Cynllun y clawr: Sion Ilar

Rhif Llyfr Rhyngwladol: 9781847711205

Cyhoeddwyd ac argraffwyd yng Nghymru
gan Y Lolfa Cyf., Talybont, Ceredigion SY24 5HE
gwefan www.ylolfa.com
e-bost ylolfa@ylolfa.com
ffôn 01970 832 304
ffacs 832 782

Y TEULU

Jane

Leusa a Siôn Vaughan

Sioned Evans

Sybil
(Ronald, ei gŵr)

Ruth ac Edwin Ellis

Nanw
(Sara a Miriam, ei chwiorydd)

Wil Ellis

Mina Ellis a Carwyn (y Ficer)

Lisa

PENNOD 1

MINA: 2009

Cysgodion yn symud. Sŵn crio a sibrwd, ac arogl blodau. Dwi'n marw, yn araf; yn syrthio fel deilen o goeden i rywle clyd, cynnes. Mae'r brifo, hyd yn oed, wedi dod i ben.

Mae'r cysgodion hirion o amgylch fy ngwely yn sniffian crio, eu lleisiau'n ynysig a dwfn, fel petaen nhw'n siarad trwy dwnnel. Dwi'n trio gwenu, weithiau, ond mae fy meddwl i wedi'i wahanu'n gyfan gwbl oddi wrth fy nghorff.

Dwi'n fwy marw nag ydw i'n fyw.

Pasio wna'r dyddiau, y blodau yn y fasys yn gwywo, ond mae'r hen gorff yn dal i gydio mewn anadl, yn dal i bwmpio'r gwaed. Mae rhyw lais cyfarwydd yn sibrwd yn fy nghlust,

'Mae'n iawn, 'wchi. Gewch chi ollwng gafael rŵan. Does dim rhaid i chi frwydro dim mwy.'

Ond dydw i ddim yn brwydro... Dim ond cofio'r hen fanylion.

Mae ambell i gysgod yn yr ystafell yn gwingo, a dwi'n sylweddoli eu bod nhw'n fud, yn dywyllach na chysgodion eraill. Maen nhw'n symud yn gwmwl tuag ata i, ac yn plygu dros fy ngwely.

Mae'r niwl o flaen eu hwynebau yn cilio, a dwi'n gwenu.

PENNOD 2

NANW: 1939

Ytu ôl i'r sinema, a'r awel fain yn miniogi'r awyr, ymestynnodd y cysgodion dros oleuni oren lampau'r stryd, a dringodd yr eiddew y waliau llwydion fel ysbrydion. Tynnodd Nanw ei chôt yn dynnach am ei chanol, gan addo iddi hi ei hun na fyddai'n aros yn hirach na phum munud arall. Gallai deimlo'r lympiau bach yn codi ar ei breichiau wrth i'r oerfel dreiddio drwy'i dillad a chripian ei chnawd.

Roedd ffenestri'r tai cyfagos yn ddu ac yn wag fel llygaid dall, ambell un â rhimyn aur yn fwclis o'i gwmpas wrth i'r golau orlifo drwy'r llenni. Crogai'r lloer yn gylch perffaith lliw hufen yn y nen, a'r ffurfafen o'i chwmpas yn las tywyll melfedaidd, gan wrthod troi'n ddu er ei bod hi'n hanner awr wedi naw. Hanner awr wedi naw, meddyliodd Nanw gan sbecian ar ei horiawr. Mi fyddai ei mam yn dechrau poeni.

'Ydw i'n hwyr?'

Neidiodd Nanw wrth glywed llais Wil, a chododd ei llaw i'w gwddf. Ochneidiodd wrth weld cysgod du ei chariad yn ymddangos o'r stryd, ei anadl yn creu cymylau bach o olau a godai i'r düwch fel stêm.

'Paid â bod yn flin, Nan.'

Gallai Nanw glywed y wên yn ei lais, a theimlodd ias o bleser yn llyfu i lawr ei gwar wrth iddo agosáu, ei gamau'n bendant ar y concrit, cyn gosod ei law fawr ar ei braich. Teimlai gynhesrwydd ei gyffyrddiad drwy ei siwmper a'i chôt, a chyffyrddodd â'i siaced gyda blaenau ei bysedd main, fel y breuddwydiodd am gael gwneud drwy gyda'r nos. Y siaced las, sgwâr, gyda'r pocedi twt a'r botymau bach arian yn llyfn o dan ei chyffyrddiad, fel plu adar bach.

'Wyt ti'n lecio'r iwnifform, 'ta?' Gwenodd Wil arni eto, yn ddannedd syth i gyd, cyn ymestyn i'w siaced a thynnu bocs sigarennau. Gwyliodd Nanw wrth iddo osod sigarét rhwng ei wefusau, a'i goleuo gydag un fflic bach o'i fawd ar y leitar arian. Roedd rhyw swyn yn perthyn i'r broses, i'r dwylo medrus a'r gwefusau brwd. Trodd Wil ei lygaid at Nanw, gan aros am ateb i'w gwestiwn.

'Smart iawn,' atebodd hithau, gan drio swnio'n ddi-hid wrth wylio'r golau oren ar big ei smôc yn creu llwybr rhwng ei geg a'i law. Teimlai'r mwg yn clymu o'i chwmpas fel rhuban llwydlas.

'Oeddet ti lecio'r pictiwr 'ta, Nanw?'

Gwenodd Wil unwaith eto, ei lygaid yn crychu yn y corneli. Er ei bod hi'n ddigon tywyll i'r nos guddio manylion ei wyneb, a bod lliw'r môr mewn storm wedi diflannu o'i lygaid, eto edrychent fel ffenestri lliw nos.

'Dim yn ofnadwy,' meddai Nanw, gan edrych i ffwrdd. Y gwirionedd oedd iddi dreulio'r rhan fwyaf o'r pictiwr yn sbio draw i'r chwith, dwy res yn nes at y sgrin, yn gwylio cefn ei ben, yn dotio at y newid yn siâp ei fochau wrth iddo wenu, yn gwirioni at lyfnder melfedaidd ei siaced newydd, gan anwybyddu'n llwyr yr holl sŵn saethu a chwffio a daranai o'r sgrin.

'Rwyt ti'n edrach yn biwtiffwl.'

Dringodd llygaid Wil o'i choesau, i'w gwast, at ei bronnau, gan wneud i Nanw eisiau ei gusanu a rhoi clewt iddo 'run pryd. Gwyddai fod y siwmper a'r sgert ddu'n gweddu iddi, gan greu ffigwr wyth siapus o'i chorff ifanc meddal. Tynnodd Wil y smôc o'i geg a'i thaflu hi ar lawr, heb drafferthu diffodd y tân gyda'i esgid. Llosgai'r mygyn yn oren cynnes yn y tywyllwch.

Roedd y gusan, i ddechrau, yn feddal, ei wefusau yn symud dros ei rhai hi'n gelfydd, gan sugno'n ysgafn ar ei gwefus isaf. Roedd Nanw wedi arfer gyda'i gusan erbyn hyn, ond roedd o'n dal i gynnau nwyd tanllyd ym mêr ei hesgyrn, fel pe bai rhywbeth yn berwi a ffrwtian yng nghrombil ei bol. Gwyddai fod patrwm pendant i ddigwyddiadau yn y tywyllwch yng nghwmni dyn, ac arhosodd i'w fysedd gyrraedd ei siwmper.

Roedd ei gledrau'n boeth ar ei bronnau, yn cwpanu'r cnawd ac yn eu gwasgu'n dyner. Symudodd ei wefus at ei gwddf, at y man gwyn tu ôl i'w chlust oedd yn wendid ynddi. Roedd teimlo ei dafod yn ei chyffwrdd yno yn ormod i Nanw, ac er mawr gywilydd iddi, gollyngodd ebychiad bach nwydus. Gan gymryd ei sŵn fel arwydd o gytundeb, suddodd dwylo Wil i lawr at hem ei sgert.

'Wil...'

'Nanw... Nanw...'

'Ddylien ni ddim...'

'Ond dwi'n mynd i'r rhyfel, Nan... Dwi angen rhywbeth i gofio amdanat ti.' Mwythodd Wil ei phen-ôl yn annwyl, ei lais yn anadlu yn ei gwallt.

'Ond... Be am...'

'Plis, Nanw! Wna i'm deud dim byd, dwi'n addo...'

Heb yn wybod iddi hi ei hun, roedd Nanw wedi penderfynu cyn heno. Pan glywodd hi ei fod o'n trenio i fod yn beilot yn y llu awyr, plygodd rhywbeth ynddi ac ymgollodd yn rhamant ei alwedigaeth newydd. Mi fyddai o angen gwybod bod rhywun adref yn aros amdano, rhesymodd, angen gwybod bod rhywun yno'n meddwl y byd ohono. Nodiodd Nanw, a synnodd wrth weld cyflymder ei symudiadau; tynnodd ei siaced felfed a'i gosod ar lawr gan ofalu bod y leinin ar y pridd oer.

Wnaeth o ddim brifo, nid y tro hwn. Roedd Wil yn dyner, yn araf, yn bodio ei hwyneb yn gariadus cyn iddo gyflymu a dechrau udo'n dawel i mewn i'w gwallt. Yr eiliadau wedyn oedd yn aur i Nanw, yr eiliadau o lonyddwch tawel, ei bwysau'n drwm ar ei chorff, arogl y Brylcreem yn ei wallt yn llenwi ei ffroenau. Doedd o'n ddim byd tebyg i'r tro dwytha.

Y tro dwytha. Ceisiodd Nanw wthio'r ddelwedd o'i meddwl gan ganolbwyntio ar Wil yn cau ei falog yn chwithig, cyn cynnig papur tŷ bach a gymrodd o'r *gents* yn y pictiwrs. Y tro dwytha. Triodd Nanw ddileu'r ddelwedd, ond roedd yr atgof wedi dengyd o'i focs bach yn ei meddwl rŵan, a methai gael gwared ar rygnu Gordon o'i chof, ei wingo afreolus fel petai o'n cael ffit, a'i wyneb tyn wrth iddo wneud synau bach annynol. Roedd o wedi brifo, a gwaedodd Nanw. Bu'r noson honno fel bom ar ei synhwyrau, sŵn y tonnau cyfagos fel rhu anifail rheibus, a'r tywod yn crafu ei phen-ôl a'i chluniau'n frwnt. Gallai flasu'r halen am ddyddiau wedi'r digwyddiad, gan ddioddef hunllefau tywyll am y gwaed yn dripian i lawr ei choesau ac yn cael ei amsugno i mewn i'r tywod, yn llifo'n ffrwd i grombil y ddaear.

Eisteddodd Wil wrth ei hymyl gan danio sigarét arall, cyn cynnig un i Nanw. Cytunodd hithau, am ei bod hi'n oer, a mwynhaodd ddychmygu'r mwg llwydlas yn dawnsio o amgylch ei brest a'i stumog. Cysidrodd yn dawel y posibilrwydd o ddechrau smocio o ddifri, er y byddai'n rhaid iddi guddio'r ffaith rhag ei mam. Mynnai na fyddai Nanw na'i chwiorydd yn cyffwrdd mewn sigarét, gan dwyllo ei hun na allen nhw arogli'r mwg chwerw-felys yn codi o'r ardd i ffenestri'r llofft liw nos.

'Wna i ddim anghofio amdanat ti, Nan, pan fydda i yn yr awyr,' meddai Wil yn daer. Dawnsiai stumog Nanw mewn cyffro, gan gymysgu â'r teimlad penysgafn breuddwydiol a blannwyd ynddi gan y nicotîn anghyfarwydd.

'Pryd fyddi di'n mynd?' Gwirionai Nanw ar yr effaith a gâi'r baco ar ei llais, gan ei fod yn gwneud iddi swnio'n hŷn.

'Trên deg. Mae 'na chwe wythnos o *training* ar ôl, ac mi ga' i'n adenydd wedyn.'

'Adenydd?' Dychmygodd Nanw ei chariad yn tyfu dwy aden gref o gefn ei siaced las, fel angel, a'r plu'n feddal ac yn wyn.

'Dyna maen nhw'n ei ddeud, pan fo rhywun wedi llwyddo yn ei dreining i hedfan awyren.'

Mae meddwl amdano'n rheoli lwmpyn mawr o fetel, yn llawn bwledi a bomiau, yn well na meddwl amdano'n blu i gyd.

'Lle wedyn?'

'Ffrainc, a Jyrmani, ma'n siŵr. Er, ma'r peilots gora'n mynd i dreining camps, i helpu treinio peilots erill.'

'Dyna wnei di, ma'n siŵr.' Roedd bod mewn *training camp* yn swnio'n saffach na hedfan mewn awyr yn llawn bwledi'n chwibanu tuag ato. Ond ysgydwodd Wil ei ben.

'Fedra i 'mond gwneud gwahaniaeth go iawn os bydda i'n hedfan eroplên a llond ei bol hi o fomia.' Chwythodd y mwg drwy ei ddannedd. 'Paid â phoeni amdana i, Nanw fach, bydda i'n berffaith iawn.' Gwridodd Nanw yn y tywyllwch gan wybod bod Wil wedi sylweddoli cymaint roedd hi'n poeni amdano. 'Duw a helpo'r Natsis ar ôl i ni gyrraedd *German airspace*. Mi fydy y rhyfal drosodd o fewn mis.'

Cododd Wil ar ei draed gan gynnig ei law iddi. Cododd

Nanw ar ei thraed gan deimlo'r tamprwydd cynnes yn lledu rhwng ei chluniau. Cododd Wil ei siaced a'i brwsio gyda chledr ei law. 'Well i mi fynd. Dwi 'di gaddo cwrdd â'r hogia yn y Corbett am un bach.'

Cafodd Nanw ei siomi, er iddi sylweddoli mor ddwl oedd y ffasiwn deimladau. Roedd hi wedi gobeithio y byddai yntau'n ymlwybro i'w gartref, yn troi'r lôn droellog i'r Hafod ac yn breuddwydio amdani hi wrth i'r lloer sgleinio ar y Brylcreem yn ei wallt.

'Wnei di'm brifo, Wil, na wnei?' Difarodd ofyn y cwestiwn cyn gynted ag y dihangodd y geiriau o'i cheg – doedd dim posib cuddio'i hoffter ohono rŵan. Gwenodd Wil, ac roedd rhywbeth ym mwa'r gwefusau yn cau ei llwnc ac yn gwneud i'w llygaid gosi, fel petai hi ar fin crio.

'Dim mewn treining camp, na wna.' Gwthiodd ei wefusau cochion meddal at ei boch, a theimlodd Nanw ei anadl fel sibrwd ar ei grudd. 'Mi sgwenna i, dwi'n addo.'

Arhosodd Nanw am ychydig ar ôl iddo adael, gan bwyso'n erbyn wal y sinema, yn ail-fyw pob gair, pob cyffyrddiad, pob edrychiad gan wenu. Mynnai'n dawel na fyddai byth yn anghofio hyn, yr arogl, y blas na golau'r lloer uwch eu pennau. Erbyn iddi gychwyn am adref, roedd y teimlad o gael ei chariad yn sugno'i gwefus yn teimlo fel hen atgof.

Cymerodd ei hamser i gerdded adref ar hyd Stryd Fawr Tywyn. Roedd gan Now Daniel ddillad newydd yn ffenest ei siop, a safodd Nanw am ennyd i syllu ar flows felen, a blodau nâd-fi'n-angof yn wynebau bychan drosti. Sylwodd wedyn fod Nansi'r groser wedi tynnu'r holl ffrwythau a'r llysiau o'r ffenest dros nos, ond roedd un afal coch wedi dengyd o'i chrafangau, ac yn eistedd yn falch ar y gwair smalio a welai drwy'r gwydr. Stopiodd Nanw i syllu am ychydig, a dychmygu mai hwn oedd yr afal perffeithiaf iddi ei weld erioed – yn goch fel gwaedlif, heb friw na brycheuyn ar ei gnawd.

Ffenest siop Blooms oedd yr un a daniodd ei dychymyg fwya, a safodd Nanw gan syllu drwy'r gwydr – ei gwefusau wedi'u gwahanu rhyw ychydig, fel petai'n eneth fach. Gorweddai lês y tu hwnt i'r ffenest, yn we pry cop dan lygad y lleuad – mor fychan a chywrain oedd y patrymau arno, a'r gwyn yn lân fel llaeth. Mi fyddai'r ddynes a wisgai hwn ar ddydd ei phriodas yn bictiwr, meddyliodd Nanw, yn enwedig o gael feil yn yr un patrwm: ambell berl yn crogi, efallai, ar dalcen y briodferch, fel dagrau wedi'u rhewi. Dychmygodd hi ei hun yn cario tusw o eirlys rhwng ei bysedd hirion, yn wyn i gyd heblaw am binc ei gwefus a'r fflach o aur ar ei bys. Mi fyddai'n cyrlio'i gwallt, breuddwydiodd Nanw, a rhoi clip siâp iâr fach yr haf i'w gadw yn ei le. Byddai Wil yn gwisgo'i iwnifform, wrth gwrs, a'r adenydd bychan ar ei siaced yn cusanu braich ei ffrog wrth iddyn nhw sefyll ysgwydd yn ysgwydd yn nrws yr eglwys.

Trodd Nanw i lawr i'r dde i Ffordd Cader Idris, gan dynnu anadl cyflym wrth weld cwmwl du o adenydd yn codi o'i blaen. Diflannodd y brain i'r nos, gan adael twmpath bach o gig ar y pafin. Roedd arni ofn edrych, ofn gweld be dynnodd y brain o'u nythod mor hwyr ar noson mor fain, ond trodd ei chwilfrydedd ei llygaid at y pentwr bychan.

Gwingai'r cyw bach ar y palmant llwyd, ei big oren yn ddychrynllyd o fawr a llachar yn agor a chau'n fud ac yn hyll. Roedd plisgyn ei wy yn gragen bigog o'i amgylch, a gwnâi cnawd pinc di-blu iddo edrych fel baban bach afluniaidd. Roedd y brain wedi pigo'i groen a gadael briwiau bach tyllog yn ei gnawd.

Plygodd Nanw i gael gwell golwg arno, gan ryfeddu at ei

hylltra. Cysidrodd, am eiliad, a ddylai fynd ag e adre, golchi ei glwyfau mewn dŵr a halen, codi mwydod o'r pridd yn yr ardd a'u chwifio'n demtasiwn uwchben ei big diolwg. Prin y rhoddodd amser i'r syniad afael ynddi cyn iddi benderfynu peidio; roedd meddwl am y corff llyfn pinc yn gwingo yng nghledr ei llaw yn saethu ias i lawr ei chefn. Gadawodd yr wylan fach ddiniwed i wynebu ei thynged ar ei phen ei hun, a cherddodd adref, â chlic-clacian ei sodlau yn poeri'r nos.

Wrth droi bwlyn y drws i'w chartref, cafodd Nanw hanner eiliad o banig, a'r chwys oer yn peri iddi grynu. Beth pe bai ei mam yn dod i wybod? Beth pe dyfalai, wrth weld wyneb ei merch, ei bod hi wedi...? Ond na, rhesymodd Nanw i dawelu ei meddwl ei hun. Wnaeth hi ddim amau dim ar ôl i Nanw dreulio hanner awr chwyslyd yng nghwmni Gordon, felly go brin y gwnâi hi rŵan, chwaith. Tynnodd ei chot a'i hongian ar y bachyn yn y coridor. Roedd y got yn lân, yn daclus, yn ddu fel y nos tu allan, ac yn ddigon dilychwin i gadw holl gyfrinachau Nanw yn ei phlygion syth.

Roedd Sybil, ei mam, yn eistedd yn ei chadair o flaen y tân, yn darllen llyfr clawr lliw aeron cochion. Trodd i edrych ar ei merch wrth iddi sleifio drwy'r drws, ei llygaid yn craffu dros ei sbectol hanner lleuad.

'Pictiwr da?'

Nodiodd Nanw ei hateb ac eistedd ar erchwyn y soffa fach, gan ganolbwyntio ar edrych yn ddiniwed.

'Hir iawn, ma'n rhaid.'

Cymerodd Nanw gip ar y cloc ar y silff-ben-tân, a'i hwyneb yn datgan ei bod hi'n dair awr ers dechrau'r ffilm. 'Eirian Penrallt yn mynnu stopio ar y ffordd i edrych yn ffenestri'r siopau. Ro'n i'n trio'i cha'l hi i frysio, ond ro'n i'n meddwl ei bod hi'n well i mi beidio'i gadael hi.'

Daeth y celwydd yn llif hawdd oddi ar ei thafod, heb iddi orfod meddwl am y peth. Dychmygodd y byddai Eirian yn defnyddio'r un esgus yn union, ar ôl iddi dreulio hanner ola'r noson yn nwylo caled un o'r soldiwrs o gamp Tonfannau.

'Mi wnest ti'n iawn. Wyt ti am gael rhywbeth i'w fwyta?'

'Dim diolch.' Cododd Nanw ar ei thraed, wedi cael cadarnhad nad oedd hi mewn unrhyw drwbl, a dylyfodd ei gên yn swnllyd. 'Nos dawch, Mam.'

'Nos dawch, 'yn lodes i.' Trodd Sybil yn ôl at ei llyfr, a'r tân yn goleuo'r blew gwyn oedd yn wythiennau main yn ei gwallt tywyll.

Gwyddai Nanw y byddai'r ddwy yn aros amdani, ac yn siŵr iawn, roedd ei chwiorydd yn gorweddian ar ei gwely, yn edrych i fyny arni'n eiddgar wrth glywed eu chwaer fawr yn cyrraedd adref. Roedden nhw'n dlws, mewn ffordd ddiniwed, â'u llygaid gleision llydan a'u gwallt tywyll tonnog yn powlio'n sidan i lawr eu cobanau gwynion.

'Wnest ti?' gofynnodd Miriam yn llawn cyffro, ac atebodd ei chwaer gyda gwên fach gyfrin. Gwichiodd yr efeilliaid a chydio ym mreichiau ei gilydd mewn cyffro, nes i Nanw eu hatgoffa'n llym fod Sybil, eu mam, yn y gegin a'i bod hi'n bwysig na ddeuai hi byth i wybod. Nodiodd y ddwy yn ddwys, a'u llygaid yn llydan. Byddai'r ddwy wrth eu boddau yn clywed hanesion eu chwaer fawr, gan ddal eu gwynt a chwerthin yn y mannau priodol wrth iddi adrodd ei straeon (yn enwedig ar ôl clywed hanes Nanw a Gordon. Bu'r ddwy yn sibrwd eu sgwrs yn eu gwely tan chwarter i dri'r bore wedyn.)

'Wnaeth o frifo'r tro 'ma?'

Ysgydwodd Nanw ei phen, cyn eistedd o flaen ei bwrdd pincio i dynnu'r pinnau o'i gwallt. Syrthiodd hwnnw'n gudynnau cyrliog o amgylch ei hwyneb, a syllodd i fyw ei llygaid ei hun yn y drych. 'Roedd o'n neis. Mae o'n gymaint gwell pan 'dech chi mewn cariad.'

Plesiodd hyn ei chwiorydd, gan wneud iddyn nhw wenu'n gyffrous.

'Be ddeudodd o wedyn... Ar ôl i chi...?'

'Dweud cymaint roedd o'n mynd i weld fy isho i pan fyddai o i ffwrdd.' Tynnodd y brwsh drwy ei gwallt, gan edrych ar adlewyrchiad Sara a Miriam yn y drych. 'Dweud cymaint ro'n i'n ei olygu iddo fo... Roedd o bron â chrio wrth feddwl am 'y ngadael i.'

'Ond wnaeth o ddim?' meddai Sara wrth grychu ei thalcen.

'Tydi peilots ddim yn crio, siŵr.'

Nodiodd y ddwy fel petai hynny'n gwneud synnwyr perffaith, a bron na sylwai Nanw iddi liwio cymaint ar y gwirionedd. Eisteddodd y tair mewn tawelwch am ychydig, gan gysidro'r stori ramantus oedd yn blaguro o flaen eu llygaid.

'Ewch i'ch gwely rŵan,' mynnodd Nanw yn aeddfed ei thôn. 'Dwi angen llonydd, i feddwl.'

Nodiodd Sara a Miriam yn llawn cydymdeimlad, ond wedi gwirioni ac yn dychmygu pa feddyliau cariadus fyddai'n plethu drwy feddwl eu chwaer y noson honno.

Gwrandawodd Nanw ar sŵn traed ei chwiorydd yn pellhau, a diffoddodd y golau cyn plicio'i dillad i ffwrdd a thynnu ei choban dros ei phen. Crynodd wrth i'r cotwm llugoer gyffwrdd â'i chnawd. Cododd ei dillad a'u cuddio'n bentwr o dan ei gwely, rhag i'w mam ddod i chwilio am olch yn gynnar y bore. Gwyddai y byddai tamprwydd ei dillad isa'n brawf yn ei herbyn.

Roedd y gwely'n gynnes ar ôl i Sara a Miriam orwedd arno cyhyd, a llithrodd Nanw rhwng y cynfasau trymion. Roedd ei synhwyrau'n dal yn finiog wrth gofio bysedd Wil yn taenu ei wres dros ei chnawd.

Gorweddodd Nanw yn llonydd gan wylio'r lloer yn ei llygadu drwy'r stribyn tenau lle nad oedd y llenni'n cwrdd. Llyfodd ei gwefus a blasu Wil, yn smôcs ac yn chwys ac yn wrywdod i gyd. Cwympodd i freichiau cwsg, cyn gwingo drwy'r nos wrth gael hunllef ar ôl hunllef am wylanod bach pinc a phlisgyn wy miniog.

PENNOD 3

SYBIL: 1919

Roedd y ddaear o dan ei thraed yn drwm, a'r awyr yn drwchus yn y gwres. Edrychodd Sybil i lawr o'r bryn, dros y gwastatir gwyrdd at y môr, a'r darn euraid o dywod yn fwclis melyn rhwng y ddau. Roedd y gorwel ar goll mewn tarth llwydlas. Sgrechiai'r gwylanod yn biwis wrth dorri drwy'r awyr.

'Mae'r sgons yn barod i'w bwyta, os wyt ti isho un.'

Trodd Sybil i weld ei mam yn sefyll yn nrws Tyddyn Llus, yn llenwi'r ffrâm gyda'i chorff blonegog, ei hwyneb yn goch ac yn llaith. Roedd y blawd yn llwch ar hyd ei dwylo ac wedi tynnu llinell wen ar draws ei ffrog lle roedd hi wedi pwyso yn erbyn y llechen yn y pantri.

'Mae'n rhaid i mi ymarfer fy narllen cyn i Ronald ddod.'

Rhwbiai Sybil ei thraed noeth ag un llaw, gan ddal y Testament Newydd bychan yn ei llaw arall. Daliai ei bawd yn dynn rhwng y tudalennau er mwyn cadw'r llyfr ar agor. Tynnodd Leusa gefn ei llaw dros ei thalcen, a diflannu'n ôl i mewn i'r tŷ.

Wnaeth Sybil ddim edrych ar ei Thestament Newydd i ymarfer ei llythrennau, gan i ffigwr unig ar y llwybr islaw ddwyn ei sylw. Ronald yn ymlwybro i fyny o'r lôn, ei het lydan ar ei ben a Beibl mawr o dan ei gesail. Roedd y llwybr yn serth, ond cerddai Ronald yn gyflym, heb oedi, gan wrthod blino. Doedd fawr neb yn trafferthu dringo mor bell i ymweld â theulu Tyddyn Llus, gan fod y lle mor bell o bob man, a'r adeilad sgwâr gwyn yn cydio'n benderfynol yn y bryniau rhwng Tywyn ac Aberdyfi. Ond byddai Ronald yn galw'n aml, gan wrthod gadael i'r pellter greu meudwyfa o'r hen dŷ unig.

'Sybil!' galwodd Leusa o'r gegin, yn fyr ei gwynt yn y gwres. 'Tyrd i nôl diod cyn i Ronald gyrraedd. Mae hi mor boeth, mi ei di'n wan yn y gwres 'ma.'

Gwingodd Sybil yn ei lloches yng nghesail y wal gerrig, gan adael i'w sylw grwydro mhell o barablu ei mam. Ochneidiodd yn ddiamynedd. Glynai pob dilledyn wrth ei chnawd fel cusan, diferai'r chwys o'r cwlwm o wallt wedi'i glymu'n daclus ar ei phen, a rhedai diferyn bach i lawr ei gwar. Cododd ei sgidiau o'r fan lle taflodd hi nhw mewn rhwystredigaeth, ei bodiau'n swigod dolurus, a gwasgodd ei thraed yn ôl i mewn i'r lledr caled. Cododd ac ymlwybro'n araf yn ôl at y tŷ. Gallai weld cysgod ei mam yn symud yn y gegin, gan dynnu torthau o fara newydd eu crasu o'u tuniau poeth.

Byddai Leusa'n anesmwytho yn y gwres, yr haen o chwys yn cosi ei nerfau. Roedd ei bysedd yn chwyddo fel y toes, a bu'n rhaid iddi dynnu ei modrwy briodas a'i gosod yn ofalus ar y dresel, gan adael rhimyn coch hyll ar ei bys. Byddai ei gordewdra yn gwneud iddi grafu pan fyddai hi'n boeth. Wrth i'r croen rwbio o dan ei bronnau a rhwng ei chluniau, gadawai glwyfau pinc ar ei chnawd. Ac eto, byddai'n cario 'mlaen fel arfer, yn treulio'i boreau yn glanhau'r tŷ, yn cael gwared ar y llwch oedd yn anweledig i bawb ond iddi hi. Neu mi fyddai'n pobi, gan greu cacennau, bisgedi, torthau a chrempogau, gan lenwi'r tŷ ag arogl crasu, a pheri i gymylau o flawd godi fel angylion yn y tŷ tywyll. Roedd Sybil wedi digio at ei mam, ac at yr arlwy gor-felys roedd hi'n ei gynnig i'w merch – teimlai Sybil ei bod hi'n cael ei stwffio â thoes a sbwnj, yn ei llesteirio, ei thawelu. Byddai ymweliadau Ronald yn hogi gweithgarwch Leusa, a gwyddai Sybil y byddai'r bwrdd yn gwegian dan gacennau.

Croesodd Sybil y trothwy i'w chartref, gan adael i'r oerfel lyfu drosti yn nhywyllwch y tŷ. Brysiodd Leusa i frwsio'r glaswellt o blygion sgert ei merch, a thwtio'i gwallt y tu ôl i'w chlustiau.

'Caea dy flows, 'nghariad i,' meddai hi, gan osgoi edrych ar yr un botwm agored a leddfai cymaint ar anesmwythyd Sybil. Gwthiodd y botwm bach gwyn i mewn i'w dwll, a theimlo coler y flows yn gwasgu yn erbyn ei llwnc.

Presenoldeb pobol sy'n ei gwneud hi'n nerfus, synfyfyriodd Sybil. Bu Leusa'n byw yn y mynyddoedd ers blynyddoedd, ac roedd trip i Dywyn i brynu blawd neu furum yn boen mawr iddi. Byddai'n sefyll yn y siop, ei llygaid yn soseri, wrth i ferched y dref drio cynnal sgwrs â hi, a hithau'n ateb gan nodio ambell waith, ond heb yngan gair. Byddai'n rhaid i Sybil, wedyn, siarad bymtheg y dwsin er mwyn i bawb ddeall nad mudan mo merch Tyddyn Llus. Mi fyddai Leusa'n edrych arni'n llawn edmygedd ar y ffordd yn ôl o Dywyn, gyda golwg ryfedd ar ei hwyneb, fel petai'n edrych ar ddieithryn.

'Prynhawn da,' meddai Ronald, wrth agor y giât fawr gan wenu'n hoenus. Doedd dim ond dagrau bychan o chwys ar ei dalcen o dan rimyn ei het i dystio i'r holl ddringo. Doedd dim patshys tywyll gwlyb ar gefn ei grys nac o dan ei geseiliau, a doedd o ddim yn anadlu'n llafurus chwaith. Roedd ei gyhyrau praff i'w gweld o dan ei grys yn brawf ei fod yn heini am ddyn o'i oed. 'Ydach chi'n dygymod yn iawn yn y gwres yma?'

'Ydan, diolch,' atebodd Leusa'n dawel, gan osgoi llygaid Ronald.

'Braidd yn anghyffordus,' ychwanegodd Sybil, gan edrych i fyw ei lygaid mawr gleision. Roedd eu lliw yn anarferol o olau, hyd yn oed mewn un penfelyn. 'Ond yn iawn.'

'Ronald!' Brasgamodd Siôn o'r buarth cefn, a sŵn ei draed yn crensian ar y tir. Gwyliodd Sybil wrth i wyneb ei thad dorri'n wên i'w unig ffrind, a theimlai gryndod annymunol yn ei chrombil wrth weld y ddau yn ysgwyd dwylo. 'Doeddwn i ddim yn dy ddisgwyl di mewn ffasiwn dywydd.'

'Dwi'n falch o gael dod am dro.' Gwenodd Ronald, ac aeth ias fel tafod i lawr asgwrn cefn Sybil yn y gwres. Sylwodd, wrth graffu, fod yr haul wedi brownio'i wyneb, gan adael hoel traed adar bach yn farciau gwyn o boptu ei lygaid. Mae'n rhaid ei fod wedi gwenu'r holl ffordd yno.

'A sut mae Cadi'n dygymod?' gofynnodd Siôn, yn difrifoli.

Disgynnodd niwl dros aeliau Ronald. Teimlai Sybil ysfa i daro'i thad am iddo gael gwared ar y wên fach fu'n chwarae ar wefusau Ronald eiliadau ynghynt. Gwyddai Sybil fod hyn yn ddisynnwyr, ac y byddai peidio â holi am ei wraig yn gam gwag, ond doedd dim posib rhesymu gyda'r ffrwtian o banig a godai pan welai Ronald fel hyn. Roedd hi'n ei adnabod mor drylwyr, ei drem o bleser, poen a thaerineb wedi'u llosgi'n boeth ar ei chof am byth, ond bob tro y crybwyllid enw ei wraig, disgynnai niwl dros wyneb Ronald na allai Sybil weld trwyddo.

Mi fyddai Sybil yn ei gweld hi weithiau, yn y siop yn Nhywyn, ei merched yn sefyll yn gadarn bob ochr iddi'n barod i ddal ei phwysau pe bai angen. Hithau'n pwyntio'i bys cam at yr hyn roedd hi ei angen, gan gofio diolch yn dwymgalon i'r siopwr am lapio'i ffrwythau mewn papur neu osod tuniau yn ei basged. Mi fyddai Cadi'n cyfarch Sybil a Leusa fel hen gyfeillion, a byddai ganddi wên barhaol ar ei hwyneb main, hyd yn oed pan ddangosai'r crychau ar ei thalcen ei bod hi mewn poen amlwg. Doedd hi ddim yn dlws, nac yn hyll chwaith. Plaen. Llwyd. Anniddorol. Pan osodai Sybil ei hun ochr yn ochr â'r ddynes ganol oed yma, gan fesur y ddwy o ran prydferthwch, doedd gan Cadi druan ddim gobaith. Dim gobaith o ennill y frwydr yn erbyn geneth a oedd yn ddigon ifanc i fod yn ferch iddi.

Ac eto, ni allai Sybil ei chasáu hi, na'i drwglecio hyd yn oed, er ei bod hi'n wraig i'w chariad. Mi fyddai'n ymddangos yn wirioneddol lawen o weld Sybil a'i mam, a byddai'n ailadrodd ei gwahoddiadau i de mor daer fel y gwyddai Sybil nad siarad gwag mo'i geiriau. Byddai pethau'n gymaint haws pe bai Ronald yn briod â hen wrach o ddynes, synfyfyriodd Sybil ambell dro, a honno'n gwasgu ei chrafangau i mewn i'w gnawd, gan roi rheswm iddo'i gadael. Ond na, fyddai Cadi ddim yn ennyn casineb unrhyw un, ddim hyd yn oed feistres ei gŵr.

'Yn diodde, braidd,' atebodd Ronald gwestiwn Siôn gan ysgwyd ei ben. Roedd Cadi'n diodde o hyd. Dyna'r pris am gario saith o blant, a phrin flwyddyn rhwng pob un ohonynt. Roedd ei chyhyrau a'i chymalau'n gwegian dan bwysau'r holl gario a'r magu. Yn wir, byddai salwch atgas yn cydio yn ei stumog o bryd i'w gilydd, yn gwrthod gadael iddi fwyta nac yfed dim, yn ei gwthio hi mor agos â phosib at farwolaeth cyn ei thynnu'n ôl er mwyn cael ailadrodd y tric creulon rai misoedd yn ddiweddarach. Byddai hi'n gwanhau o flwyddyn i flwyddyn, ei chefn yn crymanu a'i dwylo'n esgyrnog ac yn hen. Roedd Ronald yn siŵr y byddai hi'n marw wrth i'r haf droi'n aeaf a'r gwynt yn dechrau taro yn erbyn y ffenestri. Gofynnodd Sybil i'w mam, amser maith yn ôl, pam nad oedd Cadi wedi mynd i'r nefoedd a hithau'n berson mor dda. Pam roedd Duw yn gadael iddi ddiodde? Pendronodd Leusa dros hyn am sbel cyn hanner ateb, ac anwybyddu'r cwestiynau diwinyddol.

'Mi fydd Cadi yma'n hirach nag unrhyw un ohonon ni, yn dal i ddiodda o ryw anhwylder a chrydcymale, y gr'adures.'

'Cofiwch ni ati,' meddai Leusa'n dawel, ei llygaid wedi'u hoelio ar y llawr crimp heb allu cyfarfod â'i lygaid yntau. Roedd Sybil, ar y llaw arall, wedi bod yn syllu i fyw ei lygaid ers iddo gyrraedd – y gwefusau cochion yng nghanol y farf olau, y cyrls melyn a ddeuai yn farc cwestiwn uwchben coler ei grys, a'r llygaid glas hafaidd yn dawnsio'n llawn bywyd. Cofiai Sybil sut deimlad fyddai rhwbio'r blew sidanaidd ar ei war rhwng ei bysedd hirion, a theimlai'r cryndod y tu mewn iddi unwaith eto, fel haid o adar gwylltion yn trio dengyd.

'Mae Sybil 'ma wedi bod yn ymarfer ei darllen,' meddai Siôn yn falch, gan rwbio ei fwstásh. Roedd gwrid yr haul yn drwm ar ei fochau main, a'i ddwylo'n frown o ganlyniad i'r baw a'r gwaith. 'Mi fydd hi'n darllen yn well na ti, cyn bo hir!'

'Dowch i ni gael gweld, 'ta,' meddai Leusa'n dawel, gan wenu am y tro cyntaf ers i Ronald gyrraedd, yn llawn disgwyliadau gan ei merch. Syllodd Sybil yn ôl arni'n eofn, gan gadw'r ffrwd o banig yn ddwfn y tu mewn iddi. Gwelodd yr olwg obeithiol ar wyneb chwyslyd ei mam, a'r bywiogrwydd oedd iddi, fel petai egni newydd yn dod iddi o rywle.

Agorodd Ronald ei Feibl ar y dudalen a gadwyd gan y rhuban bach coch a lifai'n waedlif i lawr y dudalen. Gosododd yr horwth o lyfr ym mreichiau Sybil mor ofalus â phe bai'n fabi bach, a phwyntiodd at adnod yng nghanol y dudalen. Ochneidiodd Sybil.

'Cymer dy amser.' Gallai Sybil deimlo'i bresenoldeb yn dalp cynnes yn ei hymyl, a gwres ei freichiau ar y Beibl. Edrychodd i fyny ato ac ymlacio rhyw ychydig wrth weld ei wên.

'Gŵr yn ym... ym... ymdaith o'i le ei hun, sydd d... debyg i ade... ader... aderyn yn cil... cilio o'i nyth.'

Ynganodd y geiriau yn union fel roedd Ronald wedi dysgu iddi wneud, gan bwyllo yn y llefydd cywir ac ailadrodd ambell sill fel y dywedodd o. Edrychodd Sybil i fyny dros y Beibl a deall yn syth fod y twyll wedi gweithio. Ysgydwai ei thad ei ben yn falch, a syllai ei mam arni'n foddhaus.

''Wannw'l!' meddai Siôn yn sionc. 'Da iawn, wir.'

'Mae 'na fwy o waith i'w wneud eto,' ebe Ronald yn falch. 'Wyt ti'n barod, Sybil?'

'Mi gewch chi lonydd yng Nghae Nant Isa,' ebychodd Leusa'n frwd. 'A chysgod rhag yr haul yn y coed. Dewch yn ôl i'r tŷ wedyn, am de bach, Ronald.'

Arweiniodd Ronald y ffordd drwy'r giât, a chydgerddodd y cariadon i lawr i'r cae islaw, heb yngan gair. Wrth i'r ddau ddiflannu i'r coed a gysgodai'r nant, ymestynnodd Sybil ei bysedd hirion a chyffwrdd ei law yn dyner. Gwenodd Ronald heb edrych arni. Teimlodd Sybil wres ei gorff, a gadawodd i'r haul tanbaid dwchu'r awyr a lenwai'r gwacter rhwng y ddau.

'Mi ddarllenaist ti'r adnod 'na'n berffaith,' meddai Ronald wedyn, gan ymestyn ei gorff ar y mwsog yn y coed. Gosododd Sybil gledr ei llaw ar y cnawd noeth, di-flewyn rhwng ei wddf a'i frest, gan ryfeddu at oerni braf ei groen.

'Sut gallwch chi fod mor oer yn y tywydd 'ma?'

Anwybyddodd ei chwestiwn. 'Lle dysgest ti ddeud c'lwydda fel 'na?'

'Gan fy athro darllen.'

Gwenodd Sybil, gan deimlo'n llawn bywyd ac egni ar

ôl y caru nwydus. Roedd ei gyffyrddiad wedi miniogi ei synhwyrau, rhywsut, wedi gwneud y lliwiau'n fwy llachar a chân yr adar yn fwy persain. Cymerodd law ei chariad rhwng ei dwylo ifanc, llyfn, a thynnu'r bysedd creithiog ar hyd cnawd bregus ei gwefusau. Chwarddodd Ronald ar ei gêm blentynnaidd.

'Dwi'n eich caru chi.' Roedd y geiriau yn gyfarwydd erbyn hyn, yn baglu o'i thafod ar ddim, ond roedden nhw'n teimlo'n wahanol heddiw, rhywsut, o dan y coed ar ddiwrnod chwilboeth. Roedd hi'n clywed rhyw gwestiwn y tu ôl i'r sillafau diog, fel petai'r caru wedi hogi ei geiriau, yn troi eu hystyr yn gyhuddiad.

'Un diwrnod,' meddai Ronald yn freuddwydiol, gan ei thynnu i orwedd i lawr wrth ei ymyl ar lawr y goedwig. 'Mi rown ni'r gorau i ddweud celwydd, ac mi a' i fyny i Dyddyn Llus a gofyn, na, mynnu 'mod i am dy briodi di. Gei di weld, Sybil, wna i ddim torri 'ngair.'

'Pryd?' holodd Sybil am y canfed tro, gan gasáu ei hun am ofyn unwaith eto. Gwyddai nad oedd ateb. Cododd Ronald ar ei eistedd ac edrych y tu ôl iddi, craffu dros ei hysgwydd. Trodd yn araf, a gweld y symudiadau bach crynedig a enynnodd sylw ei chariad. Yn frith, yn fratiog, roedd llygaid bychan sgleiniog y llinos yn smotiau o'r nos uwchben ei phig. Diflannodd y coesau tenau i mewn i'r priciau a'r rheiny'n blith draphlith ar lawr. Arhosodd yr aderyn yn agos, yn ddigon agos i Sybil allu gwerthfawrogi'r patrymau perffaith ar ei bol sidanaidd, a'r rhimyn coeth o sglein ar bob pluen. Am eiliad fer ymgollodd yn ei pherffeithrwydd, cyn cofio bod yr un perffeithrwydd i'w ganfod yn yr eiliadau prin a gâi yng nghwmni Ronald.

'Pryd?' gofynnodd eto, gan droi yn ôl i'w wynebu. Parhau i edrych i gyfeiriad y llinos wnaeth Ronald, a throdd Sybil yn ôl at yr aderyn, gan ddisgwyl gweld ei lygaid yn edrych arni; ond roedd hi wedi diflannu, heb adael 'run bluen ar ei hôl.

Roedd y nos unwaith eto'n flanced ddu yn mygu'r byd, a'r awyr yn boeth. Arhosodd Sybil am ychydig, gan adael i'w llygaid ddod yn gyfarwydd â'r tywyllwch fel y gallai yn y diwedd weld siapiau cyfarwydd ei llofft − y cwpwrdd dillad, y gadair yn y gornel, y llenni'n crogi'n llonydd. Cododd o'i gwely'n dawel cyn tynnu'r bwtsias am ei thraed. Roedd hi eisoes yn gwisgo'i dillad, ac roedd pob dim a fyddai ei wir angen arni wedi'u pacio'n dynn mewn bag bach lledr o dan ei gwely − dillad glân, crib, a'r Testament Newydd bach. Wyddai hi ddim yn iawn pam roedd hi'n mynd â hwnnw, heblaw y byddai'n ei hatgoffa am adre.

Agorodd y drws yn araf, ac yn dawel, cyn troedio'n ysgafn i lawr y grisiau gan drio peidio â gwneud sŵn. Gwichiodd y gris olaf yn gwynfanllyd, ac oedodd Sybil am eiliad i wrando. Dim smic. Roedd ei rhieni'n cysgu'n drwm.

Syllai'r lloer drwy ffenest y gegin, gan lyfu stribyn o oleuni ar hyd y gegin. Symudodd Sybil tuag at y drws, cyn stopio'n stond, wedi'i swyno gan y disgleirdeb yn wincio'n ddel arni o'r dresel. Modrwy briodas ei mam. Crafodd Sybil y toes sych oddi arni gyda'i gewin, a syrthiodd hwnnw ar hyd y llawr. Gwyddai y byddai'r fodrwy yn werth arian da o'i gwerthu, a gwisgodd hi ar ei bys yn sydyn, cyn i'r amheuon ddechrau cripian yn ôl i'w meddwl. Roedd hi'n rhy fach i'w mam, p'run bynnag.

Mor dawel oedd y buarth, heb awel o gwbl i amharu ar y gwres. Torrodd y lloer linell wen ar hyd y môr, gan bwyntio at Sybil yn gyhuddgar. Trodd ei chefn at y golau, gan gofio am Ronald yn sefyll yno ychydig ddyddiau ynghynt, a'i lygaid yn las fel y môr yn y bore. Cofiodd gyffyrddiad ei fysedd ar ei chnawd, a chrymanodd, mewn pleser ac ofn. Symudodd ei llaw at ei bol heb iddi feddwl am y peth, gan anfon neges fud i'r plentyn oddi mewn iddi – ti a fi, 'mach i, dim ond ti a fi rŵan.

Gwasgodd hiraeth ei ddwylo oer drosti wrth iddi gau giât Tyddyn Llus yn dynn o'i hôl, ac o'r diwedd, daeth diferion y glaw gan boeri ar ei dillad. Roedd y gwres annioddefol ar dorri, ac yfory, byddai'r glaswellt a'r coed, o gael eu dyfrio, yn gwobrwyo'r byd gyda'u gwyrddni. Rhywle yn y pellter, canodd y dylluan ei galarnad, a gadawodd Sybil ei chartref, ei gruddiau'n sgleinio yn y glaw a'r dagrau.

PENNOD 4

MINA: 1940

Rhyw liw llwyd budr sydd i'r awyr heddiw, yr union liw ag roedd o dri diwrnod yn ôl, pan gefais fy ngeni. Gwelaf linell denau o'r dydd rhwng y llenni, yn lliw carreg anniddorol, heb un gornel fach obeithiol o las, hyd yn oed, i godi calon.

Er nad oes gen i ddim profiad o hynny, mae gen i deimlad na ddylai Nanw fod yn crio heddiw. Mae ei thrwyn wedi chwyddo'n goch, a'i llygaid yn pefrio'n ddau emrallt sgleiniog yn ei hwyneb. Blinedig yw hi, ond all hi ddim rhoi'r bai am hynny i gyd arna i. Dwi'n meddwl i mi ei brifo hi'n o ddrwg wrth i mi adael ei bol. Ond mae gen innau le i gwyno, hefyd – gadael y warchodfa gynnes yna a dod i mewn i'r byd hwn yn llawn dagrau, a'r goleuni'n fy nallu.

Galwodd llif o ymwelwyr acw yn y dyddiau ers i mi gyrraedd, a'r rhan fwya ohonyn nhw'n crio. Tydw i'n methu'n lân â dirnad pam bod edrych dros ochr y crud yn dod â dagrau i'w llygaid cyn gynted ag y maen nhw'n fy ngweld i. Wela i ddim o ddydd i ddydd ond cegau cam a llygaid llaith. Wn i ddim be wnes i o'i le.

Yr unig rai na fydd yn crio yw fy nwy fodryb rhyfedd, Sara a Miriam, a'r ddwy yn sefyll dros fy nghrud ac yn sbio mewn penbleth arna i. Tydw i ddim yn sicr, eto, p'run yw p'run – mae gan un rhuban melyn ynghlwm yn ei gwallt, a'r llall rhuban oren.

'Ydi hi i *fod* mor binc?' gofynna Sara gan grychu ei thalcen.

'Mae hi fel aderyn bach heb blu.'

'Dwi'n ei lecio hi,' medda Miriam wedyn gan wenu'n ddel arna i. Hwrê, rhywun i'm hedmygu o'r diwedd.

'Sut medri di ei lecio hi? Mae hi'n edrach fel cath heb flew!'

'Sut rwyt ti'n gwybod? Pryd welist ti gath heb... Sara!'

'Be?'

'Rw't ti 'di gollwng un!'

Yna mae llygaid y ddwy yn troi yn ôl ata i mewn ffieidd-dra. Wps. Dwi newydd golli fy edmygwyr cynta.

Heddiw, ar fy nhrydydd diwrnod, daw dynes ddiarth draw, gan fy nal i'n dynn, dynn yn erbyn ei bron. Am unwaith, mae Nanw'n sychu ei dagrau ac yn eistedd i fyny yn ei gwely gan roi ei sylw'n llawn i'r ddynas grwn ganol oed yma sy bron â fy mygu gyda'i bronnau swmpus.

'Mae hi 'run ffunud â fo, Nanw. Yr un fath yn union ag o pan gafodd ei eni.' Syllaf ar frycheuyn bach brown yng nghanol gên y ddynas, a'r blew bach gwyn yn tyfu allan ohono fo. Maen nhw'n dawnsio pan fydd hi'n siarad, ac yn cael gwell effaith nag unrhyw dedi bêr – yn fy hypnoteiddio i ac yn cau 'ngheg.

'Tydi hi'n crio fawr ddim. Falle iddi gael ei dymer mwyn o hefyd.' Mae'n rhyfedd clywed Nanw'n siarad heb iddi grio'r un pryd, ac mi dwi'n gobeithio y gwna'r ddynes yma aros am sbelan hir os mai dyma'r effaith a gaiff hi ar Mam.

'Rŵan gwranda di, Nanw. Tydi o'n gwneud dim lles i ti aros yn dy wely, efo dy ben yn dy blu. Mae pawb yn mynd yn emosiynol ar ôl geni plentyn, wsti. Rhaid i ti godi o dy wely a dechrau magu'r hogan fach 'ma, er cof am ei thad.'

Er mawr syndod i mi, cytuna Nanw drwy nodio.

Awgrymodd Sybil hynny i Nanw yn ystod y tridiau diwetha, a'r unig ymateb gafodd hi oedd, 'dydach chi ddim yn dallt', a chawod ffres o ddagrau. Pam yn y byd felly bod Nanw'n fodlon gwrando ar yr horwth fawr flewog yma?

'Ond, Ruth,' medd Nanw. 'Dwi'n sbio arni ac yn gweld Wil, ac mae hynny'n agor y clwyfau i gyd unwaith eto...'

'Byddai Wil yn flin i dy glywed di'n siarad fel 'na. Mae gen ti dy gartref dy hun i'w gadw rŵan, cofia.'

Mae Ruth yn iawn. Rydan ni mewn tŷ mawr sgwâr ar gornel Stryd yr Ywen, yn llawer rhy fawr i Mam a finna ar ein penna ein hunain. Mae'r ystafelloedd yn uchel ac yn oer, ac arogl rhywbeth yn coginio yn crwydro i gorneli pella'r tŷ. Tybed be dwi wedi'i golli yn ystod y naw mis a minnau'n rhy brysur yn tyfu i dalu sylw i Mam?

'Ond bydd Mam yma i helpu...'

'Dwi a Sybil wedi bod yn trafod, ac mi fydd hi'n mynd yn ôl i Ffordd Cader Idris peth cynta bore fory. Felly bydd gen ti weddill heddiw i godi, molchi dy hun, a dysgu sut mae rhoi bath i'r fechan, yn ogystal â sut i newid ei chlwt.'

Am eiliad, dwi'n sicr fod Nanw am grio unwaith eto, ond yn lle hynny, mae hi'n taflu blancedi'r gwely yn ôl, a chodi. Braidd yn sigledig yw hi ar ei thraed, ond mae hi'n benderfynol. Cymer fi yn ei breichiau oddi ar Ruth. Diolch byth am hynny; mi fedra i anadlu! Yna, mae hi'n edrych i mewn i fy wyneb i'n iawn am y tro cynta. Ac yna, gwyrth – gwena Mam arna i. Tro Ruth yw hi i grio wedyn.

Gwisga Mam ddillad llac ac yna fe lapia fi mewn blanced wlân goch. Wedi agor drws y llofft mae hi'n mynd â fi i lawr y grisiau a thrwy ddrws y gegin fawr. Cwyd Sybil ei phen o'r tatws mae hi'n eu plicio, gan roi gwên fach i'w merch, a gwên ychwanegol i Ruth, sy'n dod i mewn y tu ôl i ni. Wedi i Mam fy nghario i draw at y dresel, cydia mewn llun mawr sgwâr a'i ddangos o i mi.

'Dy dad,' dywedodd wrtha i. 'Y soldiwr dewra erioed.' Mae pawb yn y stafell yn crio wedyn, a minnau mewn penbleth llwyr.

'Mi fydd angen enw arni,' medd Ruth ar ôl i bawb ddod ato ei hun gyda phaned boeth a darn o gacen sbwnj.

'Mae Leusa'n enw del i hogan fach,' meddai Sybil yn dawel.

Ond mae Mam yn anghytuno. 'Na, mae gen i enw iddi.' Mae hi'n syllu arna i. 'Wilhemina. Ar ôl ei thad.'

Daw hyn â llif newydd o ddagrau.

(I fod yn deg â hi, sylweddola Nanw'n eithaf buan ar ôl fy medyddio iddi wneud camgymeriad. Am rai blynyddoedd, 'Wilhemina wedi-ei-henwi-ar-ôl-ei-thad-fu-farw-yn-y-Rhyfel yw fy enw llawn.)

PENNOD 5

LEUSA: 1882

Heulwen mewn oerfel. Eisteddai Leusa ar lechen drws ei chartref, yn gwrando ar floedd y band pres yn llenwi'r strydoedd llonydd. Roedd sŵn chwerthin hefyd, ac ambell waedd. Feiddiai hi ddim mynd yno i'w canol, ond gallai ddychmygu'r cyfan. Mi fyddai yna leidis mewn hetiau a ffrogiau hir at y llawr, y defnydd yn biws ac yn wyrdd ac yn sgleinio fel y môr. Byddai'r plant bach yn dawnsio'n wirion, nes y bydden nhw'n chwil, ac mi fyddai'r dynion i gyd yn glên. Yn eu canol, byddai'r llong, ei phaent gwyn yn drwch drosti, yn taflu ei chysgod dros Aberdyfi gan wincio'n ddel ar bawb fel pluen gwylan anferth.

Ei thad a baentiodd y llong, y bol yn wyn a'r rhimynnau'n ddu, a'r enw mewn llythrennau mawr crand ar ei hochr. Byddai o'n dŵad adre gyda phaent ar ei ddwylo ac yn britho ei wallt, a hwnnw'n gwneud iddo gosi. Gwyddai Leusa y byddai ei thad yn dathlu, a'r cyflog yn llosgi twll yn ei boced. Dyma fyddai'n digwydd bob tro pan fyddai 'na *launch*.

Clywodd Leusa sŵn drws yn cael ei agor, a brysiodd i mewn i'w chartref cyn bod Mrs Edwards drws nesa'n cael gafael arni a dechrau ei holi unwaith eto. Cafodd tad Leusa air gyda'r gymdoges am fod yn 'jadan fusneslyd', ond roedd hi'n dal i holi, yn dal i stilio. Wyddai Leusa ddim pam bod Mrs Edwards yn mynnu herio dyn â thymer goch, fel ei thad.

Croesodd Leusa'r parlwr tywyll i'r gegin gefn, a safodd yn ffrâm y drws gan edrych ar ei mam yn eistedd yn yr iard. Roedd ei llygaid wedi chwyddo gan adael ond dau dwll bach du, a'r clais hwnnw ar ei grudd yr un lliw â'r môr cyn storm. Chwysai gweddill ei chleisiau o dan ei dillad duon. Roedd ei llaw wedi'i hymestyn, a phigai colomen anwes y briwsion o'i chledr. Siaradai mam Leusa â'r aderyn yn dawel, heb sylweddoli bod ei merch fach yn ei gwylio.

'Mam? Dwi am fynd am dro.'

Roedd tlysni llygaid Jane wedi'i bwnio oddi yno, a symudent yn araf, fel petaen nhw'n feddw, ar ôl iddi dderbyn cnoc i'w phen. Roedd ei symudiadau'n drwsgl, a'i llygaid yn gwrthod aros na chanolbwyntio ar ddim. Gwyddai Leusa y byddai ei mam yn well yfory, er y byddai hi'n siŵr o fod yn edrych yn waeth gan y byddai ei chleisiau wedi duo'n flin.

'I ble ei di, Leusa?'

'Traeth pella,' atebodd, a throdd ei mam ei sylw'n ôl at yr aderyn. Edrychodd y golomen yn ôl arni, a'i llygaid bychan yn fflam oren wrth i Jane fwytho'r plu'n ysgafn gyda blaenau ei bysedd. Roedd y piws a'r gwyrdd ar wddf yr aderyn fel cleisiau, meddyliodd Leusa, a'i symudiadau'n od a chyflym.

Bu'n rhaid i Leusa gerdded drwy'r stryd fawr i gyrraedd y traeth, felly rhaid oedd plethu rhwng y tyrfaoedd llawen gan drio cadw'i phen yn isel, rhag i'r lliwiau hafaidd ddwyn ei sylw a'i swyno i aros. Sylwodd neb arni, wrth gwrs, a chyn pen dim, brasgamai dros y twyni, gan adael y twrw a'r chwerthin a phawb yn y byd mawr y tu ôl iddi.

Doedd neb ar y traeth pella, er mor gynnes oedd hi. Eisteddodd Leusa ar y tywod meddal gan dynnu ei bwtsias a'i sanau, cyn claddu ei bodiau rhydd yn y tywod. Anadlodd y môr a'i donnau mwyn gerllaw yn ddwfn i mewn i'w hysgyfaint. Hyn hoffai Leusa ei wneud, pan gâi hi gyfle. Doedd y dŵr ddim yn ei denu, a hwnnw'n oer ac yn llawn slefrod môr, yn chwilio am gnawd gwyn i blannu eu gwenwyn ynddo. Fe'i dychrynwyd gan eu cyrff, a'r carpiau blêr o'u tu ôl iddynt yn eu dilyn i bob man, fel gwallt rhywun ar fin boddi. Ond roedd cael bod yn droednoeth, yn ddigon pell o'r dŵr yn rhyddid perffaith, a châi Leusa ei hanwesu gan y teimlad fod y tywod yn siapio'i hun o gwmpas ei thraed fel blanced gysurlon.

Edrychodd Leusa i fyny oddi ar ei thraed, a gweld gwylan benddu yn sefyll rhyw ddeg llath i ffwrdd, yn syllu arni'n llonydd. Peth bach del, ei phen du fel mwgwd dros y gwddf gwyn cain. Ei llygaid duon a'r llinellau gwyn main yn llai bygythiol rhywsut na llygaid melyn craff y gwylanod eraill. Wedi iddi hi agosáu'n araf at Leusa, cydiodd yn ei sanau, a gawsai eu taflu'n ddifeddwl ar y tywod. Ceisiodd ei phig coch gael gafael yn y lympiau o wlân trwchus, ond gan eu bod nhw'n rhy drwm iddi, methai dro ar ôl tro. Cymerodd ychydig gamau ar ei choesau main, cyn codi i'r awyr unwaith eto, gan hedfan yn uwch ac yn uwch tan nad oedd hi'n ddim ond smotyn bach. Tybed a wnaeth hi gyrraedd y nefoedd, meddyliodd Leusa.

Ei mam a ddywedodd wrthi am y nefoedd. Ychydig fisoedd ynghynt, ar ôl i'w thad ddod adre yn flin a gwylltio'n gacwn. Dechreuodd y gwaed lifo o gorff Jane, yn llif di-dor gan wneud i Leusa amau'n siŵr fod ei mam ar fin marw. Gallai weld yr arswyd yn ei hwyneb wrth i'r llif hel yn bwll ar lechen llawr y gegin.

'Be wna i?' gofynnodd Leusa'n daer, wrth weld llygaid ei mam yn rholio'n chwil. 'Ddyliwn i fynd i moyn Mrs Edwards?'

Ac yna, gydag ochenaid hir, cwympodd rhywbeth ciglyd ar lawr, gan wneud i ddagrau o waed neidio a staenio gwaelod ei sgert. Arhosodd Jane am ychydig funudau, tan i'r dripian leihau ac i'w gruddiau adennill mymryn o binc, cyn gofyn yn gryg, 'Ydi o wedi dod allan?'

Nodiodd Leusa'n fud, gan edrych yn agosach ar y pentwr o gnawd ar lawr. Gallai weld sut y gallasai o fod yn fabi ryw ddiwrnod. Roedd ganddo freichiau a gwefus, a bysedd bach hyd yn oed. Ond doedd o ddim yn ddel, fel babi, a doedd o ddim yn ddigon mawr i gael ei alw'n fabi go iawn. Roedd dwrn ei thad yn fwy na fo.

'Bachgen bach,' meddai Jane, gan edrych i lawr arno rhwng ei choesau gwaedlyd.

'Ydi o wedi marw?'

Nodiodd ei mam, ei hwyneb hi'n ddiemosiwn. Roedd Leusa wedi edrych ymlaen at gael babi bach yn y tŷ, un del efo bochau pinc a cheg fach siâp calon. Doedd hwn yn ddim byd tebyg i'r peth bach annwyl a fu'n chwarae yn ei dychymyg. Roedd o'n giglyd, yn gnawd noeth esgyrnog, fel gwylan fach mewn nyth.

'Fydd o'n cael cnebrwng?'

Ochneidiodd Jane, ac ysgydwodd ei phen unwaith eto. 'Tydi o ddim yn fabi bach go-iawn, nac ydi, felly all o ddim cael cnebrwng.'

'Be wnawn ni efo fo 'ta?'

'Ei lapio fo mewn blanced a'i guddiad o tan fory. Mi wnawn ni ei gladdu o wedyn.'

Ar ôl rhoi'r babi-oedd-ddim-yn-fabi mewn cadach sychu a'i roi o yng ngwaelod y cwpwrdd bwyd, fel na welai ei thad mohono, aeth Leusa ati i olchi'r llawr efo mop a bwced gan wneud yn siŵr fod pob diferyn o waed wedi diflannu. Wedi i'w mam sgwrio'i choesau'n lân, gorweddodd Leusa ar y mat o flaen y tân o dan flanced, tra eisteddai ei mam yn y gadair freichiau gyda siôl dros ei hysgwyddau.

'Piti am y bachgen bach, 'te Mam,' meddai Leusa dros gracian y coed tân.

'Ia, 'n lodes i. Ond mi fydd o'n iawn, sti.'

Cododd Leusa ar ei phenelin a syllu arni mewn syndod. 'Ond mae o wedi marw!'

'Yndi, ond mi eith i'r nefoedd, wsti.'

A dywedodd Jane y cyfan wrth ei merch am y nefoedd. Wel, bod 'na giatiau aur â phatrymau tlws ynddyn nhw, fel y rhai sydd wedi'u cerfio i mewn i ddrws yr eglwys. Bod y cymylau'n teimlo fel sbwnj o dan draed, a'r angylion yn gwenu'n ddel a chanu emynau.

'Byd yn llawn o adar fyddai o hefyd,' meddai Jane, a golwg bell ar ei hwyneb. 'Adar sy 'di hedfan yn rhy uchel ac wedi mynd yn sownd i'r nefoedd erbyn hyn. Ond does dim ots achos fydden nhw byth am ddŵad yn ôl i'r ddaear beth bynnag, am fod y nefoedd mor hyfryd. Bydd pobman yn y nefoedd yn wyn fel bol yr wylan, a'r haul yn gwenu drwy'r amser.'

Ar ôl gweithio'r diwrnod canlynol, daeth ei thad adref gyda bocs bach piws o daffi triog i'w mam, a ffrog newydd werdd i ddoli glwt Leusa. Cyn gynted ag y croesodd y trothwy, llifodd dagrau i lawr ei ruddiau crychlyd ac at ei ên. Aeth ei mam yn syth i hwylio paned iddo, ac eisteddodd Leusa ar ei lin, a gadael iddo blannu ei wyneb gwlyb yn ei gwddf, yn udo fel plentyn bach.

"Mi laddais i o," meddai'n fyr ei anadl. "Mi laddais i'r babi." Lapiodd Leusa'i breichiau o'i gwmpas, i gysuro'r dyn a laddodd ei brawd bach.

Ysgydwodd Leusa'i phen i gael gwared â'r atgof, a thynnodd ei sanau yn ôl am ei thraed a gwisgo ei bwtsias. Archwiliodd ei llygaid mawrion y nen am yr wylan benddu, ond roedd honno wedi hen ddiflannu, a'r nefoedd yn wag.

PENNOD 6

MINA: 1945

Dwi'n eu clywed nhw'n piffian chwerthin y tu ôl i mi, eu ffrwydradau bach boddhaus yn siglo fy hyder. Dwi'n gwybod pwy sy 'na wrth gwrs – Gillian a Helga, y genethod harddaf, mwyaf sbeitlyd dwi wedi'u gweld erioed. Trof yn araf, gan guddio 'ngwyneb tu ôl i glamp o afal mawr, fy nau ddant blaen yn crafu i mewn i'r cnawd ac yn sugno'r sudd melys. Mae Helga yn pwyntio ata i, cyn sibrwd rhywbeth tu ôl i'w llaw. Mae'r ddwy yn chwerthin unwaith eto, eu pigtels yn dawnsio ar eu hysgwyddau main.

Daw pêl ledr fel bwled o gyfeiriad yr hogia, gan daro'r wal yn ymyl fy mhen. Gollyngaf yr afal ar lawr, ac mae'r merched yn chwerthin fwy byth. Mae Richard Dosbarth 5 yn dod i nôl ei bêl, ac er bod Mrs Greenway yn gweiddi 'wnewch chi fod yn ofalus efo'r hen bêl 'na, cyn bod rhywun yn cael ei frifo,' tydi o ddim yn dweud sorri.

Cymera Helga gam ymlaen gan dagu'n ysgafn, fel petai ar fin dechrau adrodd. Ond mae'n amlwg o'r olwg sy ar ei hwyneb nad oes ganddi ddim byd caredig i'w ddweud.

'Wilhemina! Ydi dy fam yn dy alw di'n Wili?' Wrth i'r ddwy biffian chwerthin, heb dynnu eu llygaid oddi ar fy wyneb i, dwi'n gwrido'n biws.

'Mi ges i 'yn enwi ar ôl Nhad, fuodd farw yn y rhyfel,' atebaf, gan drio swnio'n bwysig i gyd, fel petai dim ots gen i fod y ddwy yma wedi penderfynu, ar fy nhrydydd diwrnod yn yr ysgol, nad ydw i'n ddigon da.

'Be?' hola Gillian hurt. 'Wilhemina oedd enw dy dad?' Maen nhw'n chwerthin yn uchel eto, ac yn cydio ym mreichiau ei gilydd wrth wneud, a'u cyrff bychan yn ysgwyd.

'Naci! Wil… William!' Mae hyn yn gwneud iddyn nhw chwerthin yn fwy fyth, cyn iddyn nhw redeg i ffwrdd yn fuddugoliaethus.

Eisteddaf yng nghysgod y wal, fy afal llychlyd wrth fy nhraed a'r dagrau yn batshys du ar frest fy ffrog ysgol newydd sbon. Mae'r iard yn llawn plant yn rhedeg, yn ffraeo, yn chwerthin, yn sgipio, a does 'na 'run ohonyn nhw'n sylwi arna i'n torri 'nghalon ar fy mhen fy hun bach. Dim un.

Mae fy meddwl pum mlwydd oed i'n gweithio'n galed, tan y medra i deimlo cyhyrau f'ymennydd yn caledu wrth i mi eu hymarfer. Dwi'n amlwg ar waelod rhestr pwysigion Ysgol Gynradd Tywyn, a minnau'n beth bach esgyrnog ac arni enw dwl. Mae Helga a Gillian wedi penderfynu 'mod i'n un dda i dynnu ei choes, a tydi hi ddim ond yn deg i mi adael iddyn nhw wybod mai camsyniad ydi hynny. Ac, wrth gwrs, mi fydd llun Nhad ar y dresel pan a' i adre, ac mi fydda i'n gweld siom yn ei lygaid gwag os na wna i warchod ei anrhydedd o. Dwi'n sychu 'ngruddiau a 'nhrwyn gyda chefn fy llaw, ac yn codi'n benderfynol.

Af adre'r diwrnod hwnnw gyda llythyr piwis gan Mrs Greenway yn dweud nad yw pinshio, brathu na thynnu gwallt yn dderbyniol yn Ysgol Gynradd Tywyn. Mae gen i rywbeth arall hefyd – llond llaw o ffrindiau newydd, yn gwybod yn iawn sut genod ydi Helga a Gillian, a theimlad cynnes braf yng nghrombil fy mol na fydd neb byth yn 'y ngalw i'n Wili eto.

Arogl startsh sy'n llenwi'r tŷ a synau Mam yn smwddio yn y gegin yn crwydro i fyny i fy llofft. Dyw hi ddim yn rhy flin erbyn hyn. Dwi wedi esbonio, ar ôl ei ffrwydrad wedi iddi ddarllen y llythyr gan yr ysgol, mai gwarchod enw Dad ro'n i, ond mae Mam yn esbonio na fyddai Dad yn meddwl rhyw lawer am ei lodes fach yn cwffio yn ei hwythnos gynta yn yr ysgol. Ond tydi hi ddim yn taro'r haearn ar y bwrdd yn galed, nac yn ochneidio'n uchel chwaith, felly mi wn 'mod i ar dir saff.

Daw cnoc sydyn ar ddrws y ffrynt, ond tydi Nain Ruth ddim yn aros am unrhyw ateb, yn hytrach mae hi'n troi'r bwlyn ac yn dod i mewn yn syth. Daria. Dwi'n mynd am dro gyda Nain Sybil heno, a does gen i fawr o amynedd derbyn cusanau a maldod Nain Ruth. Dwi'n mynd yn fwyfwy petrus, hefyd, o'r lwmpyn brown blewog ar ei gên, yn ofni efallai y gallwn i ei ddal o, fel brech yr ieir. Troediaf i lawr y grisiau'n ysgafn, ac eistedd ar yr ail ris o'r gwaelod, gan aros am Nain Sybil. Fedr Mam na Nain Ruth 'mo 'ngweld i o'r gegin.

'… ond does 'na ddim synnwyr mewn cadw dy datws yn y pantri, Nanw, a chwt mor sych gen ti yn yr ardd.'

'Symuda i nhw wedyn,' meddai Mam yn flinedig. Mae hi wedi bod wrthi'n smwddio crysau drwy'r dydd, i wneud pres, ac mae ymweliad annisgwyl gan ei mam-yng-nghyfraith yn ddigon amdani.

Dwi'n clywed y llestri pres ar y dresel yn cael eu had-drefnu. 'Mi ddo i â Brasso efo fi'r tro nesa…'

'Mae gen i botyn fy hun, diolch Ruth.' Clywaf yr amynedd yn llithro o'i llais, yr union lais a ddefnyddia i ddweud wrtha i am orffen fy mresych am y trydydd tro. Wrth lwc, mae Ruth yn ddigon craff hefyd i adnabod y newid yn nhôn llais Mam ac mae hi'n rhoi'r gorau i bigo beiau. Mae'r gegin yn dawel am ychydig funudau, a dim ond ochenaid yr haearn smwddio wrth iddo gyffwrdd yn startsh y crysau sy'n tarfu ar y tawelwch.

'Mae Wilhemina'n dawel,' medd Nain Ruth o'r diwedd.

'Wrthi'n dewis tegan i gael mynd efo hi. Mi fydd Mam yma mewn munud, i fynd â hi am dro.'

'Mi fyddwn *i* wrth fy modd yn mynd â hi am dro.'

'Mi gewch chi, ar bob cyfri. Ond nid heno. Mae Mam wedi trefnu mynd â hi heno.' Heria tôn llais Mam i Nain Ruth holi ymhellach.

'Dwi *yn* Nain iddi, wedi'r cyfan.'

Mae'r drws ffrynt yn agor o 'mlaen i ac mae Nain Sybil yn dod i mewn yn edrych yn smart i gyd, yn gwisgo côt â gwregys del am ei chanol a het fach smart ar ei phen. Gwena wrth fy ngweld i'n eistedd ar y grisiau, a'i haeliau yn codi mewn syndod.

'Wel, annwyl! Be rwyt ti'n neud yn eistedd yn fa'ma ar dy ben dy hun bach, Wilhemina?'

Dwi'n chwilio am ateb, pan ddaw Mam a Nain Ruth allan o'r gegin i syllu arna i. Yr ateb gonest, wrth gwrs, fyddai 'cuddio rhag Nain Ruth a'i lwmpyn brown hyll', ond alla i ddim dweud hynny, wrth gwrs.

'Aros am Nain Sybil,' meddwn i'n dawel.

Mae panig yn trawsnewid wyneb Mam am eiliad, tan iddi feddwl am esgus. 'Edrych pwy sy yma. Nain Ruth! Wnest ti mo'i chlywed hi, naddo?'

Dwi'n ysgwyd fy mhen yn gelwyddog, ac mae Nain Ruth yn gwenu ac yn ymestyn i 'nghusanu, y lwmpyn brown fel pry copyn ar ei gên. Amhosib, wrth gwrs, yw eistedd ar y grisiau a pheidio clywed beth sy'n digwydd yn y gegin, yn enwedig â'r drws yn llydan agored, ond, diolch i Dduw, mae'n hawdd twyllo Nain Ruth. Crynaf mewn gwefr wrth rannu celwydd Mam, ac wrth ymestyn am law gynnes Nain Sybil.

Plymiaf fy llaw i'r bag papur, a theimlo'r briwsion bara rhwng fy mysedd. Ar ôl gwagio'r bag dros y colomennod barus, dwi'n sefyll yn ôl, gan ddal i gydio yn llaw Nain. Mae'r adar yn gwneud synau diolchgar wrth lanhau'r pafin o'r briwsion, eu pennau yn nodio'n frwd. Gadawodd yr haf prysur ei hoel arnyn nhw, gan wneud eu plu'n flêr a charpiog, fel petaen nhw wedi bod yn gwisgo'r siwt am gyfnod rhy hir.

'Tyrd, 'yn lodes i,' medd Nain gan dynnu'n ysgafn ar fy llaw. 'Mae'n oeri.'

Er i mi gael hufen iâ ar lan y môr, mae Nain Sybil yn mynnu galw yn Ffordd Cader Idris am hoe fach ar y ffordd adre, ac yno, mae hi'n torri darn o gacen i mi, cacen sbwnj euraid, a'i chanol yn gorlifo o jam a hufen ffres. Saif uwch fy mhen wrth y bwrdd, yn 'y ngwylio i'n bochio'r cyfan yn awchus gyda golwg foddhaus ar ei hwyneb. Rhoddaf fy mys yn fy ngheg cyn ei dynnu o ar hyd y plât, a'r briwsion i gyd yn hel yn un tamaid blasus. Mi fydda i'n cael ffrae gan Mam am wneud hyn, ond mae Nain wrth ei bodd yn 'y ngweld i'n mwynhau 'mwyd.

'A' i â ti adre mewn munud bach. Gad i mi olchi'r llestri ma'n gynta.' Aiff Nain Sybil â'r plât yn ôl i'r gegin, gyda gwên fach yn dal i chwarae ar ei hwyneb.

'Ga i fynd i'r llofft i sbio ar eich *jewels*?'

'Pum munud, dim mwy. Mi fydd dy fam yn meddwl lle rydan ni.'

Mae'r llofftydd yn dawel gan fod Anti Sara ac Anti Miriam wedi mynd i ddawns yn y Town Hall a'r llonyddwch yn f'atgoffa i o adre.

Mor hudolus yw llofft Nain Sybil – y llenni melfed trwchus, yn feddal fel ffwr ar fol cwningen; y wardrob sgleiniog, a'r sgertiau tywyll oddi mewn, yn drewi o *mothballs*; y blancedi ar y gwely heb unrhyw grychau. Mae'r llofft yr un fath bob amser: y gadair yn y gornel ar yr un ongl, a'r poteli ar y bwrdd pincio yn dangos eu labeli'n glir. Welais i rioed mo Nain Sybil yn cysgu, ac er i mi drio 'ngorau i ddychmygu'r ffasiwn beth, caiff fy nychymyg hynny'n amhosib.

Symudaf at y bwrdd pincio, gan dynnu ystumiau yn y drych. Agoraf y drôr bach, gan ddal f'anadl tan i mi gladdu 'mysedd yn y tlysau oddi mewn, mor oer a llyfn â marblis yn fy llaw. Tynnaf bopeth allan, yn ei dro, nes bod rhesiad brydferth o emau lliwgar yn fwclis ar y pren. Codaf hwy, un ar ôl y llall, a'u cyffwrdd yn gariadus; rhwbio deiamwntiau'r clustdlysau gyda blaen fy mys; tynnu'r mwclis o berlau ar hyd cnawd meddal fy ngwefusau, gan deimlo'r peli llyfn yn f'anwesu; a dal yr emrallt mawr sy'n gaeth mewn modrwy yn agos at fy llygaid, a gwylio fy myd yn troi'n wyrdd.

Mae 'mysedd yn dychwelyd i'r drôr i sicrhau nad ydw i wedi methu unrhyw beth, ac, am y tro cynta, mae'r papur sy'n leinio'i waelod yn cael ei ryddhau. Dwi'n ei droi wyneb i waered, ac yn gweld dau ffigwr – llun, wedi'r cyfan, nid papur. Pam yn y byd mae Nain Sybil yn cadw llun a'i wyneb i lawr ar waelod ei bocs *jewels*? Syllaf ar y ddau yn y llun. Clamp o ddynas fawr dew yn eistedd ar gadair, a golwg bell ar ei hwyneb, a dyn main yn sefyll y tu ôl iddi, dyn efo wyneb clên a hanner gwên. Mae fy llygaid plentyn yn chwilio am fanylyn diddorol – dillad crand, neu brydferthwch. Ond mae'r fodrwy fawr a'i hemrallt hardd yn mynnu fy sylw, a gadawaf i'r llun gwympo ar y carped.

PENNOD 7

SARA (CHWAER NANW A MIRIAM): 1940

Deigryn bach gwyn yn wylo'n araf i lawr ei bawd a thuag at lawes ei blows. Roedd yr hufen iâ'n toddi'n barod, a hitha ond newydd ei brynu. Cyflymodd ei cherddediad gan deimlo'r hufen gwyn melys yn llyfu ei garddyrnau.

Roedd y prom yn berwi o bobol, a'r rheiny'n plethu i'w gilydd a phawb yn trio creu llwybrau i'w hunain rhwng y dyrfa, pob un yn chwysu dan yr haul tanbaid, ac yn sgwrsio'n ysgafn â'i gilydd. Brysiai Sara yn eu canol, gan gadw llygad barcud ar yr hufen iâ, oedd yn prysur droi'n byllau ar ben y ddau gornet. Bu'n rhaid iddi symud yn gyflym wrth i fachgen ifanc wibio i'w chyfeiriad ar gefn beic, ei gloch fach yn canu'n wyllt. Chwarddodd Sara wrth iddo weiddi ei ymddiheuriadau cyn diflannu ymhlith y dorf. Roedd hi'n anodd teimlo'n ddig ar ddiwrnod fel heddiw. Gwyddai, ar ôl gorffen ei hufen iâ, y câi dynnu ei sgidiau a phlannu bodiau ei thraed yn y tywod, a chyrliai'r rheiny wrth iddi ddychmygu'r gronynnau bychan o hen gerrig yn anwesu ei thraed blinedig.

Camodd Sara i lawr y grisiau serth i'r traeth gan wylio'i thraed cyn troedio, rhag ofn iddi fethu gris, neu lithro ar garreg lefn. Arhosai ei chwaer amdani ar y gwaelod, a gwthiodd Sara'r hufen iâ rhwng ei bysedd gan lyfu copa ei hun hi.

'Brysia, neu mi ddoddith i gyd. Yli golwg sy ar fy llawes i, mae hi'n hufen iâ i gyd…'

Er i Miriam gau ei bysedd am y cornet, arhosai ei llygaid ar y fan tu ôl i'w gefaill, a'r llygaid hynny'n wag fel petai mewn breuddwyd. Er na fedrai ddeall pam, rhoddodd bol Sara naid wrth weld wyneb ei chwaer: doedd dim math o emosiwn yn agos atyn nhw, ac am y tro cyntaf, ni allai Sara ddarllen tymer Miriam. Trodd i edrych.

O na.

O *na.*

'Miriam …' Er iddi ddechrau, doedd ganddi ddim byd i'w ddweud. Parhaodd Miriam i syllu, gan ddal y cornet yn ei llaw fel tusw o flodau.

Robat, ei wallt wedi goleuo gan yr haul nes ei fod yr un lliw â'r tywod a'i drwyn a'i ruddiau'n frychni tlws. Robat, cariad Miriam, a fu'n meddiannu ei sgwrs o fore gwyn tan nos; Robat, a led-awgrymodd y dylen nhw ddyweddïo a phriodi ychydig wythnosau ynghynt, gan wneud i Miriam, yr efaill synhwyrol a phwyllog, wichian mewn llawenydd. Robat, oedd a'i fraich yn dynn o amgylch ysgwyddau merch bengoch esgyrnog, a'i wên fawr, llawn brad, yn fwy llachar na'r heulwen, a'i galon yn oerach na'r hufen iâ.

Gafaelodd Sara ym mysedd ei chwaer, heb edrych arni, a'i thynnu dros y tywod, i fyny'r grisiau, a thros y lôn. Cymerodd gip yn ôl, heb feddwl, a gweld Robat yn syllu ar y ddwy yn ffoi. Diflannodd ei wên, ond daliodd yn dynn yn ysgwyddau'r eneth, a doedd dim ymateb wrth i'w lygaid gloi yn llygaid Sara am eiliad.

Gwthiodd yr efeilliaid eu ffordd drwy'r Saeson uchel eu cloch heb ddweud gair, a llaw Sara'n dal yn dynn ym mysedd Miriam. Teneuodd y dorf wrth iddyn nhw frysio i lawr Pier Road, o dan gysgod pont y rheilffordd, ac i lawr am Ffordd Cader Idris. Atseiniai sŵn eu traed yn uchel, wrth agosáu at adref. Cododd mwyalchen fel angel du o'r perthi yn yr ardd o flaen y tŷ wrth i Sara agor y giât.

Agorodd Miriam ddrws y ffrynt a chymryd dau gam, cyn stopio'n stond ar droed y grisiau. Roedd y tŷ'n noddfa rhag gwres y tu allan, a'r teils patrymog ar lawr yn oeri'r aer. Gwthiodd Sara'r drws ar gau yn araf, ac edrych i fyw llygaid ei chwaer.

'Ond Sara,' meddai Miriam mewn penbleth torcalonnus. 'Dwi'n ei *garu* o.'

Tynnodd Sara'r cornet llaith o'i bysedd, a phlygu ei phengliniau i sychu'r staeniau hufen iâ oddi ar sgidiau ei chwaer â'i llawes, a'r rheiny'n grychau golau hyll fel baw deryn. Disgynnodd y dagrau, gan greu cylchoedd ar ei sgert ddu.

'Dwi *yn ei garu* o,' meddai Miriam unwaith eto, er bod ei thalcen wedi crychu'n ansicr.

Cododd Sara ar ei thraed, a syllodd Miriam ar ei gruddiau gwlyb. Wyddai hi ddim yn iawn pam roedd hi'n crio gymaint dros boen ei chwaer, ond gwyddai Sara'n iawn mai llonyddwch byrhoedlog oedd llonyddwch Miriam, ac y byddai ei chalon fach hoffus yn torri ymhen amser. 'Dydi o ddim yn dy haeddu di,' sibrydodd Sara'n daer. 'Doedd o ddim yn dy haeddu di.'

Dwy awr o aros, a'r awyrgylch yn drwchus fel triog; dwy awr o eistedd ar ei gwely, yn dweud fawr ddim, a rhwygwyd y llonyddwch gan ryddhau dagrau trymion. Rhoddodd Sara ei chwaer yn ei gwely, gan dynnu'r flanced ysgafn yn dynn dros ei hysgwyddau, ac aros yn ei chwmni er mwyn rhoi mwythau i'w gwallt tywyll gyda blaen ei bysedd.

Wrth faldodi ei chwaer am hydoedd, gan ailadrodd y tynnu bysedd ar hyd y cyrls gannoedd o weithiau, cafodd

Sara brofiad na chawsai cyn hynny ac na châi hi fyth wedyn. Gwyliodd ei chwaer yn crynu yn siom y golled, a sylweddoli, fel petai am y tro cynta, mor debyg oedd y ddwy: doedd dim brycheuyn na smotyn i'w gwahaniaethu. Am eiliad, yn ei blinder, wyddai Sara ddim ai ei chwaer neu hi ei hun oedd yn gorwedd ar y gwely; wyddai hi ddim p'run oedd wedi colli ei chariad; wyddai hi ddim pwy oedd hi. Diflannodd y teimlad, ac ysgydwodd Sara ei phen er mwyn deffro ei hun.

Arafodd anadl Miriam yn ochneidiau dwfn, a pheidiodd ei gwingo. Sibrydodd Sara ei henw i wneud yn siŵr ei bod hi'n cysgu, cyn troedio'n dawel o'r llofft ac i lawr y grisiau. Gwyddai y byddai ei chwaer yn deffro ymhen rhai oriau, gan anghofio am hanner eiliad, cyn i'r atgofion blannu eu hewinedd yn ei meddwl, a'r llifddorau'n agor led y pen gan dorri ei chalon unwaith yn rhagor.

Roedd eu mam yn y gegin, wedi cyrraedd yn ôl ar ôl bod yn gwarchod Mina. Gwenodd ar Sara wrth iddi ddod i mewn i'r gegin, cyn tywallt dŵr berwedig i mewn i debot.

''Nôl o'r traeth yn barod?' Cymysgodd y te â llwy fawr. 'Ydi Miriam yn y llofft?'

Ochneidiodd Sara, a phwyso yn erbyn y Rayburn oer. 'Mae hi yn ei gwely.'

'Ydi hi'n sâl?' gofynnodd ei mam yn sydyn, gan roi'r gorau i droi'r te. Llaciodd ei hysgwyddau main wrth i Sara ysgwyd ei phen.

'Mi welson ni Robat ar y traeth, efo'i fraich am ryw ferch arall.'

Cyfarfu llygaid y fam a'r ferch am eiliad, cyn i Sybil edrych i lawr ar y te, gan ddal i'w droi'n drobwll budr yn y pot er ei bod yn bryd iddi roi'r gorau i'w droi. Gwasgodd ei gwefusau at ei gilydd am eiliad, cyn ochneidio.

'Oedd hi'n hoff iawn ohono fo?'

Amheuodd Sara am eiliad fod y cwestiwn yn ddi-hid, yn diystyru'r cleisiau ar galon ei chwaer, ond wrth iddi godi ei llygaid at rai ei mam, sylweddolodd ei bod hi'n gofyn o ddifrif. Fuo'i mam ddim yno, wrth gwrs, pan orweddai'r ddwy chwaer yn eu gwely, yn cynhesu'u traed ar goesau'i gilydd, a llygaid Miriam yn goleuo fel dau saffir yn y gwyll wrth sôn am Robat. Roddodd hi mo'i llaw ar frest Miriam, fel y gwnaeth Sara, i deimlo'r galon yn carlamu ar ôl bod am dro gydag o. Chlywodd hi mo sibrydion cyflym Miriam, yn disgrifio mor anodd oedd peidio gadael i'w fysedd main grwydro i bobman dros ei chorff, mor anodd oedd gwrthod yr uniad.

'Roedd hi'n ei garu o,' atebodd yn gadarn, gan wybod mai dyna'r gwir.

Disgwyliai i'w mam wfftio'i hateb, gan feddwl ei bod hi a'i chwaer yn rhy ifanc i wybod ystyr cariad, ond dim ond ochneidio ac edrych i lawr i ddyfnderoedd cymylog y te wnaeth Sybil. Cododd ymateb ei mam rhyw fraw ar Sara, gan na wnaeth hi gynnig 'run gair tyner i liniaru ar boen Miriam.

'Mi a' i am dro bach, tra ei bod hi'n cysgu,' meddai, gan adael ei mam yn hel meddyliau'n fud yn y gadair, a'r niwl o flaen ei llygaid yn cuddio hen hanesion.

Brysiodd Sara yn ôl i dop Ffordd Cader Idris, ar hyd Pier Road, a throi i'r dde i lawr at y tywod. Roedd torfeydd y prynhawn wedi cilio gyda'r gwres, a dim ond y cymeriadau cyfarwydd oedd ar ôl ar y tywod – deuai yr un rhai bob dydd cyn cael eu te. Y wraig ganol oed, fel petai hi'n brysio i rywle, ei llygaid wedi'u hoelio ar y craciau tywyll yn y pafin: yr hen gwpwl, yn fain ac yn fusgrell yn pwyso ar ei gilydd, gan syllu ar y môr fel petaen nhw'n ei weld o am y tro cynta, bob nos; a Moi, wrth gwrs. Cerddai hwnnw'n dalsyth dros y tywod, ei wallt cringoch yn dal yr haul a'r ci bach prysur yn rhedeg o gwmpas ei draed. Cododd calon Sara, ond suddodd hefyd, rhywsut, wrth iddi sylweddoli gyda chryn fraw mor hapus oedd hi o'i weld o.

Gwyddai na ddylai fod yno. Gwyddai nad oedd pwynt na dyfodol i hynny. Ond dyna hi, unwaith eto, yn sefyll ar y tywod yn gwylio'r dieithryn yn mynd am dro.

Na, nid dieithryn mohono bellach, chwaith. Er, doedd hi ddim yn ei adnabod o. Gwyddai'r ffeithiau moel amdano: ei dŷ ar Ffordd Gwalia, ei wraig, ei eneth fach, ei arferiad dyddiol o ddod â'r ci bach at lan y môr bob min nos. Digwydd cychwyn sgwrs wnaeth y ddau ychydig fisoedd ynghynt wedi i Pip, y corgi bach, ollwng darn cam o froc môr wrth draed Sara, yn ei siarsio hi i chwarae ag e. A dyna'r ddau, wedyn, yn sgwrsio, am fân bethau i ddechrau, ac yna chwyddodd pwysigrwydd a mawredd eu pynciau gan ddrysu Sara weithiau gyda'u cymhlethdod. Bron bob min nos, safai ar y sgwaryn o dywod hwn gan daflu darn o froc môr i Pip, a sefyll gan sgwrsio'n ddiddig â Moi, ei thu mewn yn donnau tymhestlog.

'Noswaith dda.' Cynigiodd Moi wên fach iddi, a hithau un yn ôl. Gwridodd yn ysgafn wrth feddwl, am y canfed tro, bod Moi yn siŵr o fod wedi dyfalu ei theimladau erbyn hyn. 'Doeddech chi ddim yma neithiwr. Roedd Pip yn chwilio amdanoch chi.'

Nag oedd Tad, meddai'r llais bach direidus yn ei phen, *ti oedd yn chwilio amdana i, nid Pip.* Dwrdiodd ei hun yn dawel am feddwl y ffasiwn beth, hyd yn oed, gan wybod yn ôl yr holl sgyrsiau dyrys fod Moi yn meddwl y byd o'i wraig. Ac eto, roedd o wedi gweld ei cholli hi, mae'n rhaid. Ailadroddodd

Sara ei union eiriau yn ei phen, a'u storio'n saff, tan yr adeg pan gâi eu harchwilio o bob ongl, cyffwrdd ynddyn nhw a blasu'r sillafau gwerthfawr.

'Roedd Miriam adre; mi ddechreuon ni chwarae cardiau, ac mi aeth hi'n hwyr.' Cofiodd y noson cynt, yn gwylio'r cloc wrth i Miriam ystyried ei chardiau yn ddwys cyn chwarae, y cwlwm yn ei pherfedd yn cau'n dynnach wrth i'r gêm ymestyn, a'r nos yn ymlusgo'n flanced ddulas o gyfeiriad Cadair Idris.

'Doedd dy chwaer ddim efo'i chariad, felly. Rown i'n meddwl falle dy fod ti'n cadw cwmni i dy fam, a Miriam wedi mynd allan...'

Sylweddolodd Sara fod Moi wir wedi'i cholli hi neithiwr, a chododd cnawd ei breichiau'n lympiau bychan o bleser. Ond yna, rhywsut, daliodd ei llygaid yr union fan lle safai Robat, cariad ei chwaer, y prynhawn hwnnw. Lympiau iasoer fyddai ar groen Miriam wrth iddi gysgu.

Adroddodd yr hanes i gyd wrth Moi: nid yr esboniad mewn un llinell fel y cafodd ei mam, ond y cyfan oll. Roedd yngan y geiriau yn eu rhyddhau o'u cawell yn ei meddwl, ac yn eu codi fel gwylanod i'r awyr las. Gwrandawodd Moi ar bob gair, ac ar ôl iddi orffen dweud ei dweud, safodd wrth ei hymyl yn fud am funud, yn syllu ar y corgi bach yn herio'r tonnau.

'Gobeithio y bydd dy chwaer yn iawn,' meddai o'r diwedd, ei lais o'n dawel a dwys.

'Bydd, mae'n siŵr.' Cafodd Sara ei dychryn gan ei fudandod, gan y difrifoldeb yn ei lais, a cheisiodd ysgafnhau'r sgwrs, i dynnu'r hen Moi yn ôl. 'Mae'n well iddyn nhw orffen rŵan, yn tydi, os oedd o mor anhapus.'

'Mi ddylai o fod wedi anrhydeddu ei addewid, waeth be roedd o'n ei deimlo. Tydi o ddim yn deg â Miriam...'

Doedd gan Sara ddim syniad pam bod brad cariad ei chwaer wedi codi ei wrychyn gymaint, ond roedd Moi yn fud unwaith eto, am gyfnod hir. Teimlai Sara iddi wneud rhyw gamgymeriad mawr, heb iddi wybod beth. Ceisiodd ei holi am ei eneth fach, ond wnaeth hynny, hyd yn oed, ddim procio bywyd i'w sgwrs, a munudau'n ddiweddarach, ffarweliodd Moi yn dawel gan chwibanu ar ei gi.

Wrth iddo gerdded heibio Sara ar y tywod, gan fwmian esgus ei fod o'n hwyr i de, cyfarfu llygaid y ddau am y tro cynta erioed. Gwelodd Sara'r cwbl. Gallai weld y gwirionedd.

Teimlai ei stumog fel petai newydd gael ei phwnio. Yn ystod y daith adre, roedd ei llwnc ar gau, a'r gwylanod yn chwerthin ar ei phen wrth blymio a chodi yn yr awyr. Dyma gariad: dyma gosb. Baglodd i lawr Ffordd Cader Idris gyda'i llygaid yn pefrio mewn syndod. Roedd y fwyalchen yn ôl yn ei lle o dan y gwrych yn yr ardd o flaen y tŷ, ac wrth iddi droi i edrych ar Sara, sylwodd honno ar rimyn llachar ei llygaid, fel petai'r aderyn newydd fod yn crio.

Wrth i draed oer Miriam gyffwrdd yn erbyn ei choesau, sylweddolai Sara nad oerfel bodiau ei chwaer a gadwai hi'n effro. Roedd y nos yn drwch o'u cwmpas, gan dduo eu llofft. Doedd dim bwlch rhwng y llenni i adael y golau i mewn – roedd hi'n dywyll, fel deryn du.

Roedd pythefnos bellach ers iddi weld Moi ar y traeth. Pythefnos ers iddi ddal ei lygaid tywyll, a gwybod ei bod hi'n chwarae ar ei gydwybod. Pythefnos, ers iddo ddweud, yn rhwystredig, 'Mi ddylai o fod wedi anrhydeddu ei addewid, waeth be roedd o'n ei deimlo.' Nid am Robat roedd o'n sôn, wrth gwrs. Na. Roedd Moi yn ddyn rhy dda i dorri ei addewid i'w wraig.

Bob nos, byddai Sara'n edrych allan drwy ffenest y parlwr dros y caeau fflat, ac yn gweld y pen cringoch yn goron ar ei gorff hir, yn cerdded ar hyd llwybr Gwalia, a Pip yn rhedeg ymhell o'i flaen. Doedd o'n ddim ond symudiad bach yn y pellter, ond roedd yn adrodd cyfrolau. Cadwai Moi ymhell o'r traeth, ei hoff le yn y dre, rhag ofn y byddai Sara yno. Roedd hynny'n torri ei chalon yn fwy na dim.

'Wyt ti'n effro?' meddai Miriam yn dawel wrth ei hymyl.

'Yndw.'

Dylyfodd Miriam ei gên a throi ei chorff tuag at ei chwaer. Gallai Sara deimlo'i chynhesrwydd yn ei hymyl. 'Wsti be, Sara?'

'Be?'

'Dwi ddim am briodi.'

Ochneidiodd Sara. 'Meddwl hynny rwyt ti rŵan, ar ôl pob dim ddigwyddodd efo Robat...'

'Naci.'

Dychmygai Sara weld Moi, ar yr union adeg honno, yn gorwedd yn ei wely yn ymyl ei wraig brydferth, prin hanner milltir oddi wrth Sara. Dychmygai ei fod wedi'i hanghofio hi erbyn hyn, wedi gosod o'r neilltu'r holl sgyrsiau teimladwy fu rhwng y ddau. Gwyddai Sara, yn ei chalon, fod carwriaeth wedi bodoli rhyngddi hi a Moi, er na wnaeth gyffwrdd bys ynddi erioed.

'Tydw inna ddim am briodi, chwaith.'

Wnaeth Miriam ddim ebychu mewn syndod, fel roedd ei chwaer wedi disgwyl iddi wneud. 'Mi fyddwn ni'n iawn, felly, 'yn byddan? Ti a fi, efo'n gilydd?'

'Byddan siŵr,' atebodd Sara yn dawel, gan deimlo'r hiraeth am ei breuddwydion yn cripian ei chalon wag.

PENNOD 8

MINA: 1952

Stêc? Eto?

Mae Mam yn plannu'r fforc yn ddwfn yn y darn o gig, ac yn ei godi i 'mhlât i. Mae'n arllwys yr hylifau brown seimllyd dros y cig, yn saws dyfrllyd sy'n aros ym mhantiau naturiol y stecen. Ychydig o fadarch, pys o dun, ac mae hi'n gosod y plât o 'mlaen i, cyn gweini ei bwyd hithau ar blât arall, ac eistedd wrth fy ymyl.

Y bumed stecen mewn pythefnos.

Torraf y cig yn ddarnau bach trionglog cyn eu trywanu â'r fforc, gan wneud yn siŵr, yn gynta, nad oes 'run arlliw o binc yn agos ato. Mae'r pryd yn flasus, wrth gwrs, heb fymryn o fraster i'w gnoi.

'Gawn ni datws a mins fory, plis?' holaf yng nghanol y pryd. Mae Mam yn edrych i fyny arna i mewn syndod.

'Ond stêc ydi dy ffefryn di!'

Codaf fy ysgwyddau. 'Dim drwy'r amser.'

Tydw i ddim yn siŵr a ydw i wedi dweud y peth anghywir, a'i bod hi'n anniolchgar gofyn am bryd rhad, ond gwena Mam iddi hi ei hun ac ysgwyd ei phen. Mae ei gwallt tywyll wedi dechrau dianc o'r cwlwm taclus ar gefn ei phen, ond dyma'r adeg o'r dydd pan mae Mam ar ei phrydferthaf. Ei dillad wedi ysgwyd eu hunain o'r onglau perffaith yn dilyn ei smwddio, hithau wedi gorffen llnau, golchi a smwddio am y dydd gan ddod â rhyw lacrwydd atyniadol i'w hysgwyddau.

Daw cnoc ar ddrws y ffrynt, a dwi'n llamu o 'nghadair,

gan adael y fforc i sefyll mewn darn o gig. Nain Sybil fydd yno, mae'n siŵr, wedi dod â phwdin i ni. Ceisiaf ddyfalu ai roli poli jam, Spotted Dick neu bwdin triog fydd ganddi, gan obeithio â'm holl galon am y roli poli jam. Tynnaf ar y drws yn chwilfrydig.

'Noswaith dda,' meddai'r gŵr sy'n sefyll yno, gan smalio na sylwodd o ar y wên yn diflannu o'm hwyneb. 'Ydi'ch Mam adre, Wilhemina?'

'Yndi, ond rydan ni'n cael swper rŵan.' Mae Gordon Bwtshar yn dal tusw mawr o flodau melyn yn ei ddwylo. Syllaf arno, gan fethu coelio ei fod o yma, yn sefyll ar stepen y drws yn edrych yn od heb ei ffedog waedlyd. Welais i rioed ei hanner gwaelod o'r blaen.

Daw Mam o'r gegin i weld pam 'mod i'n cymryd mor hir i ateb y drws, ac yn amlwg yn synnu cymaint â fi o weld Gordon. Llwydda i guddio'r syndod o fewn eiliad neu ddwy, p'run bynnag, gan roi gwên fach i Gordon. 'Dewch i mewn.'

'Tydw i ddim am ddarfu arnoch chi yng nghanol eich te. Dim ond dod â'r blodau yma i chi, Nanw.'

Mae Mam yn gwrido wrth dderbyn y tusw. 'Carneshyns. Fy ffefrynna i,' meddai'n swil. Celwydd. Mae hi wedi dweud wrtha i droeon mai blodau'r haul ydi ei ffefrynnau hi, â'u petalau melyn heulog fel mwng llew. 'Plis, dowch i mewn. Dydach chi ddim yn tarfu arnon ni.'

Croesa Gordon y trothwy a dilyn Mam i'r gegin. Mae hi'n clirio'r platiau o'r bwrdd ac yn gwahodd Gordon i eistedd yn fy nghadair i. Safaf yn ffrâm y drws, yn dal i syllu arno'n gegrwth. Beth yn y byd mae'r ffasiwn ddyn yn ei wneud yn ein tŷ ni? Mae popeth amdano'n anghynnes; ei gefn mor syth fel pe'n gwrthod llacio'i ysgwyddau sgwâr; ei wallt yn bolish sgidia o dywyll, y Brylcreem yn drwchus drosto, a'r parting gwyn yn bren mesur o berffaith. Ac mae hwn yn eistedd yn fy nghadair *i*!

'Do's dim eisia i chi glirio'r platia,' meddai Gordon yn ei lais main.

'Roedd Mina wedi cael digon, p'run bynnag,' medda Mam gan ddod o'r gegin gefn gyda'r blodau mewn fâs fawr wydr, a'u gosod nhw ar y dresel yn dwt. Mae hi'n cynnig paned i Gordon ond mae o'n gwrthod. Syllaf arno wrth i mi ddal i sefyll yn ffrâm y drws. Pam dod i mewn o gwbl os nad oedd o am gael paned?

'Oedd y stêcs yn dda?' Dyna pryd, wrth gwrs, mae'r gwirionedd yn gwawrio – yr holl stêcs, y tshops blasus, y gamon tew a'r cig oen tyner. Buodd Mam a finne'n bwyta fel dynion oes y cerrig yn ddiweddar. Dwi'n cofio, yn ddig, sut y llowciais ei anrhegion bach o'n hapus, heb wybod y byddwn i'n gorfod talu pris mor enbyd...

Dim iws rhoi'r drol o flaen y ceffyl, chwaith. Cig a blodau ydyn nhw, wedi'r cyfan, nid modrwy aur.

'Y gorau,' meddai Mam yn ddiolchgar.

'Dydyn nhw ddim angen fawr o amser yn y badell, rheina. Rhyw flash-ffrai bach fydda i'n eu rhoi iddyn nhw.'

'Chi sy'n iawn, mae'n siŵr, ond tydi Mina ddim yn lecio'i chig yn rhy binc.'

Mae Gordon yn troi ata i fel petawn i newydd regi arno. 'Ond mae gorgoginio'r cig yn difetha'i flas.'

Mae 'nhymer deuddeg oed yn dechrau ffrwtian, a chymeraf gip milain ar Gordon cyn dweud, 'Dwi'n mynd i weld Nain Sybil.'

Cyn i Mam gael cyfle i gwyno, dwi wedi diflannu drwy'r

drws ac yn rhedeg drwy'r Stryd Fawr, i gyfeiriad Ffordd Cader Idris, gan wneud i gwmwl o golomennod godi fel llwch i'r nefoedd.

Ychydig wythnosau'n ddiweddarach, eisteddaf wrth fy nesg fach yn y llofft, yn gwneud gwaith cartref Biology (*put these creatures in the order they come in the food chain: grasshopper, kestrel, fieldmouse, greenfly*) pan glywaf leisiau'n dod o'r ardd gefn. Dwi'n rhoi 'mhensil i lawr ac yn clustfeinio drwy'r ffenest. Mam a Nain Ruth. Mae'n rhaid bod Nain wedi dod i mewn heb gnocio unwaith eto. Mae eu lleisiau'n codi a gostwng mewn modd sy'n awgrymu bod y ddwy yn anghytuno. Symudaf i gefn y tŷ, i'r llofft sbâr, gan wrando drwy'r gwydr tenau ar y ddwy.

'… deuddeg mlynedd!' meddai Mam, yn swnio'n ddiamynedd. 'Dwi'n haeddu cwmni, Ruth.'

'Wrth gwrs dy fod ti.' Mae Nain Ruth yn swnio'n ddagreuol. 'Ond mae o'n anodd i mi 'run fath. Mina ydi'r cyfan sydd gen i ar ôl…'

'Tydi hynny ddim yn mynd i newid.'

'Wel,' mae Nain yn sniffian. 'Cyn belled â'i bod hi'n gwybod pwy ydi ei thad hi.'

Mae Mam yn ochneidio. 'Rydach chi'n gwneud pethau'n anodd iawn i mi, Ruth.'

Codaf i eistedd ar wely'r ystafell sbâr. Druan o Nain Ruth, a chywilydd ar Mam am dorri ei chalon hi fel hyn.

PENNOD 9

RUTH: 1919

Bachgen bach! Roedd hi'n dal i ryfeddu at gynnwys y pram nefi blŵ ar y buarth. Yn olau 'run fath â'i dad, a'i aeliau o'n feddal fel plu.

Ymestynnodd ceg y babi yn siâp 'o', yn chwilio am fwyd, ac edrychai fel petai o'n gobeithio am sws. Gwefusau cochion siâp calon a'i lygaid cyn lased â'r awyr ar ddydd ei eni. Rhyfeddai Ruth at yr hwn a ddaeth o'i chorff, yn dwmpath gwaedlyd crebachlyd dim ond pythefnos ynghynt. Gorweddai ei mab tlws a'i ddwrn yn ei geg, yn gwylio'r adar yn hedfan uwchben.

''Wannw'l, Ruth, 'nei di symud y bachgian o'r ffor'? Buarth 'di hwn, dim bali nyrseri!' Doedd Edwin ddim yn fodlon cyffwrdd yn y pram, er, byddai Ruth yn ei ddal yn edrych ar y babi weithiau, ei lygaid o'n gwenu. Un tawedog oedd Edwin, heb awydd seboni na lolian, ond roedd Ruth wedi'i weld o'n codi ei fab newydd-anedig i'w freichiau prin awr ar ôl ei eni. Gwelodd yr anwylder yn ei lygaid.

'W't ti'm hanner call, yn sefyll yn fan'na'n gwenu fatha rhywun ddim yn iawn?'

'Mi wneith les iddo fo gael tipyn bach o haul.'

Roedd cegin y tŷ fferm yn anarferol o fychan a thywyll, a chododd stêm y cinio'n chwyslyd o'r popty. Ar y llaw arall, roedd hi'n gynnes tu allan, a'r awyr yn las di-dor a'r haul a'r awel yn asio'n gynnes braf. Hedfanai'r barcutiaid o'r coed y tu draw i'r fferm yn gylchoedd dioglyd yn y nen, gan anfon ambell grawc truenus tua'r ddaear.

'Be os daw'r gwartheg draw i sbecian arno fo? Mi drôn nhw'r pram 'ma, siŵr i ti.'

Doedd dim amdani ond powlio'r Silver Cross yn ôl i'r tŷ. Gwyliodd Ruth wrth i'w mab syrthio i gysgu'n araf, ei lygaid yn cau bob yn dipyn, a'i wingo'n tawelu'n llonyddwch. Cysgodd y baban yn glyd, y gwythiennau bach ar ei lygaid yn fapiau bach cywrain. Gadawodd Ruth i'w bawd gyffwrdd yn ei dalcen bach poeth, a gwenodd.

'Gadewch i'r bachgian gysgu, wir.' Daeth y crawcian cyfarwydd o'r tu ôl i Ruth nes torri ar heddwch y fam a'i phlentyn. 'Tydi o'n ca'l dim llonydd ganddoch chi!'

Sleifiodd Sioned i mewn drwy ddrws y cefn, fel lleidr, gan dynnu'r neges o'i basged a'u taro nhw'n flin ar y bwrdd bwyd fel petaen nhw wedi achosi poen iddi. Syllai'r hen wraig ar Ruth wrth wneud, ei thrwyn hi'n crychu fel petai'r bychan wedi llenwi ei glwt.

'Tydi o 'di cael dim byd ond llonydd ers i chi adel. Dwi 'di bod yn paratoi'r cinio.' Ymestynnodd Ruth am y tebot poeth o'r *range* a'i osod ar y bwrdd, yn barod i ginio.

'Mi gymrodd awr i chi wneud cig dafad a phonsh maip?' Cododd Sioned ei haeliau fel petai hi wedi dweud rhywbeth clyfar.

'Mi gymrodd awr i chitha fynd i siop Robat bwtshar i moyn esgyrn?'

Gwridodd Sioned, ond nid mewn cywilydd. Fe'i gwylltiwyd eto gan ei merch-yng-nghyfraith bowld. Surodd ei hwyneb main wrth iddi baratoi ei hun am ffrae arall.

'Dweud roedd Robat Bwtshar eich bod chi'n lwcus ca'l mam-yng-nghyfreth mor dda i gerdded yr holl ffordd i'r dre i moyn eich negas i chi! A finne'n hen wraig!'

'A dwi'n siŵr i chitha ateb eich bod chi'n lwcus ca'l merch-yng-nghyfreth sy'n fodlon hwylio pryde i bawb a hithe newydd ga'l babi!'

Doedd Ruth ddim mor finiog ei thafod â hyn fel arfer, ond roedd y gwres, y pryfaid a'r pedair awr o gwsg yn dweud arni, a hithau'n gwybod bod Sioned yn cwyno wrth bob un oedd yn fodlon gwrando mor anniolchgar oedd ei merch-yng-nghyfraith.

''Dech chi'n o lew, Mam?' Stompiodd Edwin drwy'r drws a'i fwtias gwaith ar ei draed, gan adael olion mawr budr ar lechi'r llawr. Ddywedodd Ruth 'run gair, dim ond tywallt paned iddo i'w hoff gwpan, a hwnnw'n un mawr fel bwced. Doedd dim awr wedi mynd heibio ers iddi fopio'r llawr, ond fiw iddi ddweud y drefn a Sioned gerllaw yn gwrando.

'Dweud ro'n i rŵan bod pawb yn gweld hi'n chwith bod hen wreigan fel finne'n siopa yn y tywydd 'ma.'

'Fysech chi'm hanner mor boeth 'sech chi'n tynnu'r siol 'ne.' Cnoiodd Edwin ar ddarn o fara menyn wrth siarad, a bu'n rhaid i Ruth frathu ei boch rhag iddi chwerthin. Doedd ganddo ddim syniad, yn ei anwybodaeth, ei fod o'n cymryd ochr ei wraig yn y ddadl. 'Mae gwisgo du yn denu'r gwres, hefyd, mi dwi 'di dweud hynny wrthoch chi o'r blaen.'

Daeth cryndod dros geg Sioned. 'Du er cof am dy dad, Edwin William, a phaid ti ag anghofio.'

Tyfodd llygaid Edwin fel rhai tylluan, fel y byddan nhw pan fyddai unrhyw un yn dangos emosiwn o unrhyw fath, a llyncodd ei fara menyn yn sydyn. 'Olreit, Mam, peidiwch â...'

'A finne'n rhedeg drosoch chi, yn rhuthro i moyn neges, gwneud y baned, tendiad y babi. A heb air o ddiolch.'

Tyfodd llygaid ei mab yn lletach byth. 'Diolch.'

Pesychodd Ruth i guddio'r awydd i chwerthin a throdd at y stof i ddechrau gweini'r bwyd. Fuodd hi erioed mor falch o gael llo'n ŵr.

'A gorfod byw ddydd ar ôl dydd ar datws heb eu coginio trwyddyn, a chig rhy galed, pan 'den ni i gyd yn gwybod 'mod i'n well cwc.' Roedd llais Sioned yn uchel erbyn hyn, yn agosáu at fod yn sgrech. 'Tydi hi'n gwneud hanner digon, chwaith. Mi fyddan ni i gyd wedi llwgu neu farw o wenwyn bwyd os na wnei di ddysgu rhywbeth i'r wraig 'ma 'sgin ti!'

Teimlodd Ruth ei thymer yn poethi, a tharodd y sosban ar y bwrdd o'u blaenau. Hedfanodd tamed o bonsh maip allan ohono a glanio'r slwj ar y bwrdd. 'Iawn! Gewch chi wneud y bwyd i gyd, Sioned, a'r llnau a'r golchi tra 'dech chi wrthi!' Edrychai llygaid Edwin fel petaent ar fin rholio o'i ben. 'Gewch chi godi i helpu efo'r godro, a gofalu am y bachgian, ac mi wna i swanio i lawr i'r dre efo wyneb fel tu cefn un o'r gwarthaig 'cw, a chwyno mor anodd dwi'n ei chael hi.'

Eisteddodd Ruth wrth y bwrdd, a llwytho'i phlât â'r llysiau a'r cig, cyn boddi'r cyfan mewn grefi. Ddywedodd Edwin na Sioned 'run gair, dim ond sbio ar eu platiau mewn syndod. Dechreuodd Ruth fwyta, ac, yn araf, dilynodd ei gŵr, ond arhosodd Sioned yn stond yn ei chadair heb symud modfedd. Gwyddai Ruth ei bod hi'n brysur yn cynllwynio'i symudiad nesaf.

'Esgusodwch fi. Dwi am fynd i orwedd. Toes gen i ddim isho bwyd.'

Edrychodd Ruth arni'n codi'n fusgrell o'i chadair, a sylwodd, am y tro cyntaf, ar grisialau bach yn frith dros ei bron, ac ambell un yn dal yr haul fel ffenest lliw.

'Be sy ganddoch chi fa'na?' Pwyntiodd Ruth, cyn sylweddoli, heb falio rhyw lawer, ei bod hi'n pwyntïo at fronnau ei mam–yng–nghyfraith. 'Y crisialau bach 'na, dwi'n feddwl.'

'Rydach chi'n gweld petha rŵan,' meddai hi, wrth i ddau smotyn coch ymddangos yng ngwythiennau coch ei gruddiau. Plethodd ei breichiau, gan drio cuddio'r dystiolaeth o dan ei dillad syber.

Wrth i'r gwir wawrio'n fuddugoliaethus dros ei meddwl, anfonodd Ruth weddi fach dawel i Dduw am fod ar ei hochr hi heddiw. Syllodd ar Edwin gan wylio'r ddealltwriaeth yn trawsnewid ei wyneb.

'Rhuthro i moyn neges, myn diawl. Rhuthro i stwffio teisenni siwgr Margiad becws, 'dech chi'n feddwl. Bywyd caled, wir Dduw!'

Brysiodd Sioned o'r gegin a chododd Ruth ei fforc eto, gan wybod mai dyma'r pryd mwyaf blasus a gafodd hi ers tro.

'Lle ma dy fam?' Galwodd Ruth dros dincial y poteli gwag. 'Ma'i brecwast hi'n oeri!'

'Cer ati, i wneud yn siŵr ei bod hi'n iawn.' Bodiodd Edwin dethi'r fuwch oedd heb gynnig mwy na hanner cwpan o laeth y bore hwnnw, a gwyddai Ruth y byddai o'n biwis am weddill y dydd o'r herwydd.

Sychodd ei dwylo yn ei brat ac ochneidio wrth gamu i mewn i dywyllwch oer y gegin. Roedd Wil yn ei bram yn paffio'r awyr, ac edrychodd Ruth mewn difri ar frecwast Sioned yn oeri ar y bwrdd, y saim ar y cig moch yn caledu'n hufen sgleiniog, a chorneli'r bara menyn yn dechrau sychu'n grystyn a throi am y nenfwd.

Doedd 'run smic i'w glywed wrth i Ruth gerdded i fyny'r grisiau, a gallai deimlo ei thymer yn poethi wrth ystyried annhegwch y peth. Oedd o ddim yn ddigon ei bod hi'n hwylio prydau i'r gnawes bob dydd, yn glanhau ar ei hôl hi ac yn gorfod diodde'r holl gecru milain oedd yn hedfan fel cyllyll i'w chyfeiriad? Oedd rhaid iddi ddeffro'r ddynes hefyd, fel petai hi'n blentyn bach, ailgynhesu'r brecwast wedyn, ac yna gwrando arni'n hefru am y ffordd y byddai *hi*'n arfer gwneud teisen bob bore, sut roedd *hi*'n golchi clytiau Edwin bedair gwaith y dydd pan oedd o'n fabi? Caledai cyhyrau Ruth yn galed yn ei thymer wrth iddi droi bwlyn drws llofft ei mam-yng-nghyfraith.

'Ma'ch brecwast chi ar y bwrdd ers chwarter awr, Sioned.' Ni symudodd Sioned, gan aros yn stond yn wynebu'r wal, a'r blethen dew yn neidr arian ar ei chlustog. Â'i thymer yn darth dros ei meddwl, dychmygai Ruth fod Sioned yn gorwedd yno'n effro, yn mwynhau ei gwylltio.

'Does gen i'm amser i dendiad arnoch chi, Sioned. Ydych chi'n dod neu be?' Arhosodd Sioned yn llonydd, ac ymestynnodd Ruth ati, yn wyllt gacwn. '*Sioned!*'

Gwyddai Ruth cyn gynted ag y cyffyrddodd yn ei hysgwydd. Gallai deimlo'r oerni difywyd, gwag drwy goban denau ei mam-yng-nghyfraith. Trodd y corff tuag ati, a'i ollwng yn syth wrth weld yr wyneb cyfarwydd yn edrych mor farw – y llygaid ynghau, diolch byth, ond y geg yn llydan fel petai hi ar fin dechrau arthio, ar fin dweud y drefn. Roedd y gwythiennau main a fu'n addurno'i thrwyn a'i gruddiau wedi diflannu'n llwyr, ei hwyneb yn awr yn llyfn a gwyn. Eisteddodd Ruth ar y gwely yn ymyl corff difywyd Sioned, yn ansicr ynglŷn â sut i deimlo mewn sefyllfa fel hon, wrth fethu anwybyddu ei diffyg tristwch.

''Dech chi'n iawn?' Daeth llais Edwin o waelod y grisiau, a chorddodd stumog Ruth wrth feddwl am ddweud wrtho.

'Ty'd i fyny, Edwin.'

'Pam?'

'Dy fam.'

Bu rhai eiliadau o dawelwch, cyn i'r sŵn traed ddod yn drymaidd ac araf ar y grisiau moel. Doedd dim angen i Ruth yngan gair arall. Roedd ei llais wedi dweud y cyfan wrth Edwin.

Roedd rhywun wedi gadael drws yr eglwys ar agor y bore hwnnw, ac felly, ar brynhawn cynhebrwng Sioned, hedfanai gwennol fechan o amgylch y lle, ei hadenydd yn siffrwd dan olau'r ffenestri lliw. Doedd neb yn talu fawr o sylw iddi, ond, yn hytrach, yn canolbwyntio ar drio cadw'n effro dan si-hei-lwli'r organ ddolefus, ei thonau diog, a'r gwres a lyfai chwys dan goleri pawb.

Eisteddai Ruth yn nhu blaen yr eglwys, yn dychmygu Sioned yn chwerthin ar ei phen wrth gofio Edwin yn sôn mor boeth oedd gwisgo du, a Ruth yn gwingo dan y brethyn tywyll o'i phen i'w sawdl, a chwys yn cosi ei hasgwrn cefn.

Feiddiodd Ruth ddim troi i edrych ar yr aderyn bach caeth, ond gwyddai ei fod yno, yn eistedd ar drawstiau'r eglwys yn gwylio'r gwasanaeth. Gallai glywed grŵn ei adenydd yn cael eu hymestyn, ambell dro, a boddodd Ruth ei hun mewn ffantasi obeithiol. Beth pe bai'n hedfan i lawr ac eistedd ar yr arch? Neu, yn well byth, pe bai'n gollwng talp o hylif gwyn ar ben un o gyfeillion surbwch Sioned, un o'r rhai a edrychai draw i gyfeiriad Ruth gyda'u hwynebau'n llawn dirmyg. Wnaeth y wennol ddim byd tebyg, wrth gwrs, ond eistedd yn barchus tan i'r gwasanaeth orffen, a'r arch ar ei ffordd i'r pridd dan gyfeiliant alaw drom.

Doedd dim un deigryn yn gwlychu 'run grudd dros

Sioned, ac ar ôl i'r pader gael ei adrodd yn y fynwent, a'r pridd yn dechrau cael ei rofio i lenwi'r bedd, safai Edwin a Ruth yn ymyl y giât fawr haearn er mwyn diolch i bawb am eu cydymdeimlad. Edrychai Edwin fel person arall yn hen siwt ei dad, yn ysgwyd dwylo'n syber ac yn mwmian gwerthfawrogiad am y geiriau o gydymdeimlad twymgalon a gynigiwyd iddo. Enwogrwydd rhyfedd yw colled, a chwysodd Ruth wrth weld pobol yn chwilio ei llygaid am ddagrau.

Meddyliodd Ruth am Wil bach, a'r teimlad o gael ei bwysau yn ei breichiau, y pleser o gael tendiad arno'n dyner a chyffwrdd yn ei foch binc gyda blaen ei bysedd. Mae'n siŵr y byddai o'n hapus braf yng nghwmni ei mam, cysurodd Ruth ei hun yn dawel, a hithau wedi dod yr holl ffordd o Lanegryn i edrych ar ei ôl (a chael esgus, wrth gwrs, i beidio â mynychu angladd rhywun roedd yn gas ganddi), ond roedd breichiau Ruth yn dal i deimlo'n wag. Roedd hi angen bwydo, hefyd, a'i bronnau'n brifo ac yn drwm gan lefrith o dan y cotwm du.

'Mae'n ddrwg gen i, 'machgian i. Mi fydd colled mawr ar ei hôl hi,' meddai Margiad Becws wrth Edwin. Doedd Ruth yn synnu dim. Mi fydd yn colli ffortiwn o bres cacenni rŵan gan fod Sioned wedi mynd.

Nodiodd Eunice Ffordd Cadfan yn daer. 'Fydd pethau ddim 'run fath hebddi.'

'Diolch,' meddai Edwin yn gadarn ac yn isel, fel petai o, yn sydyn iawn, yn ddyn.

'Roedd hi'n dweud wythnos dwytha 'i bod hi ddim yn dda,' meddai Margiad Becws, gan syllu'n syth i fyw llygaid Ruth. 'Ond roedd hi'n mynnu dŵad i moyn ei neges. Trio rhoi cymorth i Ruth, medda hi.'

Teimlodd Ruth lygaid yn ei thrywanu o bob cyfeiriad, pob

un ohonynt yn barnu'r ferch a adawodd i ddynes oedrannus gerdded chwarter milltir i nôl torth o fara. Roedd y neges yn glir. Gwelai cyfoedion Sioned waed ar gledrau chwyslyd ei merch-yng-nghyfraith. Edrychodd hithau o wyneb i wyneb, gan drio meddwl am ymateb priodol. Synnodd wrth weld gwên fach smala ar wyneb Eunice Ffordd Cadfan. Dechreuodd Margiad Becws gilwenu'n gas, hefyd, ac, o fewn eiliadau, roedd y criw piwis a fu'n llawn oerni cyhuddgar ychydig ynghynt erbyn hyn yn gwenu'n aflan, pob un.

'Ruth? Ga i air?' Gwthiodd Cadi Penrallt drwy'r merched, cyn tynnu Ruth tuag ati gyda'i llaw esgyrnog yn dynn ar ei braich. Arweiniodd Ruth o amgylch talcen yr eglwys, tan i'r ddwy gyrraedd yr ochr arall, lle doedd neb yno i'w gweld. Roedd Ruth mewn penbleth llwyr, yn enwedig o gofio nad oedd hi prin yn adnabod Cadi Penrallt. Cai gip arni, weithiau, yn llusgo'i chorff gwan o siop i siop yn Nhywyn, yn gwenu'n ddewr ar bawb ac yn pwyso ar un o'i merched, neu ar ffon, fel yr un oedd ganddi yn y fynwent, yn frigyn trwchus at y llawr, a'i ben yn belen sgleiniog o bren wedi'i bolisho'n ddyfal.

'Ydach chi'n iawn, Cadi?'

'Go lew, 'yn lodes i. Rŵan gwrandewch. Peidiwch chi â hidio dim be mae 'rhen ferched yn ei ddweud. Maen nhw wrth eu bodda'n cael cwyno am rywun.'

Gwenodd Ruth yn ddiolchgar. 'Dydyn nhw'n poeni fawr ddim arna i. Er, fedra i ddim yn fy myw ddallt pam bod eu hanner nhw'n gwenu arna i fa'na rŵan, a minna'n amlwg yn cael y bai am Sioned.'

Gwenodd Cadi'n ddireidus gan nodio tuag at flaen ffrog Ruth. 'Os rowch chi ddail bresych drostyn nhw, wnân nhw ddim gollwng, wyddoch chi.'

Edrychodd Ruth i lawr at ei bronnau, a gweld bod dau

batshyn tywyll wedi ymddangos yn y cotwm du, fel dau lygad yn sbecian dros y fynwent. Ei llaeth yn treiddio trwy dair haen o gotwm, yn chwilio am weflau awchus Wil bach. Cofiodd Ruth am wyneb Eunice, a gwridodd yn boeth.

'Paid ti â chochi, sgin ti ddim byd i fod â chywilydd ohono,' meddai Cadi, cyn gwenu. 'Ond mae un peth yn sicr. Mae Sioned yn chwerthin llond ei bol arnat ti o'r nefoedd rŵan.'

Chwarddodd Ruth, a cheisio tacluso ei ffrog, gan glywed y wennol fach yn yr eglwys, yn taro'i hun yn erbyn y ffenestri lliw, dro ar ôl tro, yn trio dengyd drwy'r lliwiau llachar oedd yn enfys dros ei phlu.

PENNOD 10

MINA: 1956

Cnoc, cnoc cnoc.

'Ty'd yn dy flaen, Mina!'

Dwi'n cymryd y cadach wyneb ac yn sychu'r minlliw pinc oddi ar fy ngwefus. Tydi o ddim yn cael yr un effaith, rhywsut, â'r minlliw coch.

Cnoc, cnoc cnoc cnoc.

'Mina!'

Dyna welliant. Gwefusau siâp calon yng nghanol wyneb gwyn. Mae hyd yn oed 'y ngwallt i wedi bihafio heno, yn powlio'n donnau tywyll at fy sgwyddau, a'm hamrannau yn fwâu tywyll siâp gewin uwchben fy llygaid gleision.

'Mina, mae'n rhaid i mi…'

Cnoc cnoc cnoc cnoc cnoc cnoc cnoc cnoc cnoc cnoc…

Dwi'n ama bod 'na rhywbeth yn bod ar bledran Gordon. Mae o'n gorfod cael pi-pi unwaith bob hanner awr, a chodi deirgwaith yn ystod y nos hefyd. Mae fy llofft i nesa at y tŷ bach, ac weithia mi fydda i'n cael fy neffro gan synau ei rechan am ddau y bore.

'Nanw! Dwed rywbeth wrth dy ferch, wir dduw, cyn i mi gael damwain!'

Dwn i ddim sut mae Mam yn gallu rhannu gwely efo'r ffasiwn ddyn. Mae ganddo fo gymaint o flew yn tyfu o'i glustia, dwi'n synnu ei fod o'n medru clywed o gwbl, heb sôn am ei ben moel, yn binc fel gamon wedi'i ferwi. Ac i feddwl

67

bod fy mam fy hun yn gallu… Wel, ych a fi.

'Wilhemina!' Llais Mam rŵan, yn wyllt gacwn iddi orfod dod i fyny i ddweud y drefn wrtha i. 'Ty'd o 'na'r munud 'ma!'

Cymeraf un cip arall ar fy adlewyrchiad yn y drych, cyn troi ac agor y drws, a rhoi gwên fawr i Gordon. 'Ddrwg gen i Gordon,' meddwn i'n fwyn. '*Women's troubles.*'

Mae o'n cochi at ei glustiau ac yn rhuthro i mewn i'r tŷ bach, gan gau'r drws yn glep ar ei ôl. Dwi'n chwerthin yn dawel.

'Pam rwyt ti'n mynnu codi cywilydd arno fo?' medda Mam gan hisian rhwng ei dannedd. 'Oes gen ti ddim manars?'

'Dim fi sy'n rhechan wrth y bwrdd bwyd ac yn beio'r ci.' Dwi'n troi ar fy sawdl, ac yn brysio i lawr y staer gan drio peidio cwympo yn fy *high heels*.

Digon tawel yw hi o gwmpas y bwrdd bwyd, a'r mins cig oen a'r tatws stwnsh yn troi ar fy stumog i a finna mor gyffrous ynglŷn â heno. Dwi'n ei lowcio fo'n gyflym, yn gwybod na cha i fynd allan os na fydd pob darn bach wedi'i glirio.

'Mynd allan *eto* heno?' meddai Gordon wrth grafu ei blât â'i gyllell.

'Yndw.'

'Efo Gerallt, Frankwell Street eto? Tydi o'n hogyn lwcus.' Mae ei wên surbwch o bron mor sych â'i groen.

'Nid efo hwnnw ma hi'n mynd heno,' medda Mam gan sniffio wrth orchuddio'i bwyd gyda halen. 'Rhyw Tim r'wbath.'

'Tim?' Mae talcen Gordon yn crychu. 'Wn i ddim am 'run Tim o Dywyn. Hogyn o Fryncrug ydi o?'

'Bôrdyr yn rysgol.' Dwi wrth fy modd yn cael dweud. 'O Lerpwl yn wreiddiol. Mae'i dad o'n fanc manejar.'

'Sgowsar!' Mae Gordon yn tagu ar ei gig, cyn troi at Mam. 'Wyt ti am ada'l i hon fynd efo rhywun wyddost ti ddim byd amdano fo?'

Mae Mam yn nodio'n flinedig. 'Cyn belled â'i bod hi yn ei hôl erbyn hanner awr wedi deg, mi geith hi fynd allan efo unrhyw un ma hi'n lecio.'

Tuchan mae Gordon, fel petawn i ar fin mynd allan efo un o'r maffia ac nid hogyn o Lerpwl 'sgin atal dweud a chroen fel tasa 'na fom 'di hitio fo. 'Mynd allan efo Sais, wir. A thitha'n Gymraes lân loyw.'

'Ia, wel.' Dwi'n rhawio'r olaf o'r tatws stwnsh ar fy fforc. 'Tydw i ddim isho aros rownd ffor' hyn am weddill 'y mywyd.'

Mae gwên fach sbeitlyd yn lledaenu dros geg seimllyd Gordon. 'O, nag wyt? Ac i ble wyt ti am fynd, felly?'

'Dwn i'm... Lerpwl, Manceinion, Llundan ella...'

'Llundan!' Mae 'na ddarn o datws yn hedfan o'i geg wrth iddo chwerthin gan lanio'n sbloetsh ar y lliain bwrdd. 'A be fysat ti'n wybod am le fel 'na? 'Sat ti'm yn para wythnos heb dy fam i wneud dy bryda bwyd a golchi dy ddillad i ti.'

Dwi ar fin creu ffrae go iawn ohoni, a dweud yn blwmp ac yn blaen y byddwn i'n hapus iawn yn unrhyw le cyn belled â'i fod o'n ddigon pell – yn ddigon pell oddi wrth ei hen arferion bwyta mochynnaidd. Daw cnoc sydyn ar y drws.

'Mae o'n gynnar.' Codaf mewn panig llwyr, gan drio gweld ydi'r minlliw yn dal i liwio 'ngwefusau i yn yr adlewyrchiad ar y tebot. 'Lle ma nghôt i? A 'mag i? Lle ma...'

Ond mae'n rhy hwyr. Mae Gordon yn codi'n fuddugoliaethus ac yn agor drws y ffrynt, gan adael i Tim gael cip go lew arna i'n rhuthro o gwmpas y lle fel peth gwyllt.

Ond dim Tim sy'n sefyll wrth y drws, ond Llew bach Rhydfraith, ei gap yn ei law, a golwg ddigalon iawn arno fo. Dwi'n rhoi ochenaid o ryddhad, ac yn ailafael yn y chwilota am y gôt a'r bag.

'Noswaith dda, Llew bach,' meddai Gordon yn bwysig i gyd.

Pwy mae o'n feddwl ydi o? Noswaith dda wir. Pam na fysa fo'n defnyddio Cymraeg go iawn fel pawb arall?

'Ydi Mrs Efans yma?' Dwi'n troi i edrych ar Llew bach. Un am dynnu coes a chnoi cil ydi o fel arfer, ac yn ôl ei arfer mi fydd o'n holi am bawb yn y tŷ cyn dweud dim. Mae Mam wedi clywed hefyd, ac mae hi'n brysio at y drws, gan sychu ei dwylo yn ei ffedog.

'Be 'di'r matar?'

Mae Llew bach yn sbio ar ei draed, a dwi'n pwyso nôl ac yn eistedd ar y grisiau, yn trio dychmygu beth sy mor ofnadwy nes gneud i Llew bach gau ei geg am unwaith.

'Galw yn nhŷ Mrs Ellis wnes i.' Mae o'n dal i sbio ar lawr, ei lais o'n dawel. 'Roedd hi 'di gofyn i mi ddŵad ar ôl gwaith, i sbio ar ryw dap dŵr oedd yn gollwng.'

'Mrs Ellis?' gofynna Gordon yn dwp.

'Ruth,' ateba Mam, a'i llais yn wan.

'Doedd 'na'm ateb, felly es i'n syth i mewn.' Mae o'n ysgwyd i ben. 'Mae'n ddrwg gen i. Mae'n rhaid ei bod hi 'di ca'l trawiad tra oedd hi'n gneud y bara. Roedd 'na flawd ymhob man, a'r bara wedi codi a chodi dros y bwrdd ac ar lawr.'

Nain Ruth. Yn y gegin yn y tŷ bychan ar Stryd Frankwell, yn swpan fawr dew, drwm, ar lawr, ei chroen hi'n oer a meddal fel toes a'r blew yn y lwmpyn brown ar ei gên yn llonydd. Mam fy nhad; hon a wirionodd arna i; hon a bobai gacennau sinsir bob wythnos rhag ofn i mi alw, er na fyddwn i byth yn gneud; hon a wylodd yn dawel ym mhriodas Mam a Gordon. Yr unig gysylltiad oedd gen i â Nhad. Wedi marw ar ei phen ei hun mewn cegin gynnes.

Dwi'n diolch i Dduw mai dim Nain Sybil sy wedi'n gadael ni – gan deimlo'n euog yn syth bìn.

'Ydi hi'n dal yno?' gofynna Mam yn gryg. Mae hi'n edrych yn llwyd, ac yn hen yn sydyn iawn.

Nodio mae Llew bach. 'Mi gliriais i'r bara a'r blawd, a thrio mynd â hi i fyny grisiau i'r gwely, ond mae hi'n rhy drwm i mi ei symud. Mae Alan Angladda ar ei ffordd draw yno rŵan.'

'Diolch i ti, machgian i,' meddai Gordon, ei lais o'n gryf a chadarn fel tasa Llew newydd nôl peint o lefrith i ni, a heb drio llusgo corff deunaw stôn i fyny'r grisiau cul er mwyn arbed ein teimladau ni.

'Mi ddo i draw. Rho funud i mi.' Aiff Mam yn ôl i'r gegin, a ffarwelia Llew bach yn dawel.

Tipian y cloc ydi'r unig sŵn am hydoedd, a'r tri ohonon ni'n eistedd o gwmpas y bwrdd fel delwau, neb yn gwybod beth i'w ddweud. Ysgydwa Mam ei phen bob hyn a hyn, fel petai hi'n methu â choelio'r peth o gwbl.

'Well i mi fynd draw yno,' meddai o'r diwedd, gan godi ar ei thraed. 'Mae lot i'w drefnu cyn yr angladd.'

'Dim dy le di ydi gneud hynny, siŵr,' mynna Gordon. 'Doeddach chi ddim mor agos â hynny.'

Sylla Mam ar Gordon am ychydig, a dwi'n meddwl am eiliad ei bod hi ar fin cytuno ag o ac eistedd i lawr drachefn, ond mae hi'n agosáu ato fo'n ara, gan ddweud mewn llais tawel a pheryglus,

'Ro'n i'n briod â'i mab hi, roedd hi'n Nain i 'merch i. Roeddan ni'n agosach na faset ti'm yn breuddwydio byth.'

Cwyd gan adael y tŷ, a'r drws yn llydan agored y tu ôl iddi.

'Ydach chi am i mi ddod efo chi?' gwaeddaf ar ei hôl, ond mae hi 'di diflannu rownd y gornel heb ateb, ei gwallt hi'n rhyddhau ei hun o'i fŷn taclus.

'*Alright, Minah?*' meddai llais o'r cyfeiriad arall, a dwi'n troi ac yn gweld Tim yn cerdded i lawr Stryd yr Eglwys tuag ata i. '*Lovely frock. Sorry I'm late but…*'

'*I'm sorry, Tim,*' meddwn inna'n wan wrtho. '*I can't come to the pictures with you tonight. My Nain's just died.*'

Dwi'n cau'r drws yn glep yn ei wyneb syn.

Y noson honno arhosaf yn y ffenest, yn edrych i weld ble mae Mam. Mae tymer y diawl wedi bod ar Gordon drwy gyda'r nos, ac aeth i'w wely'n gynnar gyda llyfr a phaned − dim rhyfedd ei fod o'n gneud pi-pi mor aml.

Dwi eisoes yn fy nghoban pan welaf hi'n dod, ei cherddediad mor gyflym a'i chefn mor syth ag erioed. Yn sydyn iawn, mae gen i biti mawr dros Mam. Am golli Wil, 'y nhad, mor ifanc; am briodi Gordon ddi-fflach, ddi-ddim; ond yn fwy na dim, am fy nghael i. Mi fyddai pethau wedi bod mor wahanol pe na fyddwn i wedi dod i'w byd hi, a hithau'n weddw ifanc. Mi fyddai hi wedi crio dros Dad, ond wedyn byddai wedi concro ei hiraeth, ac wedi dechrau bywyd newydd. Ond dyma fi, yn lodes ifanc efo ceg fawr i'w hatgoffa hi o'r hyn mae hi 'di golli.

Camaf yn dawel i lawr y grisiau a dod o hyd iddi hi yn dal yn ei chôt yn eistedd wrth y bwrdd, gyda hen lun o Dad yn ei llaw. Cwyd ei phen fel dwi'n dod i mewn, gan edrych yn siomedig, braidd, o weld mai fi oedd yno.

'Ydach chi'n iawn?' Eisteddaf wrth y bwrdd yn ei hymyl hi. Nodia'n fud. 'Tydw i heb weld y llun 'na ers talwm.'

'Mi rois i o yn y drôr ar ôl i mi briodi Gordon. Ro'n i'n meddwl ei fod o'n annheg iddo fo orfod sbio ar wyneb Wil bob dydd.'

'A Dad yn gymaint deliach na fo.'

Dwi'n disgwyl ffrae am fod yn ddigywilydd, ond mae Mam yn chwerthin. Mae hi'n gwthio'r llun dros y bwrdd tuag ata i.

'Cym di o 'yn lodes i. Rho fo i fyny yn dy lofft di. Tydi o'm yn iawn ei guddiad o mewn drôr.'

Gwenaf arni, a chymryd y llun, er nad oes fawr o awydd gen i gael tad marw yn gwylio drosta i'n cysgu. Codaf, ac am y tro cyntaf ers hydoedd, rhoddaf sws nos da i Mam, cyn troi am y grisiau.

'Mina?'

'Ia?'

Ochneidia, ac edrych arna i gyda llygaid blinedig. 'Dyn da oedd o, wsti. Dy dad. A dy nain hefyd. Dyliwn i fod wedi gadael iddi wneud mwy efo ti pan oeddat ti'n fach.'

'Ma'n iawn, Mam.'

'Rŵan bod Ruth wedi'n gadael ni, mae o'n teimlo fel petai ond y fi sy ar ôl i gofio am Wil. Does ganddo 'run cysylltiad arall ar ôl yn y byd i gyd.' Gwena. 'Heblaw amdanat ti, wrth gwrs.'

PENNOD 11

LEUSA: 1890

Cnoc cnoc cnoc.

Edrychodd Jane i fyny at ei merch, ei hwyneb yn llawn ofn.

Cnoc cnoc.

'Magi? 'Dech chi yna? Leusa?'

Mrs Edwards drws nesaf. Ysgydwodd Jane ei phen yn araf, a gosododd ei bys dros ei gwefusau'n araf i wneud yn siŵr fod ei merch yn cau ei cheg. Nodiodd Leusa.

'Tydw i ddim ond am neud yn siŵr eich bod chi'n iawn,' gwaeddodd o'r tu allan. Mynnai Mrs Edwards gnocio yn ystod y bore wedi clywed sŵn ffrae y noson cynt. Byddai'n clywed pob dim wrth i drais drws nesa dreiddio drwy'r waliau. Roedd ar Leusa ofn i'w thad wylltio wrthi hi hefyd, a gweddïai bob tro na alwai Mrs Edwards draw pan fyddai o yno.

Ambell gnoc arall, a rhoddodd Mrs Edwards y gorau iddi. Ochneidiodd Jane, gan eistedd yn ôl yn ei chadair.

'Falle ei bod hi am fynd i moyn rhywun,' sibrydodd Leusa'n eiddil, fel petai arni ofn ei llais ei hun.

'Wneith hi byth. Tydi hi heb wneud hynny cyn hyn.'

'Tydi o heb fod mor ddrwg â hyn o'r blaen.'

'Ŵyr hi mo hynny.'

Penliniodd Leusa wrth y tân, gan dynnu'r cadach cynnes o'r dŵr hallt, a'i droi yn ei dwylo cyn ei osod yn dyner ar rudd ei mam. Brathodd honno'i gwefus wrth i'r halen losgi ei briwiau – daliai i waedu, er i oriau lawer fynd heibio ers iddi gael ei brifo.

Tynnodd y cadach oddi ar wyneb ei mam, a thrio'i gorau i beidio â thynnu wyneb wrth weld yr hanner lleuad gwaedlyd yng ngwyn ei llygaid – yr union fan y trywanodd ei thad hi â'i ewin.

'Ydi o'n fwy?' gofynnodd Jane yn daer. 'Ydi o i'w weld yn mynd yn ddrwg?'

'Nac ydi,' atebodd Leusa, gan orchuddio llygad dda ei mam gyda chledr ei llaw. 'Ydach chi'n gallu gweld rhywbeth?'

Arhosodd am eiliad, cyn iddi gyfaddef, 'Na, dim golau'r tân hyd yn oed.'

Gosododd Jane y cadach yn ôl am ei llygaid, gan riddfan. Roedd hi wedi colli ei golwg am rai oriau cyn hyn, ond nid cyhyd â hyn. Amheuai na châi ei golwg yn ôl y tro hwn.

Roedd ei thad wedi cyrraedd adref y noson cynt a'i lygaid yn fflachio, yn llenwi'r parlwr ag ogla cwrw, ond yn ddigon sobor i allu hyrddio'i ddyrnau i gyfeiriad ei wraig.

Baglodd dros y trothwy ychydig funudau cyn hanner nos, ei grys yn stribedi bler o gwrw a phoer.

"Cer i'r gegin, Leus," gorchmynnodd i gyfeiriad ei ferch.

Ufuddhaodd Leusa, gan geisio osgoi'r cryndod ofnus yng ngwefus ei mam. Caeodd ddrws y gegin y tu ôl iddi, cyn eistedd ar ei dwylo ar y bwrdd bach yn gwrando ar dwrw'r dyrnau'n taro'r cnawd. Fyddai ei mam byth yn gweiddi, byth yn gwneud unrhyw sŵn o gwbl. Ebychiadau treisgar ei thad a ddaeth drwy'r drws, sŵn cadair yn cwympo ar ei hochr yn y ffrwgwd, a thipian y cloc yn twt-twtian yn dawel.

Dau funud o dawelwch. Agorwyd drws y gegin, a daeth ei thad i mewn yn araf, ei ddwrn yn waed i gyd. "Cadach,

Leus," gorchmynnodd, a gwyddai Leusa wrth dôn ei lais ei fod o'n edifarhau'n barod.

Brysiodd Leusa draw ato, gyda sgwaryn o gotwm yn ei llaw. Gwasgodd y defnydd yn dyner ar ei friw. Dechreuodd ei thad grio'n dawel, a disgynnodd ei ddagrau ar ddwylo ei ferch.

"Mae'n ddrwg gen i, Leus," mwmialodd yn feddw. "Pres ydi'r drwg, yli. Mae gan y dynion eraill gymaint mwy na fi, a dwi'n methu'n lân â dallt be mae hi'n g'neud efo'r pres dwi'n ei roi iddi. Tydi o ddim fel petaen ni'n cael stecen bob nos, nac 'di?"

Nid atebodd Leusa, ond parhaodd i lanhau ei friwiau'n lân.

Cododd ei mam a sefyll yn ffrâm y drws cefn yn gwylio tri aderyn bach yn pigo hen friwsion yn yr iard gefn. Roedd gweddill y tŷ'n dywyll, gan y byddai ei thad yn dweud dro ar ôl tro nad oedd angen agor y llenni, i roi cyfle i bawb fusnesu. O ganlyniad, felly, roedd yn rhaid i Leusa a'i mam fyw fel llygod mawr, yn symud yn dywyll ac yn dawel o amgylch y tŷ bychan, gan obeithio na fyddai unrhyw un yn sylwi ar eu bodolaeth.

'Mi gei di fynd cyn hir,' meddai ei mam yn dawel, fel petai mewn breuddwyd. Roedd dyrnau ei gŵr wedi dwyn y min oddi ar ei synhwyrau. 'Mi gei di ŵr. Fel aderyn bach, Leusa, mi gei di hedfan ymhell, bell i ffwrdd... '

Ystyriodd Leusa eiriau ei mam. Dychmygodd gwrdd â dyn, a symud o'i chartref – dyn annhebyg i'w thad, dyn tawel, addfwyn a fyddai'n gadael llonydd iddi. Byddai hedfan ymaith yn baradwys, yn ddihangfa; ond byddai'r atgofion am ei rhieni yn pwyso arni, yn ei thynnu hi 'nôl i'r ddaear. Gwyddai na fedrai adael ei mam yng nghrafangau ei thad. Gwyddai hefyd na fyddai byth yn medru golchi staeniau eu gwaed oddi ar ei chnawd – byddent yn frith dros ei dwylo am weddill ei dyddiau.

'Mi wneith o'ch lladd chi, rhyw ddiwrnod,' sibrydodd Leusa, heb fod yn drist, ond gan fynegi ffaith. Gwyddai mai dyna'r gwir. Byddai hithau wedyn yn glanhau dwylo llofrudd ei thad, a theimlo'r euogrwydd am ei brad yn tyfu fel cancr y tu mewn iddi.

'Mi ga i hedfan i ffwrdd wedyn, i'r nefoedd,' meddai Jane, ei llygaid ynghau a'i bysedd yn pwyso ar y cadach a orchuddiai'r briwiau.

Y noson wedyn, bu'r ddwy yn hepian cysgu drwy'r gyda'r nos, yn breuddwydio am fywyd heb ffiniau, yn methu cysgu'n drwm gan wybod y byddai tad Leusa yn dychwelyd cyn bo hir. Pan drodd ei oriad yng nghlo'r drws, deffrodd y ddwy ar eu hunion, gan eistedd yn gefnsyth yn eu cadeiriau.

Roedd o'n feddw iawn erbyn hyn – yn fwy meddw nag y bu ers talwm. Cwympodd i mewn i'r parlwr a chymryd pum munud i godi. Defnyddiodd ei droed i gau drws y ffrynt. Wedi iddo godi, pwysodd ar y wal ac edrych ar ei wraig a'i ferch, ei geg yn ceisio ffurfio geiriau, ond dim ond synau y gallai eu hynganu pan fyddai mor feddw â hyn. Roedd ei lygaid, hyd yn oed, yn rhy feddw i fedru cyfleu rhyw lawer wrth iddo eu rholio i gyfeiriad Leusa a Jane. Ceisiodd boeri'r blas cas o'i geg, ond methodd wneud dim ond anfon ffrwd fach frown o boer budr i lawr ei ên fel gwlithen.

Dechreuodd Leusa ymlacio. Roedd ei thad yn llawer rhy feddw i godi dwrn. Baglai yn ei ôl ar ddim, gan lanio ar ei ben-ôl ar y grisiau. Gorffwysodd ei ben arno, ac ymhen dim, roedd ei lygaid ynghau.

Arhosodd Jane a Leusa'n llonydd am ddeng munud, tan i'r swn chwyrnu cyfarwydd godi o'i enau.

'Cer i fyny'r staer i moyn blanced iddo fo,' gorchmynnodd Jane yn dawel, a llyncodd Leusa'i hofn yn ôl cyn camu dros ei thad a dringo'r grisiau.

Taenodd ei dwylo yn y tywyllwch yn llofft ei rhieni, tan i'r siapiau tywyll ffurfio'n araf. Tynnodd flanced oddi ar y gwely, gan syllu arni'n hiraethus wrth ei phlygu yn ei dwylo. Roedd y gwely'n edrych mor groesawgar yn y gwyll, yn fawr ac yn feddal, ac ysai ei chorff am orffwys ar ôl cysgu ar gadair bren y parlwr.

Wedi dychwelyd i'r gegin, gwelodd Leusa fod ei mam yn syllu ar ei thad, ei llaw yn fain ac yn esgyrnog dros ei hwyneb. Edrychai mor flinedig, mor hen, fel pe bai'n hanner marw. Cerddodd Leusa draw ati cyn troi 'nôl i edrych ar y ffigwr anymwybodol ar y grisiau. Ac yn sydyn, roedd mêr ei hesgyrn, pob nerf yn ei chorff yn llawn blinder ac wedi'i lapio mewn anobaith. Symudai ei breichiau heb iddi orfod meddwl, gan blygu'r flanced yn sgwaryn bach tyn.

Wrth iddi agosáu ato, cododd arogl y ddiod gan lenwi ei ffroenau fel gwenwyn, a chododd Leusa'r flanced dros geg ei thad, dros swn y chwyrnu, a gwthio, gwthio, gwthio'r brethyn meddal glân dros ei wyneb. Dechreuodd ei freichiau a'i goesau wingo, ond roedd o'n rhy feddw i fod yn bwerus, ac ymhen munud, rhoddodd y gorau i'w straffaglu, ac ildiodd. Gwasgodd Leusa'r flanced dros ei wyneb am amser hir, rhag ofn mai smalio oedd o, ond wedi iddi gymryd cam yn ôl ac edrych arno, roedd y gwir yn amlwg. Allai ei thad, hyd yn oed, ddim ffugio'r wyneb marw a'i geg ar agor, fel aderyn bach yn disgwyl bwyd.

Trodd Leusa i edrych ar ei mam. Doedd dim ofn na dychryn

yn ei llygaid. Roedd y ddwy yn dawel. Nid euogrwydd a gymrodd le'r blinder yn ei chorff, ond rhyddhad. Ochneidiodd Leusa'n uchel ac yn ddwfn, am nad oedd ei thad yno i ddweud wrthi am beidio.

'Dewch.' Brasgamodd Leusa heibio i'r corff am y grisiau, cyn neidio ar wely ei rhieni, heb boeni am y sŵn a wnâi. Ymhen rhai munudau, gorweddodd ei mam wrth ei hymyl, a chysgu, ei chorff esgyrnog oer yn anadlu'n ddwfn. Chlywodd Leusa mo'i mam yn hanner-chwyrnu fel yna erioed o'r blaen.

Cysgodd y ddwy a'u hwynebau'n agos, agos at ei gilydd. Wrth ddeffro yn y bore, credai Leusa mai pluen oedd yn cosi ei boch, ond Jane oedd yno, a blew ei llygaid wrth agor yn siffrwd yn ysgafn ar groen ei merch.

PENNOD 12

MINA: 1958

Pum sgert, dau drowsus, dwy ffrog. Pum blows, tair cardigan, dwy siwmper. Llond llaw o suspenders, llwythi o fests, brashars a nics, a thri phâr o sgidia. Côt law, côt aea, siaced. Bag molchi'n llawn tlysau.

Fy myd, mewn siwtces llychlyd. Dwi'n taro cip o gwmpas fy llofft, yn dychmygu sut y gallwn i fynd â 'nghreiriau bach i gyd efo fi – y cregyn ar sil y ffenest, yr amlen yn llawn llythyron caru gan gyn-gariadon o dan y fatres, y titw tomos las bach porslen sy'n syllu ar ei adlewyrchiad yn nrych fy mwrdd pincio. Pethau cyfarwydd, pethau sy'n gysurlon llyfn o dan fy mysedd, y cyfan yn perthyn i fyd dwi'n ei adael.

Dwi'n llyncu'r belen annisgwyl o emosiwn yn ôl wrth glywed Mam yn rhedeg i fyny'r grisiau. Mae hi'n byrstio i mewn i'm hystafell wely, pentwr o siwmperi'n tyrru'n uchel yn ei breichiau.

'Mae gen i ddigon o jympars, Mam.'

Mae hi'n eu gosod nhw'n daclus ar draed y gwely. 'Be am sane?'

'Saith pâr.'

'Cer â deg, rhag ofn i ti fod yn brin.'

Mae hi'n brysio i agor drôr top fy nghwpwrdd dillad, ac yn taflu tair belen ddu wlanog i mewn i'r cês.

'Iesu, 'mond dwy droed sy gin i.'

'Paid â rhegi.'

Mae hi'n tyrchu ei bysedd i'r dillad dwi wedi'u pacio, ac yn ychwanegu siwmper a thair coban. Mae ei bysedd yn oedi am ennyd ar y siwmper werdd sydd ar ben y pentwr, yn ei mwytho'n llonydd. Mae wedi bod yn ymdrybaeddu mewn ffug brysurdeb ers dyddiau, yn gwrthod edrych arna i'n iawn, yn gwrthod meddwl. Rŵan, mae hi'n llonydd, yn feddylgar.

Symuda'n araf, yn osgeiddig wrth groesi'r ystafell at y wal bella, a thynnu'r llun o Dad i lawr, gan adael sgwaryn o bapur wal blodeuog sy'n wynnach na'r gweddill. Mae Dad yn gwenu arni o'r ffrâm, ei lygaid yn llawn gobaith. Tydi hi'n dal ddim yn gallu edrych arna i, ond mae hi'n plannu'r llun rhwng y dillad meddal yn y cês. Tydan ni'n dweud dim. Doeddwn i ddim wedi meddwl mynd â'r llun gyda fi, gan wybod bod rhai pethau na ddylwn eu gwneud o dan lygaid fy nhad, ond mae o'n bwysig, rhywsut, i mi gytuno mynd â fo efo fi.

'Wyt ti'n siŵr fod popeth gen ti, rŵan?' meddai Mam yn ffug lawen, ond yn dawel. Dwi'n mwmian 'mod i'n siŵr, ac yn mynd ati i drio torri'r awyrgylch od drwy sipian y siwtces. Mae'n orlawn, a'r sip yn anodd i'w gau.

'Cofia fwyta'n iawn a gweithio'n galed. A plis bydd yn ofalus efo hogie…'

Dwi'n gwrido wrth gofio am Siôn, Rhys, a Colin, pob un wedi llithro'i fysedd yn farus dan fy sgert, pob un wedi clywed fy ebychiadau nwydus yn eu clust wrth i mi eu dal yn dynn rhwng fy nghluniau. Does gan Mam ddim syniad, wrth gwrs, ond mae'r gyfrinach fel ysbryd ar hyd strydoedd Tywyn, yn llechu'n dawel o dan y palmentydd. Rydan ni i gyd yn caru: merched y fferm, genod y dre, lodesi'r pentrefi bach, mae pob un wan jac ohonon ni'n derbyn ein dynion gyda gwên. Mae ias yn llyfu ar hyd fy ngwegil wrth i mi feddwl am y peth.

'Mi fydda i'n ofalus.'

Dwi'n ailblygu'r flows yn daclus er mwyn peidio â gorfod edrych arni hi.

'Dwi'n ei feddwl o, Mina. Paid â gadael iddyn nhw…'

'Mam!' Dwi'n codi fy llais cyn iddi allu mynd i mewn i unrhyw fanylion. 'Peidiwch!'

'Ia, wel. Cadwa di dy law ar dy geiniog.'

Dwi'n cofio llaw boeth Rhys yn ymbalfalu am 'fy ngheiniog', ac yn gwrido'n biws.

'Dwi'n mynd i Ffordd Cader Idris. Dwi isho deud ta-ta wrth Nain Sybil.'

'Mina…'

'Mam!' Dwi'n hanner gweiddi. 'Wna i ddim dangos fy jini i neb, ocê?'

Dwi'n codi fy llygaid i edrych arni, ac yn synnu ei gweld hi'n gwenu, fel petai bron â chwerthin.

'Mynd i ddweud o'n i, paid â bod yn rhy hir, cofia 'mod i'n gwneud te bach.'

Mae'r chwerthiniad yn codi fel ffrwd o'i bol, a dw innau'n teimlo cryndod y miri yn fy llwnc. Ymhen dim, mae'r ddwy ohonon ni wedi'n plygu fel hen wragedd, ein dwylo'n dynn am ein boliau a'n hwynebau'n goch, yn bloeddio chwerthin, tan ein bod ni wedi llwyr anghofio beth oedd mor ddoniol yn y lle cyntaf. Panig sy'n rhannol gyfrifol am ein miri, wrth gwrs, a'r ffaith bod chwerthin a chrio yn perthyn mor agos, ond does dim ots am hynny am rŵan. Gorweddaf ar fy ngwely i gael fy ngwynt ataf, gan ebychu wrth anadlu, ac mae Mam yn gorwedd i lawr wrth fy ymyl. Rydan ni'n syllu ar y nenfwd am ychydig, tan i batrymau ein hanadl sefydlogi ac i'r miri manic ddiflannu'n ddim, diflannu fel niwl o'n heneidiau.

'Mina?'

Trof fy mhen ati, a syllu, am hanner munud, ar ei chroen llyfn prydferth, ei llygaid gleision, ei hamrannau trwchus, ei gruddiau main, ei chnawd coch a'i gwefusau tewion. Mae hi'n brydferth, yn ifanc yr olwg, yn ferchetaidd. Ond mae ei llygaid yn llawn o rywbeth... yn llawn atgofion, gwybodaeth, hanesion. Pwysau ei hanes yn graith y tu mewn i'w phen gan darfu ar eglurdeb ei llygaid lluniaidd.

'Dwi'n falch iawn ohonot ti, wsti.'

Tydi hi ddim yn troi i edrych arna i, ond yn parhau i edrych ar y nenfwd, y pantiau anwastad yn y paent gwyn yn creu bryniau bach uwchben.

'Ydach chi?'

Efallai fod fy amheuaeth yn annheg, ond mae fy safle fel llysferch Gordon wedi troi yn fy mhen ers rhai blynyddoedd. Beth ydw i ond hen atgof o berthynas a fu farw flynyddoedd yn ôl? Hen gysylltiad ag atgofion dagreuol o golled?

Mae Mam a Gordon isho llonydd, siŵr, a be ydw i'n dda, heblaw atgoffa Mam o briodas fer a ddaeth i ben ym marwolaeth Dad mewn gwlad bell? Fi ydi'r gewyn a'r cnawd coch sydd wedi rhwystro toriad glân oddi wrth y gorffennol. Fi ydi'r cerrig bychan sy'n sownd yn ei sgidia, yn ei rhwystro hi rhag rhedeg...

'Yndw, Mina. Mwy nag y medra ei roi mewn geiriau. Dwi mor, mor falch i mi dy gael di.'

Rydan ni'n dal llygaid ein gilydd am ychydig eiliadau, cyn codi, am ennyd, o gwlwm cymhleth mam a merch, i fod yn ffrindiau. Yn gyfoedion. Yn adar o'r unlliw.

Wrth ddianc o'r tŷ i'r stryd lwyd, teimlaf fel 'tawn i newydd ddeffro. Fy llygaid yn araf lyncu'r olygfa, fy nghnawd wedi'i ferwino gan eiriau twymgalon Mam ac ias hydrefol yr awel. Mae Stryd yr Ywen yn dawel, wedi'i gwagio o'r holl blant a fyddai'n beicio a chwerthin ar ei hyd, a llwydni'r wybren wedi cael gwared ar y twristiaid.

Mae cerrig waliau'r eglwys yn gymylau llwydion llym, a'r gloch yn y twr yn oer a llonydd. Fydd dim i 'neffro i ar fore Sul, rhagor, ond tybed a fydda i'n clywed y clychau yn fy meddwl, yn atgof o adref, fel clychau Cantre'r Gwaelod? Ysgydwaf fy mhen i gael gwared ar y meinwe rhamantus sy'n flanced ar fy meddwl.

Trof i'r Stryd Uchaf, a chroesi'r lôn cyn pasio Neuadd y Farchnad, a'r to crwn yn ymestyn ei theth tua'r nefoedd. Rhywsut, heddiw, mae popeth yma'n fwy lliwgar, a minnau'n sylwi ar fanylion a fu'n britho 'mywyd heb i mi eu gweld yn iawn cyn hynny: y paent oren yn plicio ar ddrws siop John; coesau cywrain y meinciau y tu allan i swyddfa'r heddlu yn cripian y palmant llwyd; clymau tyn o bobol mewn cotiau trymion yn ymgasglu ar y pafin, eu cegau'n grwn o dan ddylanwad y sgandal ddiweddara a'u pennau'n nodio'n fud wrth wrando. Fel rheol, mi fydda i'n eu barnu nhw'n chwyrn am dreulio'u dyddiau yn hel clecs a bwydo fel pryfaid oddi ar wewyr eraill, ond heddiw, maen nhw'n cwblhau darlun sy'n gwasgu'n dynn ar fy nghalon. Dyma adref. Dyma'r cyfarwydd. Dwi'n cloi ychydig o enaid y dref yn fy meddwl, i gael pori drosto yn hwyr yn y nos pan fydda i wedi gadael.

Tawelu wna'r byd wrth droi o'r brif stryd i mewn i Ffordd Cader Idris, a dwi'n gadael y miri a'r masnachu y tu ôl i mi. Y tai cochion uchel sy'n wynebu golygfa orau'r dref – y caeau fflat sy'n arwain at fryniau Foel Gocyn a Chrawc y Barcud, gyda Chadair Idris i'w gweld yn y pellter. Mae llwydni'r dydd wedi tynnu llen rhithiol o darth dros y copaon, a'r tywyllwch yn rholio i mewn o'r tir tua'r môr.

Dringaf y tri gris at ddrws rhif tri, gan sylwi ar daclusrwydd y llwyni yn yr ardd ffrynt. Caiff y drws ei gadw'n sgleiniog dan gadach a pholish brwd Nain Sybil, a'r bwlyn yn gwenu dan fwythau cyson y Brasso. Dwi'n agor y drws, ac yn camu i mewn i'w thŷ.

'Helô?'

Galwaf yn ysgafn yn y tawelwch, gan deimlo'r oerfel yn codi o'r teils mosaig cywrain sy'n patrymu'r llawr. Mentraf i mewn i'r parlwr, a dod o hyd i Anti Miriam yn eistedd ger y ffenest yn gwau sgarff hir lwyd, y pwythau'n dynn. Mae golwg bell arni, tan i mi alw ei henw, ac mae hi'n deffro o'i breuddwyd liw dydd ac yn gwenu.

'Sut mae'r stiwdant? Wyt ti'n barod i fynd?'

'Mwy neu lai.' Dwi'n eistedd yn y gadair esmwyth – cadair Nain, am mai honno yw'r agosaf at y tân pitw yn y grât. 'Er, mae'n siŵr bydd Mam wedi ailbacio pob dim erbyn i mi gyrraedd adre.'

'Braf a'not ti!'

Dal i symud rhwng ei bysedd mae'r nodwyddau gwau, a'r sŵn clecian, wrth i'r ddwy nodwydd gyffwrdd, fel tipian cloc. Mae Sara a Miriam, a fu unwaith yn ddau hanner o'r un person, ac yn anodd gwahaniaethu rhyngddynt, wedi esblygu'n unigolion, a does dim ond y llun o'r ddwy yn eu harddegau i'm hatgoffa eu bod nhw'n efeilliaid. Mae Miriam yn belen o gnawd meddal, ei gwallt yn powlio'n gyrliog i lawr ei sgwyddau, a Sara'n fain a thal, ei gwallt yn fyrrach ac yn cael ei frwsho'n syth bob bore.

'Pam na fasach chi 'di mynd i'r coleg, Miriam?' gofynnaf wrth bwyso 'nôl yn y gadair.

'Dim llawer yn gneud, radag honno. A beth bynnag, faswn i ddim wedi mynd heb Sara.'

Tydi'r gwahaniaeth corfforol rhwng y ddwy ddim wedi

85

creu gagendor emosiynol, ac mae'r ddwy chwaer yn dal i synnu fy meddylfryd unig blentyn i. Maen nhw'n rhannu eu horiau rhydd, eu harian, eu gwely hyd yn oed, a deil y naill i wenu pan ddaw'r llall i mewn i'r ystafell. Dydw i ddim yn cofio i 'run o'r ddwy gael cariad, er bod Mam yn dweud eu bod nhw 'wedi potshan pan o'ddan nhw'n iau'. Dwi'n amau nad ydyn nhw wedi dod o hyd i neb sy'n ddigon difyr i lusgo'r naill oddi wrth y llall.

Cwyd Miriam gan gerdded at waelod y grisiau. 'Mam? Mae Wilhemina yma!' Tynnaf wyneb, ac mae Miriam yn chwerthin. 'Sorri, ond mi wyddost ti y ca' i ffrae os gwna i dy alw di'n Mina.'

'Tyrd i fyny!' Daw llais Nain Sybil o'r llofft, a dwi'n ufuddhau i'w gorchymyn, gan basio Miriam ar waelod y grisiau. Mae'r carped blodeuog yn llyncu sŵn fy nhraed wrth ddringo, a'm bysedd yn mwytho'r pren tywyll ar ganllaw'r grisiau. Mae Nain yn cadw tŷ glân a thaclus, gan gario arogl polish cwyr gwenyn ar ei dillad a'i chnawd fel sent.

Eistedda Nain Sybil ar ei gwely yn ei llofft, ei bocs tlysau hardd ar ei glin, y patrymau o fahogani a derw ar ei gaead yn gwenu 'nôl ar yr haul drwy'r ffenest fawr. Dwi'n adnabod y bocs yn iawn, wrth gwrs, gan i mi dreulio oriau yn bodio'i drysorau pan o'n i'n lodes fach.

'Stedda. Mae gen i bresant bach i ti gael mynd efo ti.' Mae hi'n agor y glicied fach ac yn agor y bocs, ac yn archwilio'r tlysau gyda'i bysedd musgrell.

'Peidiwch â rhoi dim byd i mi, Nain, mae gen i bob dim sydd ei angen arna i.'

'Twt lol, ferch.'

Cwyd ambell fwclis o'r melfed lliw gwin sy'n leinio'r bocs tlysau, gan eu crogi ar ei bysedd wrth iddi ddefnyddio'i llaw arall i chwilio drwy'r tlysau. Mae cudyn o wallt yn cwympo o'i gwlwm, ac yn cyrlio dros ei grudd. Plethwyd y blew tywyll gan ambell un gwyn, trwchus, er mor galed y ceisia osod ei gwallt i guddio'r rhannau brith. Caf fy swyno gan y gyrlen am ychydig eiliadau, wrth i mi sylwi mor ieuanc ydi'r ffordd mae o'n cwympo'n flêr o'i le, gan herio'i thacluswch gofalus.

'Dyma ti, yli,' meddai Nain, wrth wthio'r gyrlen y tu ôl i'w chlust a chodi ei bysedd i'r awyr. Mae llinyn aur tenau yn plethu o'u cwmpas, a gwennol fach aur yn crogi ar ei gwaelod. Daliaf yr aderyn bach yng nghledr fy llaw, er mwyn ei weld yn well. Cafodd pob pluen ei chrafu i mewn i'r aur, y pig a'r llygaid i'w gweld yn glir, a'r adenydd yn ymestyn yn sgleiniog o boptu ei chorff crwn.

Symuda Nain ei bysedd gan adael i'r mwclis ollwng i fy llaw. Dwi'n sythu'r llinyn aur, gan ei ddal rhwng fy mysedd.

'Mae hi'n hyfryd, Nain,' meddwn i wrth rwbio'r wennol fach yn ysgafn gyda fy mawd, fel petai hi'n anifail go iawn. 'Ond, wir i chi…'

'Mi ges i hi'n anrheg, a rŵan, dwi am i ti ei chael hi.' Mae hi'n nodio'n ddwys, gan gau caead y bocs tlysau.

'Gan Taid gawsoch chi hi?'

Mae rhywbeth yn digwydd iddi, rhyw newid bach y tu ôl i'w llygaid, sy'n edrych yn debyg i banig. Dwi'n meddwl tybed ydw i wedi croesi'r llinell eto, y llinell honno sy mor hawdd ei hanghofio, ac y ca i ateb swta, fel y cefais i droeon cyn hynny: 'Paid â sôn am dy daid, rŵan, neu mi fydda i'n ypsetio.' Ond dyw Nain ddim yn dweud hynny heddiw, dim ond nodio'n dawel, cyn codi i roi'r bocs tlysau yn ôl yn ei le ar y bwrdd pincio. Caeaf fy nghledr ar yr aderyn bach, gan ddychmygu Taid yn ei roi o i Nain, amser maith yn ôl, yn cloi'r aur o gwmpas ei gwddf main cyn edmygu'r aderyn ar ei brest. Edrycha Taid yn debyg i James Mason yn fy nychymyg i, gan nad oes unrhyw luniau ohono ar gael, a chan i Nain bwysleisio iddo fod yn ddyn golygus. Prin y gwnaiff hi siarad amdano o gwbl, ac felly mi wn i mor werthfawr yw'r tlws sy'n poethi yn fy llaw.

'Diolch, Nain. Mi wna i ei thrysori hi am byth.'

Gwena Nain Sybil arna i, a dwi'n gweld, am yr eildro o fewn ychydig funudau, yr eneth ifanc mewn hen gorff o'm blaen.

Mi fydda i'n hwyr, ac mae Gordon yn siŵr o arthio. Mae'r siopau ar y stryd fawr wedi cau, eu ffenestri'n llygaid tywyll yn gwylio'r nos yn llenwi'r cysgodion. Chwech o'r gloch, a phobman yn dawel. Pawb yn cael te, yn gynnes o flaen y tân, yn gorffwys yn nhraed eu sanau wedi diwrnod hir. Dydw i ddim yn pwyllo i edrych o 'nghwmpas fel y gwnes i'r p'nawn 'ma, ond yn dychmygu Gordon, yn gefnsyth yn ei gadair wrth y bwrdd, yn gwasgu ei geg yn llinell dynn ddi-wefus wrth edrych ar wyneb ei oriawr. Mi fyddai o'n dweud wrth Mam – mi ddwedais i, 'yn do, y byddai'r hogan yn hwyr, a hithau'n gwybod yn iawn fod ei mam wedi bod yn chwysu yn paratoi'r te ffarwél arbennig iddi ers oriau.

Mae 'meddwl i'n bell wrth i'r hen ŵr gamu o ffrâm y drws i'm llwybr, a dwi'n gollwng yr anrhegion a ges i gan Sara a Miriam ar y pafin oer: sgarff a menig, a set ddesg.

'Sorri!' Dwi'n suddo i 'nghwrcwd i hel fy mhethau o'r palmant, gan edrych i fyny ar y gŵr. Mr Pritchard sydd yno, hen daid un o'r bechgyn oedd yn yr ysgol gyda mi. Maen nhw'n byw yn Abergynolwyn, er i Mam sôn mai yn Nhywyn roedd y ddau'n byw pan oedd hi'n eneth. Wedi meddwl, mae'n siŵr mai gadael un o dai ei ferched roedd o rŵan.

Codaf o 'nghwrcwd, fy mreichiau'n llawn anrhegion, ac mae 'na ias yn llyfu i lawr fy nghefn wrth weld yr hen ŵr yn gwenu arna i, er nad ydw i'n sicr pam.

"Mae'n ddrwg gen i," ymddiheuraf.

'Wilhemina, ie?' meddai Mr Pritchard trwy ei farf wen.

Dwi'n nodio wrth drio cofio pam bod ei lygaid gleision clir yn edrych mor gyfarwydd.

''Dech chi'n debyg i Siôn, cofiwch. Y gwallt tywyll...'

'Pwy?'

Mae talcen Mr Pritchard yn crychu mewn penbleth. 'Siôn. Eich hen daid. Tad eich nain Sybil.'

'O.' Tydw i ddim yn adnabod Mr Pritchard yn ddigon da i ddweud wrtho nad ydi Nain Sybil wedi dweud fawr ddim am ei phlentyndod, heblaw iddi gael ei magu ger Aberdyfi. Mae'r enw, Siôn, hyd yn oed yn anghyfarwydd i mi.

'Siôn oedd un o 'nghyfeillion penna i.' Gwenaf arno, ond heb ddweud gair. Mae'r tawelwch yn ymestyn am ychydig, cyn iddo edrych i gyfeiriad yr anrhegion yn fy mreichiau. 'Cael eich pen-blwydd ydach chi?'

'Na. Mynd i'r coleg 'fory...'

'Ew!' Mae o'n gwenu eto, ac mae ei wên o'n annhebyg i unrhyw beth a welais i cyn hynny, yn trawsnewid ei wyneb ac yn gorfodi i minnau wenu. Galla i ddychmygu wrth weld y crychau dyfnion fod Mr Pritchard yn gwenu'n aml, a'i fod o wedi bod yn bishyn pan oedd o'n iau. 'Mynd i Aberystwyth?'

'Caerfyrddin,' dwi'n cywiro. 'Dwi am fod yn athrawes.'

Mae ei lygaid o'n pellhau'n sydyn, yn union fel y gwnaeth rhai Nain Sybil ychydig oriau 'nôl, ond mae o'n dod ato'i hun mewn eiliad, ac yn gwenu arna i unwaith eto. 'Caerfyrddin.

Mi fyddwch chi wrth eich bodd.'

Mae o'n ymestyn i'w boced yn sydyn, ac yn agor waled frown ledr. Dwi'n trio peidio ag ochneidio, gan 'mod i'n casáu derbyn arian gan ddieithriaid, ond mi fydd Mr Pritchard yn mynnu, a...

Mae o'n ymestyn llaw fawr tuag ata i, a phapur ugain yn dynn rhwng ei fysedd.

Ugain punt!

'Fedra i ddim,' meddwn i, wedi dychryn. 'Dydw i prin yn eich nabod chi. Mae o'n ormod... Diolch, ond...'

'Plis.' Sylla Mr Pritchard i fyw fy llygaid gan grefu. 'Gad'wch i mi ei roi o i chi... Ar ran eich taid.'

Fy hen daid, dwi eisio cywiro, ond tydw i'n dweud dim. Mae ei fysedd yn gwthio'r pres tuag ata i, a dwi'n ei dderbyn yn flêr, gan grychu'r papur yn fy nwylo. 'Diolch, Mr Pritchard,' meddwn yn gryg.

'Galwch fi'n Ronald," meddai gan wenu, a throi i ffwrdd. "Pob lwc i chi, 'yn lodes i.'

'Diolch yn fawr,' galwaf ar ei ôl.

'Diolch i chi,' meddai Ronald dros ei ysgwydd. 'Gyda llaw, dwi'n lecio'ch mwclis chi.'

Dwi'n byseddu'r wennol sy'n crogi ar fy mrest, ac yn syllu ar Ronald yn ymbellhau'n araf, gan wrando ar fy nghalon sydd, am ryw reswm, yn taranu o dan fy siwmper.

PENNOD 13

NANW: 1940

'Ydi Wil adre, plis?'

Ysgydwodd Ruth, mam Wil, ei phen yn gegrwth, cyn rhoi ochenaid ddofn i'r awyr. Roedd pethau wedi newid ers ei dyddiau hi. Fyddai 'run hogan barchus wedi dod i gartref bachgen i chwilio am sylw. Cuddiai ei chorff yn dynn mewn ffedog wen, ei bronnau'n isel uwchben ei chanol. Roedd ganddi streipen lychlyd o flawd yn addurno'i boch fel craith, a'i gwallt lliw llygoden yn gwlwm tyn ar ei phen, y cudynnau o boptu ei hwyneb yn damp – gan ddangos ôl ei hymdrech wrth wneud ei gwaith yn y gegin.

Tydi hi ddim yn hyll, chwaith, meddyliodd Nanw wrth sefyll ar stepen y drws, gan nodi gwefusau coch naturiol Ruth, a'i llygaid mawr llwyd, yn llawn mynegiant. Er y rhain, dychmygai Nanw mewn rhyfeddod sut roedd dynes fel hyn a'i gŵr llinyn trôns wedi medru creu bachgen mor olygus â Wil. Fflachiodd darlun o'r ddau yn caru i'w meddwl yn ddirybudd, Ruth yn gawres a'r llipryn di-ddweud yn dynn rhwng ei choesau trwchus, ac yntau'n gwingo fel mwydyn dan yr haul. Crynodd Nanw yn y gwres.

'Nanw fach, tydi o ddim ond yn ei ôl ers neithiwr.' Ysgydwodd Ruth ei phen, a chrynodd ei gên flonegog. 'Mae'r bachgian wedi ymlâdd. Ddowch chi yn eich ôl heno?'

Curodd calon Nanw'n gyflymach o dan ei blows, a gwridodd. Roedd ganddi gywilydd dod i gnocio ar ddrws bachgen am hanner awr wedi naw ar fore Sadwrn, yn gwisgo dillad taclus a'i cholur wedi'i liwio yn gelfydd. Wedi ystyried, penderfynodd fod yn rhaid iddi weld Wil, ac nad oedd ganddi ddewis. Dewisodd Nanw beidio ag ateb cwestiwn Ruth, ac ar ôl eiliadau o dawelwch, gwelodd y fam nad oedd bwriad gan yr eneth ifanc wrth ei drws symud 'run fodfedd. Trodd yn ôl i'r tŷ gan ochneidio.

'Wil! Mae lodes Sybil Huws yma i dy groesawu di adre.'

Ni chafodd Nanw ei gwahodd i mewn i'r tŷ, felly safodd yn ffrâm y drws fel sipsi, yn edrych i mewn i'r gegin heb weld dim ond cysgodion celfi a'r ieir yn pigo'r llwch o'r llawr drwy'r ffenest gyferbyn. Aeth Ruth yn ôl at ei gwaith, gan blymio'i dwylo yn y bowlennaid o flawd a menyn, a rhwbio'r naill yn y llall gyda blaenau ei bysedd, fel petai'n cyfri pres papur. Codai ei dwylo wrth wneud, gan adael i'r briwsion fwrw'n eira mân yn ôl i'r bowlen. Gwyliodd Nanw wrth i'r pestri ffurfio'n araf o dan ei bysedd, a gweld hoel ei bysedd ar y jwg wrth iddi ychwanegu dŵr i'r blawd, ac edrych ar y gymysgedd yn hel yn grystyn o amgylch ei hewinedd.

Yn sydyn, daeth cysgod tal, a dyna Wil yn llenwi'r drws, ei siâp sgwâr yn taflu'i gysgod dros ei fam a'i dwylo llychlyd. Gwenodd yn llydan ar Nanw, ei ddannedd yn disgleirio yn nhywyllwch ei gartref. Roedd Nanw wedi'i ddychmygu yn ei iwnifform, ond gwnâi'r trowsus brown a'r crys gwyn a anwesai ei gorff iddi hi deimlo'n wan. Roedd botwm ei grys, rhywle rhwng ei fol a'i frest, wedi'i adael yn agored, ac ysai Nanw am gael ymestyn ei llaw i mewn i'r bwlch i gael teimlo ei gnawd oer.

'Wela i chi wedyn,' galwodd Wil ar ei fam heb edrych arni, a chyn iddo gau'r drws yn glep y tu ôl iddo, cafodd Nanw gip ar wyneb blonegog Ruth yn edrych yn gariadus ar ei mab.

'Wil…' dechreuodd Nanw, yr araith wedi'i pharatoi yn ei phen a hithau'n ysu i'w hadrodd, i weld yr ymateb. Gwenodd Wil, gan ei hanwybyddu'n llwyr.

'Ty'd am dro bach efo fi, Nanw!'

Swynwyd Nanw'n syth gan y fflach ddireidus yn ei lygaid llwyd, ac fe'i dilynodd dros y buarth, y cerrig mân dan eu traed yn crensian. Cerddai Wil ychydig lathenni o'i blaen, ei goesau hirion yn troi tuag at y ffordd gul. Trodd ei ben, gan chwilio am y gwyddfid yn crogi o'r perthi, a dotio at ddryw bach yn siglo'i ben ôl ar ochr y ffordd. Dringodd dros y giât, cyn neidio i mewn i un o gaeau ei dad. Dilynodd Nanw'n ufudd, gan drio dringo heb godi ei sgert. Nid bod ots, gan fod Wil yn rhuthro drwy'r gwair i gyfeiriad giât ym mhen pella'r cae, y gwlith yn tywyllu gwaelod ei drowsus ac yn gadael perlau o ddagrau'r gwair ar ei sgidiau.

Dechreuodd Nanw boeni erbyn i'r ddau gyrraedd giât y cae llwyni. Doedd o heb edrych arni, heb sôn am ddal ei llaw neu gynnig cusan iddi. Ond wrth iddi neidio oddi ar y giât, trodd i wynebu ei gariad a chydio ynddi wrth iddi symud i'w freichiau cynnes.

Roedd y gusan fel un mewn ffilm, a chynhesrwydd ei frest yn gwneud i Nanw eisiau ei wasgu'n dynn i'w bronnau. Cododd ei llaw a phlannu ei bysedd yn ei wallt golau, cyn troelli'r cudynnau sidanaidd yn ddioglyd. Roedd y ddau yn ddigon pell o'r lôn i sicrhau nad oedd unrhyw un yn gallu eu gweld, ond dychmygai Nanw, serch hynny, be fyddai dieithriaid yn meddwl o weld y ddau ym mreichiau'i gilydd mor fore. Gwyddai mor dda roedd y ddau yn edrych. Gweddai'r ddau rywsut i'w gilydd – Wil yn fawr a chyhyrog a'r haul wedi brownio'i gnawd, hyd yn oed yn y gaeaf, a Nanw'n fychan a siapus, gyda gwallt tywyll taclus a digon o golur i edrych yn naturiol ddel.

'Diolch am sgwennu.'

Tynnodd Wil yn ôl o'i choflaid a phwysodd yn erbyn y giât, gan estyn paced o faco o boced ei grys a dechrau rholio smôc, ei fysedd yn dosbarthu'r llinynnau brown sych yn ofalus yn y papur tenau. 'A'r llun. Roedd yr hogie i gyd yn *jealous*.'

'Ddangosist ti'r llun i bawb, felly?'

Dychmygodd Nanw fysedd dieithr yr hogiau eraill yng ngwersyll Wil yn pasio'r llun o un i un, yn edmygu'r gwefusau siâp calon a'r cyrls tewion y bu hi mor brysur yn eu paratoi ar gyfer tynnu'r llun. Roedd meddwl am ddynion na welodd hi erioed mohonyn nhw'n ei hedmygu yn gwneud i'w bol droi yn gyfuniad o gyffro a ffieidd-dra.

'Do, siŵr.' Cododd Wil fatsien i'w smôc gan anadlu'r mwg yn ddwfn, a gadael rhuddem goch ar flaen ei sigarét. 'O'n i am i bawb wybod bod gen i lodes smart fel ti adre'n aros amdana i.'

'Wyt ti'n 'y nghymryd i o ddifri, felly?' gofynnodd Nanw'n sydyn. 'Oes gen ti feddwl go iawn ohona i?'

Gwenodd Wil, yn amlwg yn meddwl bod ei gariad yn chwilio am eiriau caredig. 'Wel, oes siŵr.'

Nodiodd Nanw. Efallai y byddai pob dim yn iawn, felly.

'Y peth ydi, Wil... Wel, dwi mewn trwbl.'

Roedd yr awyr yn las, er bod yr awel yn fain, a'r adar yn gwibio i mewn ac allan o'r perthi, a'r rheiny'n drwch o fieri a drain. Cafodd y tawelwch ei lyncu gan synau'r dydd, y gwartheg yn brefu, ffermwr mewn cae bellter oddi yno'n gweiddi ar ei ddefaid, ac adar yn canu eu halawon hapus.

Edrychodd Wil i fyw ei llygaid am ennyd, y smôc yn glynu ar ei wefus waelod yn grynedig. 'Mewn trwbl?'

Nodiodd Nanw.

'Mynd i ga'l babi, 'lly?'

Nodiodd eto. Poerodd Wil ei sigarét yn flêr, ac ochneidiodd un anadl ddofn. Tawelwch, eto. Dechreuodd ofn gosi stumog Nanw, gan gripian i lawr ei hasgwrn cefn. Doedd hi ddim wedi gadael iddi hi ei hun ddychmygu unrhyw ymateb anffafriol, er i arswyd chwalu ei breuddwydion yn ddiweddar. Gwyddai ei bod yn hollol ddibynnol ar Wil am ei anrhydedd a'i pharch, a theimlai don o anobaith yn llyfu drosti.

'Ro'n i'n meddwl dy fod ti'n methu beichiogi ar dy dro cynta,' meddai Wil yn gryg, heb ronyn o gyhuddiad yn ei lais. Doedd dim i'w ennill o bigo hen grachod, rhesymodd Nanw, felly ddywedodd hi 'run gair am Gordon Bwtshar a'i ddwylo caled. Ymddangosai hynny fel petai wedi digwydd amser maith yn ôl, beth bynnag, fel petai'n perthyn i fywyd hollol wahanol, bron.

'O'n inne'n meddwl 'run fath.'

'Faint sy gen ti i fynd?'

'Mae'n reit fuan, dwi'n meddwl. Pa mor hir rwyt ti wedi bod i ffwr'?'

'Chwe wythnos.'

'Dyna chdi ta.'

'Ond ma chwe wythnos yn fuan iawn i wybod, yn tydi? Wyt ti'n hollol siŵr am hyn, Nanw?'

Anwybyddodd Nanw'r amheuon fil yn cronni yn ei meddwl. Onid oedd cwestiynau Wil am feichiogrwydd braidd yn amharchus?

'Mae fy *monthlies* i'n dŵad fel watsh,' meddai'n wybodus, yn ffug-hyderus. 'Dwi'n sicr.'

Ac mi *roedd* hi'n sicr. Dim ond cadarnhau'r hyn roedd hi'n ei wybod yn barod a wnaeth absenoldeb y gwaed, dim ond crisialu'r ofnau chwyslyd ganol nos oedd, erbyn hyn, wedi'u gwthio o'r neilltu'n ddiweddar wrth wneud lle i'w ffantasïau priodasol. Pythefnos ar ôl caru gyda Wil, a hithau'n troi ei thrwyn ar uwd ei mam ar ôl ei fwynhau bob bore am ddeunaw mlynedd. Wythnos yn ddiweddarach, yn y bath, sylwodd ar y gwythiennau bach glas oedd wedi ymddangos ar ei bronnau. Yr eiliad honno, a'i gwallt yn dripian ffrydiau dagreuol i lawr ei hysgwyddau, rhoddodd ei llaw i orffwys ar ei bol. Bachgen bach fyddai o, penderfynodd yn syth, yr un sbit â Wil, a gwallt golau yn gorchuddio'r man meddal bregus ar ei gorun.

'Mi dwi wedi bod yn meddwl amdanat ti pan o'n i yn y *training camp*, wsti,' meddai Wil, gan droi ei lygaid oddi wrth ei llygaid hi i syllu ar y gorwel yn ymestyn yn rhimyn main y tu hwnt i'r dref. 'Wedi bod yn meddwl mor glên wyt ti, a del, a sut y base'r ddau ohonan ni'n gallu bod yn reit hapus efo'n gilydd.'

Crwydrodd cryndod bach o bleser i lawr ei hasgwrn cefn wrth iddi feddwl am Wil yn ei wely gyda'r nos, ei feddwl o gyda hi yn ei gwely bach yn Ffordd Cader Idris. Ochneidiodd Wil, cyn llyncu ei boer a suddo i'w bengliniau.

Roedd o fel petai mewn ffilm.

'Wnei di fod yn wraig i mi, Nanw?'

Gwenodd Nanw a nodio'n frwd, a dihangodd ebychiad bach o bleser o'i genau. Doedd dim eisiau iddi fod wedi poeni, wrth gwrs. Un da oedd Wil, fyddai o ddim wedi'i siomi hi am y byd. Cododd ei dyweddi o'r gwair a lapiodd ei freichiau o'i chwmpas unwaith eto, a safodd y ddau ym mreichiau ei gilydd, gan wrando ar ddistawrwydd swnllyd diwedd yr haf, a gwylio'r adar bach yn nythu yn y perthi.

Wythnos. Dyna faint barodd y dyweddïad. Wythnos.

Gan mai dim ond pythefnos o *leave* oedd gan Wil, roedd hi'n hanfodol i'r ddau frysio cyn bod bol Nanw'n chwyddo'n gyhuddgar. Wythnos wedi iddo suddo i'w bengliniau mewn cae llawn baw gwartheg, agorodd drysau trymion Eglwys Sant Cadfan a chamodd Wil a Nanw allan i lygaid yr heulwen egwan yn Mr a Mrs Elis, dan gawod o reis. Gwenodd y gwesteion ar y briodferch hardd, a gwenodd hithau'n ôl gan deimlo cynhesrwydd boddhaus o dan ei dillad. A hithau wedi bod mor nerfus, bu'r broses o ddod yn wraig i Wil mor hawdd... Ailadrodd geiriau a derbyn modrwy, a dyna hithau wedi'i chlymu i'w pheilot hyd nes y gwahenir nhw gan angau. Roedd hi'n edrych yn dda, o gofio mai dim ond wythnos a gafodd i baratoi.

Aeth adref y prynhawn hwnnw ar ôl y dyweddïad, gan adael Wil ar fuarth fferm ei rieni, a theimlo hoel ei fysedd ar ei gwar wrth iddi redeg yr holl ffordd adref i Ffordd Cader Idris. Roedd ei mam a'i chwiorydd yn y gegin yn plicio ac yn torri llysiau ar gyfer lobsgows pan gyrhaeddodd Nanw'r gegin a'i gwynt yn ei dwrn, a bu'n rhaid iddi blygu drosodd i gael gwared ar y pigo cas oedd yn llafn yn ei hochr a hithai wedi colli ei gwynt.

'Oes 'na rywbeth yn bod?' gofynnodd Sybil, gan ollwng ei chyllell i'r pentwr o groen moron a syllu ar ei merch mewn difri. Ysgydwodd Nanw ei phen yn sydyn, gan drio cael ei gwynt ati.

'Mae Wil wedi gofyn i mi ei briodi fo, ac mi dw inna 'di derbyn!'

Gollyngodd ei chwiorydd brwd eu cyllyll yn y llysiau, a chydio ym mreichiau ei gilydd, gan wichian fel gwylanod. Edrychodd Sybil i fyny at Nanw, a gwên fach ar ei hwyneb.

'Doedd gen i 'run syniad eich bod chi mor *serious*.' Sychodd ei dwylo yn ei ffedog yn ofalus, gan gael gwared ar y baw o bob bys yn ei dro. Bron na fedrai Nanw weld meddwl ei mam yn troelli wrth wneud rhestr o'r cyfan y byddai'n rhaid iddi ei wneud.

'Ydan. A gan ei fod o'n mynd yn ôl i orffen ei dreining 'mhen pythefnos, 'dan ni am briodi cyn hynny.'

Sythodd 'mo gwên Sybil o gwbl, ond gallai Nanw weld ei llygaid yn crwydro, am chwarter eiliad, i lawr ei ffrog at ei stumog, cyn dychwelyd i'w hwyneb. Gwyddai'r gwir mewn eiliad, wrth gwrs, a gallai Nanw weld niwl gwelw yn cripian dros ei gruddiau gan blannu rhyw wacter llawn cywilydd yn ei merch euog. Ddywedodd hi 'run gair, chwarae teg iddi, dim ond nodio a llyncu rhywbeth tu ôl i'w gwên, a'i lyncu o'n ddigon dwfn fel na welai Nanw mohono byth eto.

Mi wnaeth ei mam wyrthiau, chwarae teg iddi. Hen liain bwrdd o les a chynfas gwely, hen bais a dwy noson ymhlyg dros y Singer, ac mi wnïodd hi'r ffrog hyfryta, a honno'n donnau meddal ewynnog yn mwytho coesau Nanw yn ysgafn, a phenwisg daclus i fynd efo hi. Cyfrannodd Sara a Miriam at y paratoadau, hefyd, wrth beintio hen sgidiau ysgol gyda photyn o baent gwyn oedd yn hel crystyn yn y cwt.

Wrthi'n cysidro'r sgidiau roedd Nanw, dridiau cyn y Diwrnod Mawr, pan ddaeth cnoc ar ddrws y ffrynt. Er mor ofalus y bu'r efeilliaid wrth eu gwaith, gallai Nanw weld hoel y brwsh paent yn creu stribedi o gysgodion dros rannau o'r lledr. Cododd a mynd ati i ateb y drws, ei meddwl ymhell wrth ystyried a fyddai côt arall o baent yn gwneud i'r gwyn blicio i ffwrdd yn gyfan gwbl.

'Oes gen ti hanner awr?'

'Wil!' Smaliodd Nanw ei bod hi'n synnu ato'n gofyn y ffasiwn gwestiwn, ond wrth gwrs, dotiodd at y sylw. Welsai hi fawr ddim ohono yn y dyddiau ers iddyn nhw ddyweddïo, a'r paratoadau yn llusgo'r ddau fel tonnau ymhellach oddi wrth ei gilydd.

'Dewch i mewn, William.' Ymddangosodd Sybil y tu ôl iddi, gan roi ei gwên orau i Wil. 'Mae gen i sgons sinamon yn y ffwrn.'

'Mi fyddwn i wrth fy modd, Mrs Hughes, ond wedi dod i fenthyg Nanw ydw i, os ydi hynny'n iawn.'

'Ond mae 'na gymaint i'w wneud.' Cwynodd Nanw, er ei bod hi'n berffaith amlwg i'w mam a'i dyweddi mai gwneud ati roedd hi. 'Tydw i'n dal heb benderfynu sut i wisgo 'ngwallt ddydd Sadwrn...'

'Dim ond am hanner awr,' gwenodd Wil. 'Mae gen i sypréis i ti.'

'Dos efo fo, Nanw fach,' meddai Sybil yn frwd. 'Mi wneith les i ti gael tam' bach o awyr iach, yn lle llechu o gwmpas 'rhen dŷ 'ma fel ysbryd, yn meddwl am y briodas.'

'Tydw i ddim,' atebodd ei merch gan wrido, cyn estyn am ei chôt law *royal blue* a chlymu'r gwregys yn dynn am ei chanol. Cynigiodd Wil ei fraich iddi'n fonheddig, a chwyddodd y sirioldeb yn ei pherfedd. Chofiodd hi ddim iddi fod mor hapus â hyn erioed.

'Be 'di'r sypréis 'ma, ta?' meddai wrth droi i lawr y Stryd Fawr gydag o, ei llaw wen yn dynn ar lawes ei siaced ddu, wrth i'r ddau gerdded i gyfeiriad yr eglwys.

'Mi gei di weld, cei.'

Gwenodd trigolion y dref ar y pâr golygus wrth iddyn nhw gerdded ar hyd y stryd fawr, yn cael cysur o weld cytgord rhwng dau mewn byd mor ansicr. Siaradodd mo'r ddau 'run gair â'i gilydd, gan eu bod yn medru mwynhau'r tawelwch ac ymhyfrydu yn yr enwogrwydd o fod yn ddarpar ŵr a gwraig.

Ar ôl cyrraedd yr eglwys, tynnodd Wil ei ddyweddi i lawr i Stryd yr Ywen, i ganol y tai sgwâr uchel, a'u cerrig yn llwydion fel y môr mewn tywydd blin. Roedd hi'n stryd brysur, gyda siop bob-dim ar un pen a siop bysgod yn y pen arall. Brysiai trigolion y dref ar hyd ei phalmentydd cul yn bwrpasol a phrysur.

Ddywedodd Wil 'run gair wrth wthio drws Rhif Un ar agor, a chymryd cam yn ôl gan adael i Nanw gerdded i mewn o'i flaen. Gallai weld y grisiau pren yn arwain i'r llofft, a'r bwrdd bach llychlyd ger y drws.

'Pwy sy'n byw yn fa'ma?' gofynnodd mewn penbleth.

Besi Robaitsh fuo'n byw yno tan ychydig fisoedd yn ôl, pan ffendiodd ei mab yr hen wreigan yn gelain yn ei gwely, a'i chi bach yn cysgu yn ei chesail. Bu siarad mawr ynglŷn â phwy fyddai'n dod yma i fyw, a'r sôn oedd bod y mab wedi'i werthu i deulu o'r Drenewydd, fel holidê hôm. Gwenodd Wil a rhoi hwyth fach i'w ddyweddi drwy'r drws, cyn ei ddilyn a chau sŵn y stryd ar ei ôl.

Yr arogl oedd y peth cynta i swyno Nanw – arogl lobsgows wedi treiddio i gerrig y waliau ar ôl llechu yng nghysgodion y gegin ers blynyddoedd mawr, arogl cynnes, cartrefol. Roedd y papur wal yn yr ystafell fach yn melynu braidd, a'r corneli'n dechrau plicio'n drionglau fel clustiau ci, ond roedd y patrwm yn ddigon del, a'r rhosod mawr glas yn blodeuo'n llachar ar gefndir gwyn.

Heb ddweud gair, symudodd Nanw yn reddfol i'r ystafell i'r chwith iddi, parlwr bach digon taclus a thân bach yn ymestyn ei fflamau tua'r nen yn y grât, a hwnnw wedi hen golli ei sglein. Roedd y wal bella'n silffoedd o'r llawr i'r nenfwd, a'r rheiny'n hanner llawn o greiriau llychlyd: hen lyfrau, a'u meingefnau'n cracio mewn llinellau simsan; peli hirgrwn o wlân mewn lliwiau diddim o lwyd, brown a hufen; ambell fachgen bach tsheina neu gi bach gyda hanner clust ar goll. Hen bethau Besi, mae'n rhaid, gyda'r eitemau gwerthfawr wedi'u cymryd, a hynny'n esbonio'r bylchau moel yng nghanol y geriach.

Aeth yn ôl i'r ystafell fach ym mlaen y tŷ, gan basio Wil wrth i hwnnw wenu'n dawel, a gwthiodd y drws i'r dde iddi. Cegin fawr, a bwrdd bras yn ei chanol, dresel ar un pen a chlamp o stof fawr ddu yn llwch i gyd. Roedd rhywun wedi taenu bys yn y llwch, ac wedi creu wyneb bach a hwnnw'n gwenu yn ei ganol.

'Be rwyt ti'n feddwl, Nanw?' Safodd Edwin, tad Wil, wrth ddrws y cefn ym mhen arall y gegin. Edrychai'n fach wrth ymyl y dresel fawr dywyll, ond roedd gwên fawr ar ei wyneb. Teimlai Nanw'n ddiolchgar i'r gŵr llywaeth hwn a'r gwerthfawrogiad yn symud fel ton trwy ei chorff; ers iddi ddyweddïo â'i fab, roedd Edwin wedi gwenu a dangos caredigrwydd a chynhesrwydd, heb ofyn 'run cwestiwn.

'Be ydw i'n feddwl am be?'

Rhoddodd Wil ei fraich amdani'n fwyn. 'Nanw, mae Dad wedi prynu'r tŷ yma i ni.'

Edrychodd o'i chwmpas eto, gan sylwi ar y jygiau bach pres yn crogi o'r trawstiau yn y to. Cyflymodd ei chalon, a dechreuodd ei bol ffrwtian yn llawn cyffro fel dŵr dros dân. 'Wedi prynu hwn? I ni?'

Chwarddodd Edwin ei chwerthiniad bach tawel wrth weld y syndod ar ei hwyneb. 'Anrheg priodas i chi.'

'Ond… Sut…'

'Dwi wedi cadw rhyw fymryn o bres i Wil ers ei eni o. A'r swm hwnnw sy wedi talu am fan hyn.'

'Wir?' Lledaenodd gwên gynnes dros ei hwyneb, a threiddio i lawr i weddill ei chorff nes iddi deimlo bod pob cell yn ei chorff yn gwenu. Edrychodd o'i chwmpas, gan adael i'r dychymyg ei weddnewid. Côt o baent i orchuddio'r melyn uwchben y stof, y llenni net trymion yn gwneud lle i rai ysgafn a fyddai'n gadael i'r haul ymestyn ei fysedd i gosi'r bwrdd, gan sgleinio'n ddel arno. Potyn o flodau yng nghanol y dresel, a phawb oddi mewn y cartref hwn cyn hapused â'r wyneb bach syml a daenwyd yn llwch y stof. 'Diolch, Edwin! Diolch yn…'

'Twt,' meddai gan ddangos cledr ei law i'w distewi. 'Does dim isho. Rhaid i chi gael rhywle i fyw, siŵr.'

'Ro'n i'n meddwl bod rhyw bobol o'r Drenewydd yn ei brynu o?'

'Mi fyddai 'di bod yn beth trist gweld tŷ mawr fel hwn yn wag drwy'r gaea. Roedd mab Besi yn fwy na bodlon ei werthu o i mi yn hytrach nag i'r bobol fawr.'

Mynnodd Edwin a Wil gerdded gyda Nanw o gwmpas y tŷ a chyflwyno pob ystafell iddi – y ddwy ystafell enfawr yn y to, y tair llofft a'r bathrwm (bathrwm yn y tŷ – mi fyddai Sara a Miriam yn marw o eiddigedd!) a'r selar eang yn gysgodion tywyll llaith. Roedd hyd yn oed yr iard gefn yn hyfryd â blodau pinc a melyn yn dringo'r waliau, potiau mawr o fefus, a hyd yn oed coeden afalau yn tyfu yn y gornel.

'Mae o'n anhygoel. Yn anferth! Fedra i ddim coelio ein bod ni'n mynd i fyw yma…'

'Well i ti ddechrau pacio dy bethau o Ffordd Cader Idris, 'yn lodes i, achos mi fyddi di'n briod o fewn tridiau ac ar ôl hynny, fan hyn bydd dy gartref newydd di.'

Brifai gruddiau Nanw wrth wenu'n ddi-baid, ac wrth iddi edrych drwy ffenest fach un o ystafelloedd gwely'r atig, teimlai gadernid anghyfarwydd yn setlo yn ei pherfedd. Cyfrifoldeb. Ei thŷ hi, eu tŷ nhw, oedd hwn. Hi oedd gwraig y tŷ.

Eisteddodd ar hen gadair, gan ddal i edrych drwy'r ffenest fach i'r awyr, gan fwynhau'r teimlad o wybod na allai neb ei gweld drwy'r ffenest hon. Neb ond yr adar, hynny yw, a doedd y rheiny ddim yn sbio.

'Mae o'n berffaith,' meddai hi wrth i Wil ymuno â hi. 'Mi gawn ni fyw yn fa'ma, cael llwythi o blant bach a mynd yn hen, i gyd o dan y to hwn.'

Gwyliodd Wil yn nodio'n dawel, ei ddwylo'n ddwfn yn ei bocedi a'i lygaid ymhell, bell i ffwrdd, a'r sgwâr bach o awyr las drwy'r ffenest yn y to fel llygad yn sbecian i mewn arno.

Y tawelwch oedd yn ei phoeni. Y tawelwch, a'r diffyg cwmni.

Byddai Nanw'n gwneud cynlluniau bob bore, i fynd am dro i'r traeth neu ymweld â ffrindiau, ond byddai'r dyddiau'n diflannu mewn patrwm diddiwedd o godi llwch a pholisho a glanhau, y tri llawr a'u hystafelloedd mawrion yn tynnu ei sylw byth a hefyd. Daliai'r arogl lobsgows i lechu yng nghorneli'r gegin, ac er i hynny ei phlesio cyn iddi symud i fyw yno, roedd yn ddigon i'w gyrru o'i chof erbyn hyn. Gadawodd y ffenestri ar agor am oriau, gan sgrwbio'r waliau a'r lloriau gyda sebon carbolig a thrio dilyn yr arogl gyda'i thrwyn, ond byddai'r arogl yn dychwelyd bob tro, fel ysbryd o orffennol y tŷ yn gwrthod ildio'i le. Teimlai Nanw fel petai'r arogl yn aros amdani bob bore, yn ei gwylio o'r tywyllwch â gwên fuddugoliaethus.

Byddai ambell un yn galw, yn manteisio ar ei chartref

cyfleus yng nghanol y dref i gael eistedd a gorffwys, pob un yn disgwyl paned a chacen a sylw meistres y tŷ. Gwyddai Nanw na ddylai ateb y drws a hithau mewn tymer stormus, ond gwnâi beth bynnag er mwyn clywed lleisiau'n llenwi'r gegin.

Heb y lleisiau, byddai gwacter yn chwyddo wrth i'r dydd doddi'n nos, sŵn y siopwyr ar y stryd yn tewi heb ddim ond Nanw a'r celfi tywyll syber yn sefyll o gwmpas fel gwarchodwyr brawychus. Doedd dim i'w wneud ond darllen, a gwau siacedi bach i'r babi, siacedi na fyddai'r bychan byth yn cael eu gwisgo gan fod gwau Nanw'n llawn tyllau mawr hyll, fel llygaid dall.

Pan ddeallodd Nanw fod Wil yn dod yn ôl adref ar *leave*, fe'i llanwyd â phwrpas, a hwnnw'n rhuthro'n gyffur trwy ei gwythiennau. Aeth ati i goginio, glanhau a sgleinio nes bod y tŷ'n lanach nag y bu erioed. Poenodd Nanw, am ychydig, iddi wneud gormod. Caledodd ei bol fel pêl-droed, a setlodd poen cas yng ngwaelod ei chefn am rai oriau. Er mai angen gorffwys roedd Nanw, a hithau'n deall hynny'n iawn, aeth ati i wneud ei gwallt a pheintio colur ar ei hwyneb blinedig, gan fynnu ymbincio ar gyfer ei gŵr. Gwingai'r babi bach y tu mewn iddi'n gwynfanllyd.

Roedd hi wedi'i ddychmygu yn y tŷ, lawer dro, wedi cysuro'i hun yn ei gwely mawr gwag gyda'r nos gyda'r atgof o'i wên gynnes. Ond gwên wahanol oedd ganddo rŵan, un nad oedd yn ymestyn i'w lygaid. Syllodd Nanw arno wrth iddo lenwi'r petryal o oleuni yn ffrâm y drws, ei iwnifform yn daclus amdano, ond heb y wên a dynnodd ei sylw – gwên i ddadmer y rhew brathog a lechai ar ei wyneb, gwên yn cuddio popeth, heb guddio dim yn y diwedd. Crwydrodd ei lygaid tuag at fol ei wraig, a synnu wrth weld y tyfiant wedi codi'n dwt o dan ei bronnau ers iddo'i gweld ddiwethaf.

Roedd Nanw'n falch o fod yn cario mor daclus. Os oedd rhywun wedi amau i'r plentyn gael ei genhedlu cyn y briodas, doedden nhw ddim wedi sôn gair, ond o dan lygaid Wil, gwnaeth y chwydd i Nanw'n deimlo'n dew ac anneniadol.

Tridiau oedd y cyfan a gâi Wil adref, ac, ar ddydd Sul, llyncodd Nanw ryw gymysgedd o ofid a rhyddhad gan ei gladdu mewn man tywyll y tu mewn iddi wrth sylweddoli mai dim ond diwrnod arall oedd ar ôl o'i gwmni prudd. Ni wireddwyd 'run o'i ffantasïau bach syml. Doedd ganddo ddim diddordeb mewn gwylio'r symudiadau bach cyflym oedd i'w gweld yn glir bellach drwy fol ei siwmper; doedd o ddim am ei helpu i ailbeintio'r cot ail-law a gafodd Nanw gan ei fam; doedd o ddim, hyd yn oed, am garu gyda'i wraig newydd. 'Ofn brifo'r babi,' sibrydodd cyn troi ei gefn yn y gwely. Teimlai Nanw'r dagrau'n llyfu'n llwybr ar ei chlustog. Byddai'n diflannu yn ystod y dydd, at ei fam neu at ei ffrindiau, gan adael Nanw adref yn gwau blancedi tyllog, ei meddwl yn troelli wrth chwilio'i hatgofion er mwyn ystyried be aeth o'i le.

'Wyt ti'n gwybod ble byddi di'n mynd? Ffrainc? Itali?' Gollyngodd Nanw sgwariau gwaedlyd i'r sosban, a throdd i'w wynebu. Eisteddodd Wil wrth y bwrdd yn gwneud dim byd, ei ddwylo'n gorffwys a'u cledrau tuag i lawr ar y bwrdd. Syllai ei lygaid yn wag ar un o'r cnotiau du-frown yn y pren. Dyma oedd yn dychryn Nanw, yn fwy na dim – ei weld yn eistedd yn llonydd, yr edrych i mewn i'r gwagle. Ysbryd o ddyn ydoedd bellach a hwnnw wedi cymryd lle ei gŵr.

'Canada,' atebodd Wil mewn llais undonog, heb edrych ar ei wraig. Eisteddodd hithau ar y gadair agosaf, gan edrych tuag ato dros y bwrdd. Sïai'r cig yn flin yn y sosban.

'Canada?' Cosai deigryn o chwys o'i gwar i lawr ei chefn.

Nodiodd Wil.

'Ond… Mae fan'no'n bell! Pam na ddeudaist ti?'

'Ofynnaist ti ddim.'

'Wel, naddo,' atebodd Nanw'n araf, wrth drio oeri'r panig a godai o'i pherfedd i'w llwnc. 'Ro'n i'n cymryd y byddet ti'n mynd i Ffrainc, neu… wel… Rhywle fatha mae'r hogie eraill yn mynd.' Gwyddai wrth yngan y geiriau mor dwp roedd hi'n swnio, mor anwybodus oedd hi am y rhyfel a gadwai ei gŵr i ffwrdd. 'Does na'm Jyrmans yng Nghanada, oes 'na?'

'Mae angan pobol fel fi yno i helpu treinio eu êr-ffors nhw.'

'Ond newydd dreinio wyt ti dy hun.'

Ochneidiodd, gan godi ei lygaid at ei rhai hi. Gwnaeth y diffyg anwyldeb ynddyn nhw iddi grynu.

'Maen nhw f'angen i.'

'Pryd gei di ddŵad adra?' gofynnodd yn dawel. 'Mi dwi a'r babi d'angen di hefyd, cofia…'

Cododd Wil ei·law'n sydyn a rhoi curiad hegr i'r bwrdd, gan ysgwyd y gwpan a'r soser llawn te oer yn ei ymyl. Llamodd calon Nanw, a throdd y baban y tu mewn iddi ben i waered yn ddisymwth. Syllodd Wil i fyw llygaid ei wraig, a meddyliodd hithau sut y gwnaeth rheiny golli eu lliw yn gyfan gwbl wrth iddo golli ei dymer.

'Oes gen ti syniad sut beth ydi rhyfel, Nanw? Mae'r straeon yn dŵad yn ôl o Ffrainc yn ddigon i droi dy stumog di, a dynion mawr cry – cryfach na fi – yn mynd yno am dri mis ac yn dŵad yn ôl fel ysbrydion, yn crio fel babis bach.'

Feiddiodd hi ddim troi ei llygaid oddi arno.

'Dynion yn cymryd dyddia i farw, mewn poen am hydoedd, yn saethu eu hunain, weithia, am ei fod o'n gleniach peth i'w wneud na gorfod diodde mwy.'

Siaradodd Wil â'r ffasiwn angerdd nes gwneud iddo boeri wrth wneud – smotiau bach gwyn yn hedfan o'i enau gan lanio'n blanedau bach disglair ar y bwrdd.

'A fi, mewn eroplên? Maen nhw am ein gwaed ni. A tasan ni'n cael ein saethu i lawr, llosgi i farwolaeth fydden ni yntê, ein crwyn ni'n ffrio yn y gwres a ninnau'n dal yn effro, clywed ogla'n cnawd ni'n cwcio wrth i ni farw!'

Hisiodd y cig eidion ar y stof y tu ôl iddynt.

Cymerodd Wil anadl ddofn, cyn troi ei lygaid, o'r diwedd, oddi ar ei wraig. Roedd ei dalcen yn un llanast o linellau bach petrus. 'Os a' i i Ganada, Nanw, mae 'na siawns y do' i adre atat ti ar ddiwedd y rhyfel 'ma. Os a' i i Ffrainc, wna i ddim para chwe mis.'

Cododd Nanw o'i chadair yn sydyn, troi ei chefn ar Wil a throi'r cig yn y sosban, gan adael i'r gwreichion neidio a llosgi ei llaw. Gorlifodd dagrau o'i llygaid, a sychodd nhw â'i llawes, gan ddal i gymysgu, troi, syllu ar y cig yn brownio yn y sosban. Roedd y tawelwch cyn drymed ag arogl y cig yn llosgi.

Ac yna, yn sydyn, roedd o yno, y tu ôl iddi, ei law ar ei hysgwydd, a throdd Nanw tuag ato i gael ei llyncu gan ei gorff ac ymgolli yn ei freichiau. Cydiodd Wil ynddi a phlannu ei wyneb yn ei gwallt fel y gallai ei harogli. Safodd y ddau am hir ym mreichiau'i gilydd, y naill eisiau ymddiheuro i'r llall, ond y ddau'n ansicr a oedd ganddyn nhw reswm dros ddweud ei bod hi'n ddrwg ganddyn nhw.

Y noson honno, cydiodd Wil yn dynn yn Nanw o dan y cynfasau, cyn ymddiheuro, a thyngu llw o gariad na fyddai byth yn diflannu. Dywedodd yn bendant y byddai yn ei ôl cyn bo hir iawn, ac y byddai'n codi'r babi bach a'i fagu'n dynn at ei galon. Swatiodd Nanw yng nghesail ei gŵr, gan gydio yng nghrys ei byjamas, a thrio selio'i arogl mewn bocs bach yn ei meddwl ar gyfer yr holl nosweithiau y byddai hi hebddo. Syrthiodd Wil i gysgu, wedyn, ei anadl yn donnau mwyn yn chwythu niwl poeth ar gorun ei wraig. Ond ni chysgodd Nanw. Arhosodd am amser hir, yn gwrando ar y dim byd byddarol oedd yn drwch ar fol y nos. Roedd hi'n gwerthfawrogi'r ymddiheuriad, ond yn gwybod ei fod wedi dod o ganlyniad i'w garedigrwydd a'i gydwybod, yn hytrach nag o'i galon. Trodd Nanw'r wybodaeth drosodd yn ei meddwl, ei astudio o onglau gwahanol i weld a oedd unrhyw ffordd y gallai wadu'r amheuon wrth i'r rheiny gnoi yn ei phen.

Roedd Wil yn anhapus.

PENNOD 14

MINA: 1960

'Ma'n rhaid ma'r lein hon yw'r daith rheilffordd harddaf yn y wlad.' Sylla Garmon drwy ffenest y trên yn gegagored. 'Wedest ti ddim bod dy ga'tre di mewn lle mor hyfryd.'

'Wnest ti ddim gofyn.'

Arafa'r trên yn Aberdyfi, ac yno mae un hen ŵr yn camu i lawr o'r trên i'r platfform, a'i gefn yn crymu dan ei gôt wlân.

'Ond mae'n braf byw ar lan y môr,' ychwanega Mina.

'Odi'ch tŷ chi ar y prom, 'te?'

Gwthia'i sbectol i fyny ei drwyn, arferiad sydd bron mor gyfarwydd i mi erbyn hyn â'r sbectol ei hunan.

'Na, yng nghanol y dre mae o. Mae hi'n filltir go lew i lan y môr, ond mae hi'n werth mynd yno, cofia.'

'Yn y fan 'ny y'ch chi 'di byw eriôd, yfe?'

Nodiaf wrth weld gorsaf brics coch Tywyn yn agosáu. 'Anrheg priodas i Mam a Nhad gan Taid.'

'Gwell na set o *cutlery*, sbo. Pryd fuodd e farw, 'te?'

'Nhad? Pan oedd Mam yn fy nisgwyl i. Yn ôl ei stori hi, mi ddaeth y telegram i ddweud fod Dad wedi marw, ac mi aeth Taid Edwin i'w wely a chael strôc y noson honno. Roedd o'n gelain o fewn wythnos.'

'Bois bach!' Cwyd aeliau Garmon.

Arafa'r trên, codaf ac ymestyn am fy siwtces o'r silff uwchben y seddi. Mae Garmon yn twt-twtian ac yn mynnu cario 'nghês i a'i gês o, gan edrych fel portar wrth i ni gamu oddi ar y trên i'r platfform, lle mae Mam a Gordon yn aros amdanon ni.

Rhuthra Mam ata i, gan fy nhynnu i'w breichiau a 'nal i'n dynn. Mae hi'n gwneud hyn bob tro y bydda i'n dod adre o'r coleg, yn fy synnu i gyda'r holl faldod, cyn iddi gael cyfle i wylltio gyda 'nhywelion gwlyb ar lawr yr ystafell ymolchi, a'r llestri budron yn aros yn y sinc i 'socian'.

'Mina.' Mae Gordon yn rhoi gwên hollol ddiemosiwn – ymestyniad o'i geg, yn fwy na gwên, i ddweud y gwir – ac mae hi'n bleser gen i nodi bod ganddo lai o wallt nag erioed. 'Ti'n edrych yn dda.'

'Mam, Gordon, dyma Garmon.'

Mae Garmon yn estyn llaw i Gordon, ac yna i Mam. Tydi hi ddim yn ceisio cuddio ei bod hi'n edrych ar y creadur o'i ben i'w sawdl, a'i llygaid hi'n cymryd eu hamser wrth weld y crys lliw mwstard o dan ei gardigan las. Ond wedi gweld y wên hawddgar ar ei wyneb, mae hithau'n gwenu'n gynnes.

'Croeso i Dywyn, Garmon. 'Dech chi 'di dod â'r tywydd braf efo chi!'

'Gweud o'n i wrth Mina nawr, ma 'ddi'n siwrne hyfryd ar y trên i fan 'yn.'

Mae Mam a Gordon yn edrych ar ei gilydd fel petasai Garmon yn siarad Swahili, a rhaid i mi gnoi 'ngwefus rhag chwerthin. Dwi'n sylwi ar wên yn llygaid Garmon, hefyd.

'Mae'n ddrwg 'da fi, 'wy'n siarad yn gloi iawn.'

'Na, na,' mae Mam yn mynnu. ''Den ni'n eich dallt chi'n iawn, Garmon bach, dim ond bod ni ddim wedi arfer. Soniodd Mina ddim eich bod chi'n hogyn o'r de.'

'Dylie bod hi wedi'ch rhybuddio chi! O Gastellnewi –

Castellnewydd Emlyn y'f fi'n wreiddiol, ond 'wy yn y coleg yng Ngharfyrddin nawr, gyda Mina.'

Cymer Gordon un o'r cesys, ac er bod Garmon yn dweud bod dim angen, mae o'n mynnu cymryd yr un mwya. F'un i. Dwi'n difaru na wnes i roi brics ynddo fo!

Ar y stryd fawr tuag adref, mae Gordon a Garmon yn cydgerdded, a Mam a minnau y tu ôl iddyn nhw. Gwrandawaf ar sgwrs y dynion am ychydig – 'Felly, Garmon, oes 'ne gastell yng Nghastellnewydd Emlyn?' Cyn troi at Mam.

''Dach chi'n edrych yn dda.'

'I fyny yn un o'r llofftydd yn y groglofft bydd Garmon yn cysgu. Gobeithio na fydd ots ganddo fo.'

'Llawr cyfa iddo fo'i hun, mi fydd o wrth ei fodd, siŵr.'

'Ond mae o'n goblyn o ffordd i'r toilet. Falle dyliwn i roi o…'

'Peidiwch â ffysian, Mam, mi fydd o'n berffaith iawn, siŵr.'

Mae Mam yn dawel am ychydig, ac mae gen i ofn 'mod i wedi'i brifo hi, a minnau heb fod adre ond am bum munud.

'Mae o'n hogyn bech del.'

Dwi'n teimlo fy hun yn gwrido. 'Mam!'

'Dim ond deud. 'Se'n well gen ti i mi ddeud 'i fod o'n hyll?'

Mae hi'n gwenu arna i'n gellweirus, a dwi'n chwerthin.

'Ty'd, wir! Rw't ti fel malwen!' Mae Garmon yn fy nilyn i fyny'r llwybr caregog, ei wyneb yn goch a chwys yn diferu o'i wallt.

'A thithe fel gafar fynydd!' meddai o'n fyr ei wynt. 'Dim 'y mai i yw e, ta beth – mi gymrith hi fiso'dd i fi ga'l gwared ar effeth yr holl gig ma dy fam wedi'i roi i fi!'

Mae Garmon yn iawn. Aeth Mam a Gordon i drafferth mawr i wneud yn siŵr fod eu hymwelydd yn cael y bwydydd gorau, fel na châi o ddweud bod pobol Tywyn yn bobol ddi-steil. Ar y noson gyntaf, iau a nionod efo thatws wedi'u torri'n sgwariau bach a'u rhostio; stêc a salad ar yr ail noson; hwyaden mewn saws hufen neithiwr. A tydi hynny'n dweud dim am y pwdinau.

'Ydi'ch tad chi'n dal i weithio, Garmon?' gofynnodd Gordon ar y noson gynta dros y bwrdd bwyd, gan roi'r pwyslais ar y 'chi' – fel petai o'n dad i mi. Bu bron i mi â thagu dros fy mwyd.

'Ody, ody, pregethwr yw e.'

'Annibynwyr?'

'Methodistiaid Calfinaidd.'

Am ddyn na ddangosodd fawr o ddiddoreb yn Nuw tu allan i'r awr angenrheidiol yn yr eglwys ar ddydd Sul, roedd Gordon wedi'i swyno'n llwyr gan hyn. Mi dreuliodd weddill y noson yn trio creu argraff ar Garmon, gan ddyfynnu o'r Beibl a sôn pa mor llwyddiannus oedd ei fusnes o. Roedd hyd yn oed Mam yn rholio'i llygaid.

'Busnes! Mi fasat ti'n meddwl mai fo sy bia Woolworths, yn hytrach na'n rhedeg siop fwtshar fach gafodd o ar ôl ei dad,' meddwn i wrth Garmon y noson honno o flaen y tân, pan roedd Mam yn golchi'r llestri, a Gordon yn smalio ei fod o'n rhoi dŵr i'w blanhigion pan roedd o'n straenio ar y tŷ bach. 'A'r holl bethe crefyddol, tydw i heb glywed am y rheina o'r blaen!'

'O'n i'n ame bod rhywbeth yn bod, gan 'i fod o'n camddyfynnu Ioan Fedyddiwr.' Chwarddodd Garmon. Roedd hi'n deimlad braf, bod yn glyd yn fy nghartref gyda fo, er bod 'na rywbeth yn od am y sefyllfa hefyd – fel petai Garmon yn perthyn i un rhan o 'mywyd i, a Mam a Gordon i un arall. Ysais am gael symud yn agosach ato fo, gorwedd yn ei freichiau, cusanu ei wefus fawr goch, ond mi wn i y byddai'r byd ar ben pe bai Mam neu Gordon yn cerdded i mewn.

'Ma dy feddwl di'n bell,' medd Garmon, yn fyr ei anadl ar ôl cerdded mor bell. Mae o'n estyn am fy llaw, a dwi'n ei anwesu rhwng fy mysedd er ei fod o'n boeth ac yn chwyslyd.

'Meddwl am 'y nheulu dwi. Ma'n rhaid dy fod ti'n meddwl nad y'n nhw'n hanner call.'

Mae Garmon yn chwerthin. 'Does 'na ddim un teulu hanner call yn y byd i gyd. Ac os o's 'na, maen nhw'n bobol ddiflas iawn. Plis gwed y cawn ni fynd 'nôl lawr nawr?'

'Tydi o ddim llawer pellach, dwi'n addo. Weli di'r tŷ gwyn 'na fan'cw? Mae'r olygfa o fan'no'n anhygoel, gei di weld.'

'Ond ma hwnna'n bell!'

Dwi'n parhau i ddringo'r bryn, gan adael 'nghariad i'n cwyno'n chwareus y tu ôl i mi.

Ro'n i wedi ofni na fyddai Nain Sybil yn deall gair o'r hyn roedd Garmon yn ei ddweud wrthi, ond doedd dim angen i mi boeni. Cyn gynted ag y clywodd ei acen, yn yr ystafell fyw fawr yn Ffordd Cader Idris, roedd Nain yn clapio'i dwylo ac yn gwenu'n llydan ar Garmon.

'Dyna i chi acen tydw i heb ei chlywed ers talwm. O sir Garfyrddin ydech chi, 'ngwas i?'

Edrych ar ein gilydd mewn syndod wnaeth Sara, Miriam a minna. Doedden ni ddim yn sylweddoli bod Nain yn gwybod am fodolaeth Sir Gaerfyrddin, heb sôn am adnabod yr acen.

'Castellnewydd Emlyn,' atebodd Garmon, gan sipian ei de o'r gwpan fach denau roedd Nain wedi estyn amdani yn arbennig. 'Mae e...'

'Lle braf ydi fan'no, yn enwedig yr hen bont dros yr afon.'

'Be?' holais yn gegagored. 'Rydach chi 'di *bod* i Gastellnewydd?'

'Unwaith,' atebodd Nain yn fyfyriol. 'Pan oedd Nanw'n fach, a minna'n disgwyl yr efeilliaid...'

'Efo Nhad?' gofynnodd Miriam yn obeithiol, ond roedd Nain fel petai'n deffro o'i breuddwyd ac yn taflu cip digon blin ar ei merch.

'Mae'r merched 'ma'n methu'n lân â deall bod siarad am eu tad yn fy ypsetio i, wyddoch chi, Garmon,' meddai Nain, a Garmon druan yn edrych yn hollol ansicr, fel na phetai ganddo syniad beth i'w ddweud.

'Dim ond gofyn,' meddai Miriam, gan wrido.

'A gweinidog ydi'ch tad chi, yn ôl Nanw,' meddai Nain, a'i llygaid yn pefrio.

'Ie, gyda'r Methodistiaid Calfinaidd,' atebodd Garmon, yn falch o fod ar dir saffach.

'Dyna rydach chithe am 'i neud?'

Ysgydwodd Garmon ei ben. 'Athro odw i am fod, fel Mina.'

'Wel, mi rydach chi'n gwneud cwpwl del, beth bynnag.' Winciodd Nain, gan achosi i mi wrido.

Cyrhaeddaf y bwthyn bach ar y bryn, gan orffwys ar wal gerrig i aros am Garmon. Mae'r olygfa'n werth ei gweld o'r fan hyn. Cwm Maethlon i un cyfeiriad, a'r lôn fach yn plethu'n llwyd fel afon rhwng y ffermdai, ac yna i lawr am y môr, yn disgleirio dan olau'r haul fel drych wedi'i dorri.

'Anhygoel,' medd Garmon, gan edrych i lawr. 'Am dŷ bach braf. O's rhywun yn byw ynddo fe?'

'Dim ers blynyddoedd,' atebaf, gan gerdded draw at yr hen dyddyn a chraffu drwy'r ffenestri budr. Mae ambell gadair yn eistedd yn unig o boptu'r tân, a sylwaf ar lyfr neu ddau ar y silff yn y gornel. Mae chwilfrydedd yn fy nhynnu at y drws ffrynt trwm, sy wedi'i gloi; ond wrth drio'r drws ochr llwyddaf i fynd i mewn i'r tŷ.

Mae arogl llwch yn drwm a gwe pry cop ym mhobman. Camaf dros y llechi budron ar lawr, ac am ryw reswm, mae 'na ias yn llyfu i lawr fy asgwrn cefn ac yn hogi fy nerfau. Mae'r tŷ fel pe bai wedi'i adael ar frys a'r tegell, hyd yn oed, yn dal i grogi uwchben y tân.

'Ma fe fel amgueddfa,' medd Garmon, yn hanner sibrwd, fel pe bai rhywun yn gwrando. 'Dwi'n synnu bod tŷ mewn lle mor hardd yn wag. Byddwn i'n dwlu byw mewn lle fel hyn.'

'Mae o'n hardd rŵan,' atebaf, gan orfodi fy hun i siarad yn uchel, wrth feddwl mai hen lol fyddai sibrwd rhag ofn deffro'r ysbrydion. 'Ond mae'n siŵr ei fod o'n uffern ar y ddaear pan mae 'na storm yn dod o'r môr, a'r gwynt yn rhuo.'

'Tybed pwy oedd yn byw yma?' hola Garmon, yn crynu dan ei grys. 'Dere nawr. Mae hi'n ôr fan hyn.'

Dilynaf fy nghariad, gan gau'r drws yn dynn y tu ôl i mi. Mae awel y môr y tu allan yn golchi llwch y tyddyn bach oddi arna i.

PENNOD 15

SYBIL: 1923

'Nanw, wnei di beidio â rhedeg i ffwrdd, os gweli di'n dda? Tyrd i helpu Mam i ddewis gridal newydd!'

Cerddodd Nanw ati o ochr draw'r siop yn simsan, gan adael hoel ei bysedd bach tewion ar wydr y ffenest y bu hi'n ei bodio. Brysiodd Ifan Ifans, y siopwr, draw yn syth gyda sgwaryn meddal o *chamois* yn dynn rhwng ei fysedd esgyrnog, a rhwbiodd y cylchoedd bach seimllyd yn or-egnïol, ei wefusau'n dynn fel ceg brithyll. Gwridodd Sybil.

'Wyt ti'n meddwl mai hwn, neu hwn sy ora?' gofynnodd Sybil i Nanw, ac ystyriodd yr eneth fach deirblwydd yn ddwys cyn pwyntio at yr un yn llaw chwith ei mam.

'Pam hwn, 'yn lodes i?'

'Mae e'n debyg i un Anti Gret.'

Roedd hi'n dweud y gwir, gan fod ceg fawr dywyll a choes bren drwchus i'r gridal yn union fel yr un a grogai gerfydd ei choes o hoelen rydlyd ar wal cegin Greta. Cariodd Nanw'r badell at y ddesg. Gadawodd Ifan Ifans iddi aros am ychydig, gan ddal i rwbio'r ffenest ymhell wedi i'r hoel bysedd ddiflannu. Cerddodd draw yn bwyllog, heb edrych ar ei unig gwsmer. Ddywedodd o 'run gair wrth lapio'r gridal mewn papur gwyn, a chlymu cortyn o'i gwmpas yn daclus. Parablodd Nanw'n dawel wrth edrych ar bapurau wal, gan ryfeddu at y patrymau cywrain.

'Rydach chi yn eich hôl, 'te.'

Gwridodd Sybil eto, gan dybio, am y canfed gwaith, pam y daethai yn ôl o gwbl. 'Ydw.'

'Ddaethoch chi ddim yn ôl i gnebrwn eich mam na'ch tad, chwaith.'

'Braidd yn bell,' meddai, gan feddwl am y rhegfeydd gwaetha i'w dweud wrth y siopwr digywilydd. Mi gadwodd nhw iddi hi ei hun cyn ychwanegu, 'Well i mi fynd, mae'r...'

'Mi dorroch chi eu calonne pan redoch chi i ffwrdd fel 'ne. Roedden nhw'n methu'n lân â dallt be roedden nhw wedi'i wneud o'i le.'

'Mae pawb yn gwneud pethe twp pan ma nhw'n ifanc, tydi. Pnawn da.'

Trodd Sybil i adael y siop, gridal yn un llaw a bysedd bach tewion Nanw yn y llall. Gallai deimlo llygaid cyhuddgar Ifans yn ei dilyn, ac er cymaint roedd o'n ei chythruddo, gwyddai fod gwirionedd yn ei eiriau, a'i deimladau hefyd. Roedd gan bawb ddigon o reswm i'w hosgoi hi ac yn wir i'w chasáu.

Suddodd ei chalon yn is eto wrth weld dwy ferch yr un oed â hi, yn siarad lol dros y goetsh, a'r efeilliaid yn syllu arnyn nhw'n gegagored. Trodd y ddwy wrth ei gweld yn dod o'r siop, wrth eu boddau'n cael y cyfle i sgwrsio â'r ddafad ddu a ddychwelodd i'r gorlan ar ôl pedair blynedd. Cofiai Nanw weld y ddwy, yn ystod y tripiau a wnâi hi a'i mam i Dywyn yn achlysurol: Annie May, polyn mawr tenau o ddynes, a'i gwallt fel gwlân dafad flêr, a Dorothy Ellen, merch anhygoel o dlws a'i gwallt cyrliog yn bentwr taclus ar ei phen.

'Sybil!' ebe Annie May gan wichian, fel petai Sybil a hithau wedi bod yn ffrindiau penna. 'Rydych chi'n ôl!'

'Ydw.' Rhoddodd Sybil y gridal dan ben-ôl Miriam yn y pram, gan wneud ei gorau i wenu ar y ddwy a syllai arni fel petai'n rhywun yn perthyn i'r syrcas. Gwelai Sybil fod llygaid y ddwy yn dawnsio mewn boddhad a direidi. Yn sicr bu hi'n destun siarad go amlwg yn y dref.

'Lle est ti, Sybil Mary Williams?' gofynnodd Dorothy Ellen fel petai Sybil yn bedair oed. 'Mi wnest ti ddychryn pawb, yn rhedeg i ffwrdd fel 'na yng nghanol y nos. Roedd y straeon mwya anhygoel yn cael eu dweud amdanat ti…'

'Cwrdd â dyn wnes i, gwas fferm o Aberteifi.' Ar ôl dim ond wythnos yn ôl yn Nhywyn, roedd y celwydd yn llifo'n hawdd ar ei thafod. 'Ro'n i'n gwybod y byddai Mam a Nhad yn meddwl 'mod i'n rhy ifanc i briodi, felly mi redais i ffwrdd.'

'I Aberteifi?' Lledaenodd llygaid Annie May yn ddwy leuad lloaidd yng nghanol ei hwyneb hir.

'Ia,' cytunodd Sybil, er na fuodd hi yno rioed. 'Mi ddaeth Nanw ar ôl i ni briodi, ac wedyn yr efeilliaid yn fuan wedyn, Sara Greta a Miriam Elizabeth.'

'O! Elizabeth, ar ôl eich mam,' meddai Dorothy Ellen yn llawn cydymdeimlad. 'Mae'n rhaid bod eich calon chi wedi torri, a chitha wedi dod yn ôl i ganfod bod y ddau ohonyn nhw wedi marw.'

Nodiodd Sybil, gan werthfawrogi nad oedd rhaid iddi ddweud celwydd am hynny, o leia. Roedd y tyddyn gwag ar ben y bryniau, a'r garreg biws drom yn y fynwent yn gwasgu ar ei chalon, a'r holl euogrwydd ac atgofion yn ddigon byw iddi foddi ynddyn nhw wrth iddi hel meddyliau liw nos.

'Beth ddigwyddodd i'ch gŵr chi, Sybil?' holodd Annie May yn dawel.

'Mi gafodd o'i ladd chwe mis yn ôl, mewn damwain ar y fferm.' Edrychodd ar ei thraed, gan smalio bod dan deimlad. Gwyddai na allai ddweud y gwir, ac efallai y byddai stori fel hon yn ennyn ychydig o gydymdeimlad. Rhesymodd Sybil y bu'n rhaid iddi raffu celwyddau am y pedair blynedd ddiwethaf, er mwyn sicrhau parchusrwydd i'w merched.

'Ofnadwy,' meddai Dorothy Ellen, a'i llygaid yn llenwi.

'Ro'n i'n lwcus,' meddai Sybil, gan wneud yn siŵr fod ei llais yn wan, fel petai ar fin crio. 'Roedd o wedi hel digon o bres i mi fedru prynu'r tŷ newydd yma, ac i ofalu ein bod ni'n medru byw.'

'Ac yntau'n was fferm,' ebychodd Dorothy Ellen, gan ymestyn hances o rywle a'i ddal i fyny at ei thrwyn. 'Mae'n rhaid ei fod o wedi bod yn cynilo am hydoedd!'

Wrth gwrs, meddyliodd Sybil, gan ddifaru gwneud camgymeriad mor amlwg. Feddyliodd hi ddim am hynny. Fyddai 'run gwas fferm wedi medru cynilo digon i brynu un o'r tai newydd crand yn Ffordd Cader Idris. 'Roedd ei rieni o wedi gadael ceiniog neu ddwy, hefyd.' Nodiodd y ddwy yn emosiynol, a llongyfarchodd Sybil ei hun am feddwl mor chwim. Bron nad oedd hi'n coelio'i chelwydd ei hun.

'Mae'n well i mi fynd.' Trodd y pram i wynebu am adref, a chychwyn ei wthio, gyda Nanw'n dal yn dynn wrth fetel sgleiniog y pram. Nodiodd Annie May a Dorothy Ellen yn llawn cydymdeimlad, yn amlwg yn meddwl bod Sybil yn rhy emosiynol i barhau â'r sgwrs. 'Hwyl i chi.'

Cododd y ddwy eu dwylo, gan syllu'n brudd ar ôl y ddafad ddu.

'Am stori ramantus,' clywodd Sybil lais Dorothy wrth iddi ymbellhau. 'Rhedeg i ffwrdd yng nghanol y nos, i gael priodi.'

'Wn i ddim. Tydi o'm yn rhamantus iawn colli gŵr, a chitha'n fam i dri o blant bach. Sybil druan.'

Diflannodd eu lleisiau wrth i sgrech y gwylanod foddi

tosturi'r ddwy, a llyncodd Sybil ei heuogrwydd yn ddwfn yn ei stumog wrth gysidro mor hawdd oedd twyllo pobol garedig Tywyn.

Mae stori'r gwas fferm yn un ramantus, meddyliodd Sybil y noson honno ar ôl rhoi'r plant yn eu gwlâu. Mi fyddai hi wedi syrthio mewn cariad gydag o, petai'r ffasiwn ddyn yn bod. Roedd ganddi ddarlun ohono yn ei phen, yn dal a thywyll gyda llygaid lliw pridd, ei freichiau'n gyhyrog a'i wên yn swil a hyfryd. Ond, yn raddol, goleuodd pryd a gwedd y dyn yn ei meddwl, dechreuodd ei wallt gyrlio dros ei goler a throdd ei lygaid yn lliw'r nefoedd. Fel y gwnâi bob tro, dychwelodd ei dychymyg at Ronald, gan anwesu ei hatgofion, yn cofio pob manylyn amdano – ei fysedd mawrion; y crychau bychan o boptu ei lygaid; ei wddf cynnes.

Eisteddodd Sybil wrth y ffenest yn gwau siwmper fach felen i Miriam erbyn y gaeaf, efaill i'r un a weodd i Sara'r wythnos cynt. Roedd yr olygfa dros y tir gwastad am y mynyddoedd yn ei swyno, a synnai, a hithau'n eistedd yn ei pharlwr mawr, wrth ystyried ei bod hi'n berchen ar ei chartref moethus. Ac roedd y diolch i gyd i Greta.

Mi fyddai hi wedi bod wrth ei bodd efo hyn – y celwydd, y cydymdeimlad ffals am ŵr na fu erioed mewn bodolaeth. Mi fyddai'n clapio'i dwylo'n fuddugoliaethus, ac yn chwerthin llond ei bol o weld bod yr eneth wan, a fu'n crwydro strydoedd Caerfyrddin heb ffrind yn y byd, rŵan yn weddw barchus mewn tŷ newydd sbon. Mi fyddai'n gwirioni gyda'r nenfydau uchel a'r llefydd tân cywrain, ac yn dotio wrth weld siapiau crwn benywaidd y tir y clywodd cymaint amdanynt gan Sybil.

'O le y'ch chi'n dod?' gofynnodd hi'r noson gyntaf, wrth

wylio Sybil yn sipian cwpanaid o gawl tatws a bresych yn awchus o flaen ei thân pitw.

'Meirionnydd.' Doedd dim pwynt datgelu gormod. Wedi'r cyfan, ni wyddai Sybil ddim am yr hen wraig fusgrell oedd wedi twt-twtian wrth ei gweld yn erfyn am geiniog neu ddwy oddi wrth ddynion ar y stryd. Ni welodd Sybil erioed wyneb tebyg i un Greta, yn bantiau crychog a'r rheiny'n drwch o golur blêr.

'A beth ma croten bert fel ti'n gneud yng Ngha'rfyrddin, o bob man?'

'Wedi rhedeg i ffwrdd ydw i,' atebodd yn syml, gan wybod nad oedd pwynt iddi ddweud celwydd. 'Ro'n i am fynd i Gaerdydd, ond doedd gen i ddim digon o bres.'

'Pam rhedeg i ffwrdd, 'te?'

Allai Sybil ddim ateb y cwestiwn hwnnw, felly arhosodd yn dawel, yn llonydd, gan syllu i ddyfnderoedd y gwpan wag. Doedd dim rhaid iddi esbonio, p'run bynnag. Roedd ei thawelwch yn adrodd stori. Ochneidiodd Greta.

'Wyt ti am ga'l 'i wared e? Mae 'na fenyw yn Stryd y Prins sy'n...'

'Na,' atebodd Sybil yn bendant, gan wybod mai dyna'r unig beth oedd yn sicr yn ei meddwl ar hyn o bryd. Mi gâi plentyn Ronald a hithau fyw, a chael y bywyd gorau y medrai ei roi iddo. Ac eto, doedd ganddi ddim i'w gynnig fel mam – dim cartref, dim pres, dim tad, hyd yn oed.

'Wel, shwt y't ti'n mynd i'w fagu fe, gwed? A thithe'n ddim mwy na chroten dy hunan, heb ŵr nac arian na dim?'

Doedd gan Sybil ddim ateb, ond gwrthododd ildio. 'Mi wna i 'ngora.'

Ochneidiodd Greta eto. 'Paid ti â gwneud unrhyw

benderfyniade dwl, nawr. Os cei di'r plentyn 'ma, mi fyddi di'n crafu byw ar hyd dy o's. Os gei di wared arno fe, cei di fynd ga'tre at dy fam a chreu rhyw stori i ddweud lle buest ti.'

'Fedra i ddim cael ei wared o. Babi Ronald ydi o.'

Difarodd cyn gynted ag y dihangodd y geiriau fel aderyn o'i genau. Roedd hi wedi gaddo iddi hi ei hun na ddywedai hi byth mo'r geiriau yn uchel. Hyd yn oed mewn parlwr budr yng Nghaerfyrddin a'i bywyd mor flêr, roedd Sybil yn ffyddlon i Ronald. Roedd rhyddhau'r geiriau i'r awyr myglyd yn help, rywsut, i godi ychydig o'r pwysau oddi ar ei hysgwyddau beichiog.

'Falle pe bydde'r Ronald 'ma'n gymaint o ddyn â hynny, fyddet ti ddim yn y fan hyn ar dy ben dy hunan nawr.'

Roedd Greta wedi baglu dros fan gwan Sybil – allai hi ddim diodde i'r dieithryn yma feddwl yn wael am Ronald. Heb iddi drio, bron, tagodd y stori allan – am ei mam a'i thad a Thyddyn Llus; am y gwersi darllen ac am Ronald a Cadi. Collodd ddeigryn wrth adrodd iddi adael ei chartref yng nghanol y nos, a chael ei dal mewn storm, ac am ddwyn modrwy ei mam…

'Felly wedest ti ddim wrth y Ronald 'ma dy fod ti'n cario'i blentyn e?'

Ysgydwodd Sybil ei phen. 'Mi fyddai'r holl beth wedi difetha ei enw da, a fedrwn i ddim gwneud hynny iddo fo.'

'A wedest ti ddim byd wrth dy rieni?'

"Naddo.'

'Felly rwyt ti wedi dewis dy gariad yn hytrach na dy deulu – peth peryglus a thwp iawn i'w neud os wyt ti'n gofyn i fi. Do's dim ots faint ma'r Ronald 'ma'n dy garu di, do's 'na ddim un cariad mor gryf â'r cariad hwnnw sy 'da Mam at 'i phlentyn. Bydde dim ots gan dy fam a dy dad beth wnest ti, cyn belled â'u bod nhw'n gwybod dy fod ti'n saff. Buest ti'n greulon wrthyn nhw wrth droi dy gefen arnyn nhw. Wyddet ti ddim bod gwa'd yn dewach na dŵr?"

Meddyliodd Sybil am fwynder ei mam, am y flanced dynn o gariad roedd hi'n ei lapio o amgylch ei merch. Roedd Sybil wedi teimlo fel petai'n mygu dan bwysau ei gofal, ond yn awr, a hithau 'mhell o adref, ysai am freichiau blonegog ei mam i'w lapio o amgylch ei hysgwyddau. Roedd Greta'n iawn – brad ac anniolchgarwch oedd rhedeg i ffwrdd oddi wrth ei rhieni.

Syllodd Greta i mewn i'r tân am ychydig. 'Wnaeth e ddysgu i ti shwd ma darllen?'

Ysgydwodd ei phen eto, gan wrido.

'Ysgrifennu?'

'Naddo.'

'Beth *rwyt* ti'n gallu 'i neud, groten?'

'Gwnïo. Gwau. Smwddio.'

'Coginio?'

'Medra.'

'Dyna fe 'te. Fe gei di aros fan hyn 'da fi, ac os gwnei di'r gwaith tŷ – fe wna i dy gadw di.'

Edrychodd Sybil ar yr hen wraig fusgrell yn gegagored. Doedd hi ddim yn edrych fel angel, gyda'i chefn crwm a'i hewinedd budr.

'Pam?'

'Achos, er 'mod i'n hen fenyw sy wedi wherwi, yn y bôn wy'n hoffi stori garu, ac ma 'na ddigon o'r elfen 'na yn dy stori di.' Gwenodd ar Sybil, gan ddangos rhes simsan o ddannedd cam tywyll. 'A 'na ti beth arall… 'Wy'n casáu gwaith tŷ.'

'Diolch. Diolch yn fawr!'

'Paid â neud ffys, nawr, so i'n lico dim ffys. A dim ffafar yw hyn cofia, wy'n dishgwyl i ti witho'n galed am dy gadw.'

'Wrth gwrs.' Teimlai Sybil yn well yn barod, yn fwy egnïol, a heb feddwl am y peth, gorffwysodd ei llaw dros ei bol fflat, gan anwesu ei babi.

'Mi gei di'r ddwy ystafell yn y groglofft. Bydd digon o le 'na i ti, ac i'r un bach pan ddaw e. Mi gei di ddod ata i am swper bob nos.' Difrifolodd ei hwyneb yn sydyn wrth edrych i fyw llygad ei morwyn newydd. 'Mae 'na un peth arall y dylet ti wybod.'

'Be?'

Teimlodd Sybil yr ofn mwyaf chwerw, yn sydyn, y byddai Greta'n tynnu ei chynnig yn ôl a chwerthin, gan ddweud na fyddai unrhyw un yn ddigon call i roi cartref i fam ddi-briod.

'Mae tŷ arall 'da fi, ar Heol Myrddin. Mae 'da fi ferched ifanc yn y fan honno 'fyd, yn gwitho i fi.' Roedd ei llais yn ddwfn, yn ddychrynllyd. 'Wyt ti'n deall beth 'wy'n weud?'

'Nac ydw.'

'Ma'r merched y tŷ 'ny yn cynnig gwasaneth arbennig. I ddynon.' Cododd law Sybil o'i bol i'w cheg. Ni allai ddweud gair. 'Paid â phoeni, fydd dim disgwyl i ti neud dim byd fel 'na. Dim ond ishe i ti wbod y gwir, 'na i gyd, rhag ofon i ti ddod i wbod 'da rhywun arall.'

Cysidrodd Sybil ei sefyllfa am hanner munud. Byddai ei rhieni'n torri eu calonnau o wybod ei bod hi'n ymwneud â phobol fel hyn, ond, ar y llaw arall, roedd eu calonnau nhw wedi'u chwalu'n barod wedi i'w merch sleifio i fwrdd fel dihiryn yng nghanol nos. Roedd tŷ Greta'n llawer cynhesach na'r palmant. Dwy ystafell iddi hi a'r bychan, dwy guddfan lle y gallai'r ddau ohonyn nhw guddio rhag llygad y byd.

'Wnawn ni ddim sôn am y tŷ arall, os ydi hynny'n iawn

ganddoch chi.' Cododd ar ei thraed yn bendant, yn teimlo ugain mlynedd yn hŷn nag roedd hi'r wythnos cynt. 'Fyddai ots ganddoch chi i mi fynd i 'ngwely rŵan? Tydw i heb gysgu'n drwm ers talwm.'

Cysgodd Sybil tan amser te'r noson ganlynol.

'Picnic!' Cododd Nanw lond dwrn o dywod, a'i osod yn ofalus ar ei phen, gan adael i'r gronynnau bach fwrw dros ei gwallt a'i chlustiau. 'Het Nanw!'

'Paid â gwneud lol rŵan. Tyrd yma i gael dy frechdan.'

Roedd y flanced goch, a osodwyd mor ofalus ar dywod traeth Tywyn, yn llanast o frechdannau jam afalau ar eu hanner, a thywod bellach ym mhob dim. Eisteddodd yr efeilliaid yng nghanol y flanced, y ddwy yn ymestyn am yr un wy, eu talcennau nhw'n blygau o waith caled.

Roedd y traeth yn brysur, gydag ambell un yn ddigon mentrus i drochi eu traed yn y môr. Anadlodd y llanw'n dawel dros y tywod, a'r synau braf o chwerthin a sgwrsio wedi'u britho gan sgrech y gwylanod.

Estynnodd Miriam yn rhy bell, gan gwympo'n fflat ar ei hwyneb. Bloeddiodd yn uchel, gan wneud i bawb anghofio'u picnic a'u llyfrau am ennyd a syllu. Brysiodd Sybil i'w chysuro, ac yna, dechreuodd ei gefaill sgrechian hefyd, yn eiddigeddus o'r sylw a gâi ei chwaer.

Cododd Sybil y ddwy i'w breichiau, a chanu hen gân wirion tan i'r ddwy, yn araf, roi'r gorau i grio a sniffian yn dawel wrth wylio gwefusau eu mam. Gosododd Sybil ei merched bach yn ôl ar y flanced yn ofalus.

'Nanw, tyrd i gael diod.' Nid atebodd y ferch fach, a throdd Sybil gan ddisgwyl ei gweld hi wedi ymgolli'n llwyr yn y tywod.

Ond roedd Nanw wedi diflannu.

'Nanw!' Gwaeddodd Sybil, gan achosi i bawb edrych i fyny ati, ond doedd dim ots ganddi'r tro hwn. Chwiliodd dros y tywod am het borffor, ond doedd hi ddim i'w gweld yn unman. Rhewodd gwaed Sybil dan yr haul poeth, a phob nerf yn pigo. Be os...?

Yn sydyn, gwelodd fflach o biws drwy gornel ei llygad. Yn y dŵr.

Wyddai Sybil ddim ei bod hi'n medru rhedeg mor gyflym. Rhedodd i mewn i'r dŵr, gan wlychu ei bwtsias a'i sgert, a chydio yn y corff bach cynnes, ei dal hi'n dynn, dynn at ei bron, ac anfon gweddi fach i Dduw i ddiolch ei bod hi wedi cyrraedd mewn pryd. Chwarddodd Nanw'n braf, gan feddwl mai gêm oedd y cyfan.

'Nanw a Mam yn wlyb rŵan, tydyn?'

Brasgamodd Sybil o'r dŵr cyn gosod Nanw ar y tywod. 'Paid ti *byth* â mynd i mewn i'r dŵr fel yna eto, wyt ti'n dallt? Mi fyddet ti wedi gallu marw...' Caeodd ei cheg wrth weld bod Nanw mewn penbleth llwyr. Doedd hi heb weld ei mam dan gymaint o deimlad cyn hynny.

Wrth i'w hanadl ddechrau sadio, sylwodd Sybil ar ddau ffigwr gyda'r efeilliaid. Cydiodd yn dynn yn llaw Nanw, a'i thynnu i fyny'r traeth.

'Sybil!' meddai Cadi gyda gwên. 'Ro'n i'n clywed dy fod ti'n ôl!'

Trodd y ffigwr tal yn ymyl Cadi i'w hwynebu, a theimlodd Sybil fel petai ei chalon wedi dyblu mewn maint. Ronald. Gyda Miriam yn ei freichiau.

'Sybil,' syllodd Ronald ar Sybil, ei lygaid yn llawn teimlad, a meddyliodd Sybil yn sicr y byddai Cadi'n dyfalu'r gwir yn syth wrth ddarllen eu hwynebau. Ond na, gwenodd Cadi cyn codi Sara o'r flanced, a rhwbio'i thrwyn yn erbyn croen meddal ei boch.

'Dy blant di ydi'r tri?'

Nodiodd Sybil yn fud, a sylwi ar wyneb Ronald wrth iddo edrych oddi wrth Miriam at Sara ac yn ôl.

Gallai weld ei fod o'n gwneud y syms yn ei ben.

'Mae Nanw'n dair, a'r efeilliaid yn flwydd oed yr wythnos nesa,' cynigiodd Sybil, gan roi cymorth i Ronald ddod i'r casgliad amlwg.

Teimlai fel petai popeth wedi digwydd flynyddoedd yn ôl, ond dim ond un mis ar hugain oedd ers y diwrnod hwnnw. Tre wahanol, byd gwahanol a bywyd gwahanol. Daeth y gnoc fel bwled i dorri ar y tawelwch.

Arferiad Greta oedd mynd â Nanw allan bob prynhawn – 'chware Mam-gu', fel roedd hi'n ei alw o. Cymerai Sybil fantais o'r llonyddwch, y prynhawn hwnnw, i orffen rhoi hem ar y llenni newydd, a gwthio'r nodwydd denau drwy'r defnydd trwchus, yn mwynhau'r tawelwch o fod ar ei phen ei hun, dim ond sŵn yr edau'n llusgo drwy'r defnydd i dorri ar y distawrwydd.

Feddyliodd hi fawr pwy fyddai wrth y drws. Roedd busnes Greta'n golygu bod merched yn galw yno o hyd, am baned neu am sgwrs. Doedd Sybil ddim yn disgwyl gweld ei siâp sgwâr, mawr o'n sefyll ar stepen y drws, yn edrych yn ddigri o daclus yng nghanol ei bywyd newydd, blêr.

'Ronald?'

'Sybil!'

Cafodd syndod wrth i Ronald gamu tuag ati, a'i chymryd yn dynn, dynn yn ei freichiau cyhyrog. Roedd coflaid yn beth mor anghyfarwydd iddi, erbyn hynny, fel rhywbeth mewn hen freuddwyd niwlog, a lapiodd ei breichiau o'i gwmpas a'i wasgu. Doedd dim geiriau a allai ddweud mwy na'r goflaid honno ar stepen drws tŷ bach budr yng Nghaerfyrddin. Gwyddai Sybil ei fod o'n ei charu.

A dyna wnaeth o – ei charu yn fwyn, yn feddal ac yn noeth am y tro cyntaf. Roedd haul y prynhawn yn llenwi'r groglofft, ac wrth orwedd yn ei freichiau, teimlai Sybil ddedwyddwch perffaith.

'Ro'n i'n meddwl na fyddet ti'n dod i 'ngweld i.'

'Mi driais i beidio.' Roedd clywed acen adref ynghyd â'r llais melfedaidd yn ddigon i droi'r groglofft yn freuddwyd od, nefolaidd. 'Ar ôl i mi gael y llythyr, ro'n i'n meddwl mai cadw draw fyddai ora, a thithe wedi gwneud bywyd newydd i ti dy hun yma.'

'Do'n i ddim yn siŵr a ddyliwn i fod wedi anfon llythyr ai peidio,' esboniodd Sybil, gan gofio'r nosweithiau di-gwsg a dychmygu Ronald yn meddwl iddi redeg i ffwrdd oddi wrtho, heb syniad yn y byd ei bod hi'n meddwl amdano wrth iddi goginio, twtio a chysgu. 'Ond fyddai o ddim yn deg i ti beidio â gwybod am Nanw.'

'Lle ma'r lodes fach?'

'Wedi mynd am dro efo Greta, perchennog y tŷ. Mae hi'n ddigon o sioe.'

'Sybil,' cododd Ronald ar ei eistedd, ac edrych arni. 'Mae 'na reswm pam y dois i.'

Curodd ei chalon yn gyflymach, a sylweddoli'n sydyn mai gobeithio clywed am farwolaeth Cadi roedd hi. Roedd hi'n sefyllfa od – doedd ganddi ddim casineb tuag at wraig ei chariad, dim teimladau o gwbl, i ddweud y gwir. Roedd hi mewn poen, ac wedi bod ers blynyddoedd, felly, rhesymodd

Sybil, doedd dymuno'i marwolaeth hi ddim yn beth creulon achos mi fyddai'n rhyddhad iddi hithau hefyd. Ac i Ronald a Sybil, wrth gwrs, mi fyddai'n golygu rhyddid i briodi, a rhoi cartref i Nanw, a…

'Mae arna i ofn dy fod ti wedi colli dy dad, Sybil.'

Dyna ffordd ryfedd o'i ddweud o, meddyliodd Sybil. Wedi'r cyfan, doedd hi ddim yno i golli ei thad, nac oedd? Roedd hi wedi mynd, wedi diflannu yn y nos, wedi gadael ei thad i feddwl nad oedd ganddi fawr o feddwl ohono o gwbl. Rhewodd ei chorff noeth o dan y flanced.

'Pryd?'

'Rhyw chwe mis yn ôl. Mi aeth yn dawel yn ei gwsg, heb ddiodde o gwbl.'

Er nad oedd hi'n siŵr ei bod hi am glywed yr ateb, roedd yn rhaid iddi ofyn. 'Sut oedd o, Ronald, ar ôl i mi fynd?'

Roedd y tawelwch a ddilynodd ei chwestiwn yn ddigon o ddedfryd.

'Mae rhywbeth arall y dylet ti wybod, Sybil. Cafodd dy fam strôc wythnos dwytha. Roedd hi'n reit anodd arni hi ar ei phen ei hun yn yr hen dŷ anghysbell 'ne, a tydw i ddim yn meddwl bod neb yn galw, heblaw amdana i.'

'Ydi hi'n wael?' Dychmygodd Sybil gorff crwn ei mam yn treulio dyddiau, wythnosau, misoedd unig yn Nhyddyn Llus, pob un a'i carodd wedi'i gadael. Roedd y boen yn waeth na'r euogrwydd a deimlai o golli ei thad. Rŵan, gan ei bod hi ei hun wedi teimlo unigrwydd yn bwysau bythol ar ei henaid, roedd hi'n methu'n lân â dioddef meddwl iddi hi achosi i'w mam ddiodde'r un ffawd.

'Tydi hi'n gwella dim. Mae hi'n methu siarad. Does ganddi hi ddim yn hir iawn…'

Caeodd ei llygaid, ond yn lle'r düwch arferol, y cwbwl gallai ei weld oedd ei mam, yn sâl yn ei gwely, yn methu symud, yn methu gwenu, yn methu siarad hyd yn oed. Roedd strôc yn golygu cymaint mwy na dedfryd o farwolaeth; y llwybr o boer yn llithro i lawr ochr y gwefusau; cwymp unochrog y foch a'r llygaid; synau bwganaidd drwy wefusau hanner marw.

'Dwi'n meddwl,' ychwanegodd Ronald, 'na, dwi'n *sicr*, y byddai Leusa'n maddau unrhyw beth er mwyn cael dy weld di eto, Sybil.'

'Mynd yn ôl?' gofynnodd Sybil mewn syndod. 'Ond fedra i ddim.'

'Tydw i ddim am ddweud y dyliet ti,' meddai Ronald yn dawel. 'Ond dyma'r cyfle olaf a gei di.'

'Roedd hi'n ddrwg gan Ronald a minnau glywed am dy ŵr,' meddai Cadi'n llawn cydymdeimlad, gan dynnu Sybil o'i hatgofion yn ôl i'r traeth.

'Diolch,' atebodd, gan edrych ar ei thraed.

'Mae'n rhaid ei bod hi'n anodd arnoch chi, Sybil fach.'

Gwenodd yn drist arni, a theimlodd Sybil biti drosti, am unwaith, am fod yr unig un o'r triawd bach hwn heb syniad bod y plentyn yn ei breichiau yn ferch i'w gŵr. 'Mae hi'n anodd weithiau,' meddai Sybil yn dawel. 'Ond mae'n gysur mawr i mi fod y merched mor debyg i'w tad.'

'Wrth gwrs,' nodiodd Cadi. 'Piti na chawsoch chi fab, wrth gwrs, ond rydan ni'n gwybod yn iawn beth ydi hynny, yn tydan Ronald?'

'Ydyn,' meddai Ronald gan syllu ar Sybil fel petai o'n ceisio gweld drwy ei llygaid, i mewn i'w meddwl. 'O leia gadawodd eich gŵr chi mewn sefyllfa i brynu'r tŷ yn Ffordd Cader Idris.'

'Do,' atebodd Sybil wrth syllu'n ôl arno. 'Ac roedd Anti Greta wedi gadael tipyn i ni hefyd.' Gwyddai y byddai Ronald yn hanner deall, wedyn, o ble ddaeth yr holl arian.

Ddeufis ynghynt, yn gorwedd yn ei gwely â'i stumog yn gwrthod bwyd, ei chroen yn welw a llac, agorodd Greta ei llygaid wrth i Sybil geisio tynnu'r flanced dros ei hysgwyddau, a mynnu ei bod hi'n eistedd.

'Ydach chi'n teimlo'n well, Greta?'

'Yn well? 'Na gwestiwn twp, a finne'n marw!'

'Peidiwch â dweud y ffasiwn beth, wir,' dwrdiodd Sybil, er bod y posibilrwydd wedi'i chadw'n effro'n ddiweddar. 'Sâl ydach chi, dyna i gyd.'

'Hen ydw i,' gwenodd Greta'n wan, gan ddangos ei dannedd budr cam. 'Do's dim ofon marw arna i, ti'n gwbod. A gweud y gwir, fe fydda i'n falch o gael hoe fach. Nawr, paid ag edrych arna i fel 'na, Sybil, alla i ddim 'i ddiodde fe.'

'Greta…'

'Ry'ch chi wedi dod â lot o hapusrwydd i fi, ti a'r merched. Dwi 'di ca'l blas ar fod yn fam-gu, a finne'n meddwl na chelen i byth mo'r sians. Dwi ddim am i chi fod mewn twll ar ôl i fi fynd.'

'Peidiwch â meddwl am betha felly!'

'Gad i fi neud fel dwi'n moyn, groten, i fi ga'l tawelwch meddwl pan fydda i'n marw. Nawr, ishte i fi ga'l gweud wrthot ti. Ar ôl i fi farw, 'wy am i ti fynd lawr i'r parlwr a nôl y Beibl o'i silff.' Gwyddai Sybil am ba un roedd hi'n sôn – y llyfr mawr trwchus, rhyw droedfedd a hanner o hyd, a'r meingefn wedi cracio'n wythiennau bach. 'Mae arian 'di ca'l 'i gwato rhwng y tudalenne, a ti bia fe.'

'Tydw i ddim ishe eich pres chi.'

'Wa'th i ti 'i ga'l e ddim. Alla i ddim mynd â fe 'da fi.'

'Ond…'

'Weda i ddim celwydd wrthot ti, Sybil. Ma'r arian 'na 'di dod o bocedi dyn'on sy llawer mwy cyfoethog na ni'n dwy. Ond nhw ddewisodd dalu am gwmni merched, ac rodd y rhan fwya ohonyn nhw'n garedig iawn, wir i ti.'

'Diolch,' sibrydodd Sybil, gan drio peidio â chrio. Roedd dagrau'n gwylltio Greta.

'Dy arian di yw e, Sybil, ac fe gei di neud beth ti'n moyn 'da fe. Fe ro' i gyngor i ti. Cer yn ddigon pell o'r dre 'ma. Ma pawb yng Ngha'rfyrddin yn gwbod taw mam ddi-briod wyt ti, a wnân nhw ddim anghofio 'ny. Os ei di bant fe gei di gyfle i greu dy orffennol i ti dy hunan, a byw'r bywyd ma'r merched bach yn haeddu 'i ga'l. Mae modrwy dy fam yn dal 'da ti, on'd yw hi, felly gwisga hi ar dy fys a gwed bod ti'n weddw.'

'Diolch,' sibrydodd Sybil, gan neud i Greta wenu unwaith eto – gwên yn llawn cymeriad a bywyd.

'Na,' meddai Greta. 'Diolch i *ti*.'

Yn gynnar ar y bore Llun canlynol, ar ôl iddi roi brecwast i Nanw a gosod yr efeilliaid i chwarae yn eu cot, aeth Sybil â gwydraid o ddŵr i Greta, er nad oedd hi wedi yfed 'run dropyn ers dyddiau. Ond, roedd hi wedi marw'n dawel yn ystod y nos, ei llygaid ynghau a golwg bell ar ei hwyneb, fel petai yng nghanol breuddwyd. Tynnodd Sybil y blancedi dros ysgwyddau'r hen wraig, a dychryn wrth i gnawd Greta gyffwrdd, am eiliad, yn ei llaw. Roedd hi'n oer, oer.

I lawr y grisiau, estynnodd Sybil am y Beibl mawr o'i silff ger y tân, ac eistedd gyda'r llyfr ar ei glin. Agorodd ei glawr, a synnu wrth weld bod Greta wedi torri twll hirsgwar yn nhudalennau'r Beibl, a chreu poced fawr oddi mewn. Roedd hen orchudd gobennydd y tu mewn iddo, yn melynu gydag oed a thamprwydd. Wrth agor y gorchudd, curodd calon Sybil, mewn ofn o weld yr hyn roedd y tu mewn iddo.

Miloedd. *Miloedd.* Clymwyd yr arian yn ddegau o becynnau bach, y llinyn brau o'u cwmpas yn gorffen yn glymau bach cnotiog. Roedd rhai o'r papurau yn grebachlyd a hen, a'r lleill yn edrych yn newydd sbon danlli, a'r cwbl, *y cwbl*, yn perthyn i Sybil.

Roedd hi'n gyfoethog.

Mwynhau sigarét yn y gegin roedd Sybil, gan feddwl mor iach yr edrychai Cadi ar y traeth y diwrnod hwnnw, pan glywodd y blwch llythyrau'n ochneidio. Plymiodd ben y sigarét i mewn i'r sinc – roedd y smocio'n graith o'i bywyd arall, y byddai'n rhaid iddi gael gwared arni. Troediodd drwy'r tŷ a chodi'r amlen fach wen oddi ar deils coch y llawr. Doedd dim enw na chyfeiriad arni.

Llithrodd ei bys o dan y papur, ac ymestynnodd i mewn i'r amlen, gan chwilio am lythyr. Ond na, doedd dim, dim byd ond llinyn aur tenau'n cuddio ym mhlyg yr amlen. Trodd Sybil y parsel ben i waered a llithrodd y mwclis allan yn ei llaw.

Crogai'r tlws o'r mwclis, tlws siâp gwennol a'i hadenydd wedi'u crafu i mewn i'r aur yn gywrain. Roedd hi'n hardd iawn, ond doedd dim nodyn o esboniad, dim geiriau i helpu taith yr aderyn bach i'w chartref newydd ar ei gwegil. Gwyddai, wrth gwrs, pwy oedd yn gyfrifol am yr anrheg, ac roedd hi'n ddiolchgar amdani. Ond roedd y tlws cain yn ysgafn iawn o'i gymharu â phwysau cydwybod a phwysau magu tri o blant ar ei phen ei hun.

PENNOD 16

MINA: 1967

Am ryw reswm, maen nhw'n mynnu 'mod i'n mynd i weld Gordon. Rhyw syniadau modern am sut mae gweld corff marw yn helpu rhywun i dderbyn colled, meddai Mam, ond mi fedra i weld oddi wrth ei hwyneb hi ei bod hi'n ddigon amheus am y peth.

'Dwi *yn* derbyn y golled,' protestiaf yn bwdlyd. 'Mae Gordon wedi marw, dwi'n eich coelio chi!'

Mae hi'n cau ei llygaid fel petai'n trio dod o hyd i'r amynedd sydd ei angen i beidio â gweiddi arna i. Cydymdeimlaf gyda hi, a minnau'n actio fel petawn i'n dair ar ddeg, ac nid yn saith ar hugain. Y cydymdeimlo sy'n crafu ar fy nerfau, y parchusrwydd ffals a'r sibrwd gorofalus.

'Y ficer ddwedodd ei fod o'n syniad i'r teulu agos 'weld y gragen'. I ni fedru dallt bod enaid Gordon wedi gadael ei gorff.'

'Gadael ei gragen?' Dwi'n ailadrodd yn anghrediniol. 'Mi fydda Gordon ei hun, hyd yn oed, yn chwerthin am hynny.'

A dweud y gwir, meddyliais droeon, dros y dyddiau diwetha, y byddai Gordon wrth ei fodd gyda'r cydymdeimlo prudd. Mi fedra ei weld o yma, bron, yn nodio'n welw, ac yn mynd i nôl cacenni cri o'r gegin a'u cynnig nhw ar blât tenau blodeuog. Mae ei gadair o yn y gegin ar ongl ryfedd, wedi hanner ei throi, fel petai rhywun yn eistedd yno wedi'r cyfan. Gordon anweledig, efallai, ei gefn yn anghyfforddus o syth, yn gwrando ar ei gwsmeriaid yn dweud sut byddai o'n ychwanegu hanner pwys o ffns at eu harcheb am iddyn nhw fod mor driw.

'A dyna i chi beth arall,' ychwanegaf, gan stwffio darn o fara brith i 'ngheg. 'Mae gwallt y ficer newydd 'na'n cyrraedd ei sgwydda fo.'

'Ac ers pryd y buest ti mor gul?'

'Dwi'n meddwl bod ganddo fo wallt lyfli, ond roedd Gordon yn ei alw fo'n bali hipi ac yn deud bod ei bregetha fo fel clywad pagan yn mynd drwy'i betha.'

'Fel 'ma rwyt ti'n mynd i fod, ie?' medda Mam gan godi o'i chadair a thynnu'r plât gwag o 'nwylo i. 'Yn actio fel hogan fach, a thitha'n ddynes? Pwdu am mai Gordon sy'n cael y sylw i gyd?'

Tarana i'r gegin a golchi'r llestri yn y ffordd mwya swnllyd posib, a 'nghorff i'n teimlo'n wan, yn sydyn, mewn euogrwydd. Fi ar goll yn fy meddyliau fy hun, a Mam ar fin claddu ei hail ŵr. Cerddaf draw at y gegin a phwyso ar ffrâm y drws, gan syllu ar ei chefn.

'Sorri, Mam,' meddwn i'n dawel. 'Garmon a fi sy wedi gorffen.'

Mae hi'n troi ata i, sebon yn dripian o'i dwylo ar y rỳg o dan ei thraed. 'Be ddigwyddodd, 'yn lodes i?'

'Dim byd mawr.' Tydw i ddim wedi arfer gyda sgyrsiau fel hyn efo Mam, a minnau'n teimlo'n emosiynol a gwan. 'Doeddwn i ddim yn ddigon da iddo fo ddim mwy. Doedd o ddim yn hapus efo fi, Mam.'

Mae Mam yn edrych ar y llawr, ac, am eiliad, yn edrych fel geneth ddeunaw oed, yn ifanc, yn siomedig nad oedd y byd heb mor lliwgar ag mae o ar sgrin y sinema. Mae mwy i'w ddweud am Garmon, wrth gwrs – digon i lenwi llyfr, ond toes gen i mo'r galon i ddweud y cyfan wrth Mam.

Rebecca yw ei henw hi – a hynny ynddo'i hun yn ddigon i dynnu cymhariaeth â mi – enw tlws, blodeuog, yn rhosyn pinc yn ymyl fy nant-y-llew o enw hyll, estron i. Mae'n gweithio gydag o, yn ysgol y pentre, yn diddanu'r plant lleia â'i llais dweud stori melfedaidd ac yn ddoli o'r maint iawn i'r merched bach efo'u gwallt golau hir.

Ro'n i'n gwybod yn syth, wrth gwrs, ar ôl rhannu 'mywyd efo Garmon am bron i ddeng mlynedd. Rown i'n adnabod y goleuni bach yn ei lygaid, a'r wên arbennig honno, y wên a roddai i mi amser maith yn ôl. Digwydd gweld Rebecca ym marchnad Caerfyrddin ar brynhawn Sadwrn wnaethon ni a sylweddolais fod hynny'n rhoi mwy o bleser iddo nag y gwnes i erstalwm. Cefais y teimlad hunllefus yng ngwaelod fy stumog, o gael fy nhroi ben i waered. Roedd hi'n rhy hwyr i wneud unrhyw beth erbyn hynny – roedd Garmon mewn cariad.

Aeth â fi i fwyty bach Eidalaidd newydd yn y dref, ac mi sylweddolais yn sydyn ein bod ni yma i sicrhau na fyddwn i'n gwneud gormod o ffys. ''Wy'n sorri, Mina, ond mae e wedi mynd yn ormod o bwyse arna i. So i'n gallu'i wynebu fe ddim mwy.'

'Pwyse?' gofynnais, gan feddwl bod ganddo fo fil o esgusodion da i orffen efo fi, ac nad oedd 'pwysau' ddim yn un ohonyn nhw.

'Priodi,' mi hanner sibrydodd o dros y bwrdd bach crwn, rhwng ei ddannedd.

'Pwyse i *briodi*?' Rown i'n methu coelio'r peth. A minnau wedi dal fy nhafod ganwaith ar yr union bwnc hwnnw, wedi diodde cydymdeimlad dieithriaid ers blynyddoedd... 'Faint o weithie, yn union, ydw i wedi crybwyll y peth? Dwywaith, tair?'

''Wy'n gwybod dy fod ti'n meddwl am y peth.'

'Wel, mi fyse 'na rywbeth yn bod arna i os na fyswn i'n meddwl am briodi, Garmon. Dwi'n saith ar hugain, ac wedi bod yn canlyn efo ti ers pan o'n i'n ddeunaw!'

Cododd Garmon o'i sedd gan daflu ei hances yn un swpyn coch ar y bwrdd. 'Dyliwn i fod wedi gneud hyn flynydde 'nôl.'

Yna cerddodd allan o Luigi's, ac allan o 'mywyd i. Ceisiodd pawb yn y bwyty guddio'r ffaith eu bod nhw'n edrych draw, ond teimlais fy mochau'n llosgi wrth ofyn am y bil. Gadawodd a gadael i mi dalu am y bwyd. Basdad!

'Wyt ti am aros yng Nghaerfyrddin?' hola Mam, gan sychu ei dwylo ar liain gwyn.

'Fan'no mae'n job i,' atebaf yn dawel, gan wybod y bydd 'y nghalon i'n troi yn ddim ar y trên yn ôl i 'mywyd gwag, tawel.

'Ty'd adre, Mina.'

Syllaf arni'n hurt. 'Ond be am…'

'Ma nhw'n desbret am athrawon yn yr ardal yma, wsti, a tan i ti ffindio job, mi fydd Gordon wedi gadael digon o bres i'n cadw ni'n dwy.'

Mae 'mhen i'n troi wrth feddwl am y peth, yn chwil o bosibiliadau. Dod yn ôl i fyw at Mam, a minnau bron yn ddeg ar hugain; dod yn ôl i le mae pawb yn gwybod fy enw i, fy hanes i; dod yn ôl adre.

Mae'r syniad yn lapio'i hun yn dynn o 'nghwmpas i, fel blanced. Gwena Mam a minnau ar ein gilydd yn y gegin, nid gwên gariadus rhwng mam a'i merch, ond gwên gyfeillgar rhwng dwy ddynes wybodus, a'u dynion brau wedi chwalu rhwng eu bysedd.

Cytunaf o'r diwedd, i fynd i weld corff Gordon yng nghefn yr eglwys. Mae'r ficer newydd yn aros amdana i wrth i mi gerdded i mewn o'r dymestl tu allan i loches lonydd yr eglwys. Mae'r lle'n arogli o hen Feiblau a thinc o bolish lafant. Dwi'n rhedeg fy mysedd ar gefn y sêt fawr sgleiniog, yn mwynhau'r tawelwch, a'r llonyddwch.

'Wilhemina,' meddai'r ficer newydd, gan ymestyn ei law. Mae ei wallt cringoch yn cyrlio dros gefn ei goler, a'i lygaid mawr tywyll yn syllu'n syth i mewn i'm rhai i. 'Diolch am ddod.'

'Galwch fi'n Mina,' meddwn i'n siriol, yn benderfynol o beidio ag ildio i dôn isel galar.

'Wrth gwrs,' meddai gan edrych fel petawn i'n trio'i herio, ac yntau fel petai o'n methu dallt yn iawn. 'A galwch chi fi'n Carwyn.' Bobol bach. Carwyn? Mi fyddai Gordon yn cael ffit biws. 'Mae'ch llystad yn y cefn.' Dwi'n dychmygu Gordon yn eistedd gyda phaned yn ei law, yn edrych ar ei oriawr yn ddiamynedd gan 'mod i'n hwyr.

Rydan ni'n pasio'r groesbren dywyll a thrwy'r drws, lle mae ystafell fach blaen, ac yn ei chanol fwrdd hir, ac arno'r arch fawr drom. Brysiaf ati, gan wneud yn siŵr nad ydw i'n cymryd camau bach, parchus, ac edrychaf i lawr ar Gordon, gan aros i'r emosiwn, y sioc, gyrraedd fy nghorff blinedig.

Tydi o ddim yn dod. Mae Gordon yn edrych fel petai o wedi gorwedd i lawr a syrthio i gysgu cyn mynd i'r eglwys, a'i siwt o'n drwsiadus fel arfer. Ceisiaf feddwl am rywbeth caredig am fy llystad – y tro olaf y bydda i'n ei weld o bellach. Yr unig beth y medra i feddwl ydi ei fod o'n edrych yn well wedi marw nag oedd o'n fyw. Trodd y croen lliw cig moch yn wyn hufennog, clir, a'i gyhyrau stiff o wedi ystwytho yn ei orwedd parhaol.

'Welwch chi?' meddai Carwyn dros fy ysgwydd. 'Mae o'n glir, yn tydi, bod enaid Gordon wedi gadael ei gorff, wedi mynd i le gwell.'

'Tydw i'm yn meddwl bod lle gwell gan Gordon yn y byd, na thu ôl i'w gowntar, a'i ffedog o'n waed i gyd.'

Mae Carwyn yn gwenu. 'Ond tydan ni ddim yn sôn am rywle yn y byd hyn, nac 'dan.'

Dwi'n cilwenu ac yn edrych ar fy nhraed.

'Ydych chi'n anffyddiwr, Mina?'

'Dwn i ddim,' atebaf, gan godi trobwll yn fy mol fel dawns y dail wrth i mi gerdded i ffwrdd. 'Tydw i ddim yn rhy siŵr os ydw i'n anffyddwraig ai peidio.' Mae'r ficer newydd yn chwerthin yn ysgafn y tu ôl i mi.

Ar y diwrnod cyntaf wedi'r angladd, daw cyfreithiwr Gordon draw i'r tŷ – un streipan hir o lwyd o ran ei wallt, ei wyneb a'i siwt. Mae o'n gosod ei bapurau ar fwrdd y gegin yn daclus, ac yn cnoi darn o fara brith am bum munud cyfan cyn clirio'i lwnc yn sidêt, a syllu ar Mam a minna dros y bwrdd.

'Ga i'n gyntaf gydymdeimlo â chi, fel teulu, ar farwolaeth Mr Griffiths. Roedd o'n gleiant triw i gwmni Peters, Jones and Jarman, ac roedd ei ymweliadau o â'r swyddfa yn Nolgellau'n ddidrafferth a threfnus bob amser.'

Dwi'n synnu fy hun drwy ddigio ar ran Gordon at y cydymdeimlad oeraidd hwnnw. Yn *ddidrafferth*? Yn *drefnus*? Mi fyddwn i, hyd yn oed, wedi gallu gwneud yn well na hynny.

'Fel y gwyddoch chi, dwi yma i ddatgelu cynnwys ewyllys Mr Griffiths, yr hon a luniwyd ar Ebrill y 10fed 1965.'

Mae llais y cyfreithiwr yn wan a thrwynol, fel petai o ddim yn agor cefn ei lwnc yn iawn.

'Mi wna i ddarllen yr ewyllys yn ei chyfanrwydd. "Yr wyf fi, Gordon Cecil Griffiths, yn tystio fy mod o feddwl cadarn…" '

Mi fyddai hwn yn un grêt i ddarllen stori amser gwely i blentyn bach… Mae'r undonedd pwyllog yn gwneud i mi eisiau rhoi 'mhen i lawr ar y bwrdd a chysgu. Neu efallai mai blinder galar ydi o, wedi 'nharo i o'r diwedd – y teimlad hwnnw, ar ôl yr angladd, bod popeth wedi'i wneud, y bocs olaf wedi'i gau a dim i'w wneud ond byw, a dygymod.

Ond tydi o ddim yn teimlo fel galar. Mae o'n teimlo fel diflastod.

"… Fy nghyllyll a'm holl offer yn y siop i Hywel John Francis, gyda diolch am fod yn weithiwr mor driw i mi ar hyd y blynyddoedd."

Mi fydd Hywel wrth ei fodd: Mae o'n ymhyfrydu ei fod yn cael gweithio mewn siop gig, a chael mynd adref gyda gwaed yn grystyn sych o dan ei fodrwy briodas.

"… Can punt i Eglwys Sant Cadfan…"

Wel, wel. Mi fydd gan Carwyn y gwalltog rywbeth i ddiolch amdano yn ei weddïau heno.

"Swm o hanner can mil o bunnoedd i Wilhemina, fy llysferch, gyda diolch a chariad…"

Mae awyrgylch yr ystafell yn newid mewn eiliad, o fod yn bydew o ddiflastod i fod yn llawn trydan. Fedra i ddim meddwl yn iawn.

'Be?' Mae'r cwestiwn yn cael ei dagu o enau Mam, a dwi a hithau'n edrych ar ein gilydd mewn syndod llwyr. Hanner can mil… Diolch a chariad? I *mi*?

'Peidiwch â phoeni, Mrs Griffiths. Mae Mr Griffiths wedi gadael gweddill ei ffortiwn i chi, gan gynnwys y siop gig.

Mi sicrhaodd na fyddai unrhyw un yn fyr o geiniog ar ôl ei farwolaeth. Ar Ebrill y 10fed 1965, roedd ganddo oddeutu cant dau ddeg dau o filoedd yn y banc. Ychwanegwch werth y siop at hynny, ac mae'n swm sylweddol iawn.'

Mae wyneb Mam druan yn wyn, a dwi'n trio arllwys cwpaned o de iddi o'r tebot ar y bwrdd, ond mae fy llaw i'n ysgwyd gormod, ac mae'n rhaid i mi ddychwelyd y tebot i'r bwrdd yn llipa.

'Cant dau ddeg dau o filoedd o bunnoedd.' Mae hi'n ailadrodd y geiriau'n llipa. 'Ac roedd o'n cwyno 'mod i'n prynu handbag newydd.'

'Gwrandewch,' meddwn i, gan drio meddwl yn rhesymol, er yn teimlo'n benysgafn. 'Ydach chi'n siŵr nad oes camgymeriad? Tydi'r hyn rydach chi wedi'i ddarllen rŵan... Wel, tydi o ddim yn swnio fel Gordon.'

Mae talcen y cyfreithiwr yn crychu. 'Pa ran o'r ewyllys yn union rydych chi'n cyfeirio ati, Miss Elis?'

'Y rhan sy'n cyfeirio ata i.'

Mae'r cyfreithiwr yn tynnu ei sbectol fach grwn ac yn edrych arna i. 'Fi oedd yr un a ddrafftiodd yr ewyllys hon gyda'ch llystad, Miss Ellis, a dwi'n cofio iddo sôn mor falch oedd o fod ganddo'r arian yma i'w adael i chi.'

Wedi i'r cyfreithiwr ein gadael yn ei gar glân, du, eistedda Mam a minnau wrth fwrdd y gegin yn chwerthin mewn syndod, gan siarad am yr holl bethau y gallwn ni ei wneud gyda'r trysor. Gwyliau, siopa yn yr Amwythig. Mi fedra i brynu tŷ, hyd yn oed, tŷ i mi fy hun. Ysgydwa Mam ei phen gan ddweud ei bod hi'n teimlo'n ofnadwy o lwcus i gael tŷ mawr yng nghanol y dref, ac na fydd rhaid iddi boeni bellach am bres. Dwi'n meddwl am Dad, a rŵan Gordon, a'r pridd yn drwm uwch eu pennau llonydd, ac yn meddwl am Mam yn trio llenwi holl ystafelloedd y tŷ mawr hwn gyda dim ond hi ei hun.

Wrth orwedd yn fy ngwely, a bys hir, main y cloc yn pwyntio at hanner nos, dwi'n archwilio fy meddwl fy hun am arwyddion o alar, o anhapusrwydd. Does 'na ddim arwydd yno, heblaw am lygedyn bach o werthfawrogiad am yr arian, fel smotyn o waed ar ffedog wen.

PENNOD 17

SARA: 1990

'O, Miss Williams, mae'ch *geraniums* chi'n edrych yn *lovely*.'

Edrychodd ar y blodau porffor a gysgodai wrth y wal gefn, ag edmygedd llwyr yn ei lygaid. Roedd Sara wedi gweithio'n galed i'w tocio a'u dyfrio, wedi trin pob blodyn mor dyner ag y byddai'n ei wneud i faban bach, ac roedd yn rhaid iddi gyfaddef ei bod hi'n falch o'u petalau melfedaidd, gan eu bod yn gwrthgyferbynnu'n dlws â brics oren y wal fach.

'Diolch, Clement. Ro'n i'n edrych ar eich *hydrangeas* chi ddoe, maen nhw'n tyfu'n dda yn y tywydd gwlyb 'ma.'

'Tip bach ges i gan Mam. Mae 'na haenen o dywod rhyw chwe modfedd i lawr yn y pridd. Mae o'n gwneud *cymaint* o wahaniaeth.'

'Mi fydd yn rhaid i mi gofio am hynny.'

Trodd Sara at y lafant, a chwifiai ei helô yn yr awel oer, a thociodd ambell un a'u gosod ar ris y drws cefn. Roedd ganddi sgwariau o gotwm blodeuog pinc a glas, fel lliwiau babi, ac mi fyddai'n creu clustogau bach llawn lafant sawrus i'w gosod yn ofalus yng nghorneli ei chwpwrdd dillad. Dyna fyddai Sara'n wneud â'i lafant bob blwyddyn ers iddi fod yn blentyn. Yng nghanol y gaeaf, wedyn, gallai ymestyn am siwmper a chael chwa o bersawr trwchus, melys, i'w hatgoffa o'r haf, yn goflaid o atgof yn yr oerfel.

Trodd at gefn yr ardd, ac ochneidio wrth weld tyllau bach blêr ym mhetalau brau'r briallu. Roedd hi wedi bod mor ofalus ohonyn nhw.

'Wyddoch chi, mae'r gwlithod yma'n dad-wneud fy ngwaith da i gyd.' Ysgydwodd Clement ei ben yn ddirmygus, fel petai o'n deall yn iawn.

'Hen ddiawlia'd ydi *slugs*. Dyn a ŵyr be maen nhw'n da yn y byd 'ma. Be gawson nhw tro 'ma, y *primroses*?'

'Ia.' Plygodd Sara a chyffwrdd blaen ei bys ar un o'r petalau, fel petai cyffyrddiad dynol yn mynd i wella'r drwg, a hwnnw wedi cnoi tyllau mawr yn y prydferthwch. Teimlai'n feddal, fel gwefusau o dan ei bysedd.

'Roedd Mam yn arfer rhoi llinell o halen o gwmpas y planhigion i ladd y *buggers* cyn eu bod nhw'n cael twtshad mewn dim byd.'

'Mae hynny'n gweithio'n iawn pan mae'n sych, ond mae'r glaw yn golchi pob gronyn i ffwrdd yn y tywydd 'ma.' Cododd Sara o'i chwrcwd gan syllu ar y difrod, a'i breichiau ynghlwm dan ei brest. 'Fydd dim gardd ar ôl gen i.'

'O, dewch rŵan,' gwenodd Clement dros y wal, ei fwstash cochlyd yn troi tuag i fyny. 'Rydach chi'n gor-ddweud. Mae angen mwy na chydig o *slugs* i goncro rhywun mor *green-fingered* â chi.'

'Wn i ddim am hynny,' atebodd hithau gan deimlo'i bochau'n gwrido, a'i gwneud i deimlo mor ffôl. Gwrido fel merch ysgol, a hithau'n hen ddynes.

Parhaodd y ddau â'u garddio, gan daflu ambell sylw pitw neu gŵyn dros y wal, eu hewinedd yn duo mewn pridd, a chwys yn dechrau tampio eu talcennau. Roedd y ddau yn fodlon, fel hyn, Clement a hithau – yn fodlon garddio am ddyddiau, wythnosau, misoedd, mewn gerddi bach sgŵar, ar bridd na châi fawr ddim haul.

'Gwell i mi fynd i mewn am fy nghinio,' meddai Sara am

un o'r gloch, fel y byddai'n dweud ar yr adeg honno bob dydd.

Nodiodd Clement. '*Righty-ho*,' meddai a throi at ei *camellias*.

Roedd Miriam wedi gosod y bwrdd bwyd yn barod, a thywalltodd ddŵr o'r tegell i'r tebot wrth i Sara sgrwbio'i hewinedd efo brwsh bach a sebon carbolic pinc. Dyma fu'r patrwm ers i Sybil, eu mam, farw – Miriam yn gwneud cinio, a Sara'n gwneud swper, heblaw am ddydd Sul pan fyddai'r ddwy yn mynd i Stryd yr Ywen at Nanw am ginio rhost mawr. Roedd yr efeilliaid ill dwy'n gweithio yn siop Phyllis bob yn eilddydd, yn y prynhawniau, ac roedd Sara'n falch mai diwrnod Miriam oedd hi heddiw. Ysai am gael mynd yn ôl allan i'r ardd i dendio at y rhosod.

'Sut mae *o* heddiw?' Gwenodd Miriam yn slei wrth drywanu trwch o ham pinc gyda'i fforc.

'Pwy?' Ceisiodd Sara ganolbwyntio ar daenu menyn i bob cornel o'r bara gwyn. Gwyddai'n iawn at bwy y cyfeiriai ei chwaer.

'Pwy wyt ti'n feddwl? Clement, 'te.'

'Iawn, am wn i.' Torrodd Sara sleisen o fetys a honno'n gwaedu ar ganol ei phlât, nes nad oedd dim byd ar ôl ymhlith gwyrddni'r letys heblaw am rosyn blêr o saws piws. 'Mae o'n cael trafferth efo'i rosmari.'

Am ryw reswm, gwelai Miriam hynny'n ddoniol iawn, a chwarddodd uwch ei chinio. Cododd ei hefaill ei llygaid o'i phlât ac edrych arni'n sur.

'O, tyrd 'laen, Sara,' meddai hi'n rhesymol. 'Dim ond tynnu coes ydw i. Mi wyddost ti 'mod i wrth 'y modd efo Clement.'

'Does gen i fawr o ots be rwyt ti'n feddwl ohono fo.'

'Pam na roi di gyfle iddo fo? Mae o wedi gwirioni efo ti, mae hynny'n amlwg…'

'Tydi hen bobol fel ni ddim yn gwirioni, Miriam,' meddai'n brudd.

'Mae wyneb Clement yn dweud stori wahanol.'

Ar ôl i'w chwaer adael am y gwaith, golchodd Sara'r llestri'n freuddwydiol, gan fwynhau rhwbio'r staeniau lliwgar oddi ar y platiau gwynion, yn mwynhau gweld y dysglau plaen yn dod o'r dŵr. Teimlai'n euog am fod mor biwis gyda'i chwaer, yn enwedig a'r ddwy wedi cyd-fyw mewn undod, yn rhannu popeth cyhyd. Dim ond ers i Clement a Sara ddechrau sgwrsio dros wal yr ardd yr anesmwythai Sara. Roedd ei hymateb i bob sgwrs a gaent a chyfeiriad ei chwaer at y sgyrsiai hynny'n bigog, mor bigog â'r rhosod yn yr ardd.

Nid bai fy chwaer ydi o, meddyliodd Sara, dim mwy nag ydi o'n fai arna i. Camgymeriad eu geni oedd yn gyfrifol, am glymu'r ddwy fel chwyn wrth ei gilydd: yn ddwy felyn o'r un wy, dwy ochr i'r un geiniog, dau flodyn o'r un goeden. Ynghlwm am byth – un person, mewn dau gorff.

'Hoffech i chi ddod am *walk* bach efo fi, Miss Williams? Mae hi'n brynhawn mor braf, mi fydd hi'n *lovely* ar lan y môr.'

Edrychai Clement fel person hollol wahanol ar stepen drws y ffrynt, fel petai unrhyw le heblaw am yr ardd gefn yn lle estron, yn lle od i'w weld. Sylwodd Sara ar ewinedd glân ei fysedd a'r rheiny'n llawer taclusach na'u rhai hi.

'Mi fyddwn i wrth fy modd, diolch i chi,' atebodd, yn ddifeddwl bron, cyn difaru'n syth. Pa dda fedrai ddod o'r ffasiwn beth? Cerdded gyda'i gilydd ar hyd Ffordd y Pier, i bawb gael eu gweld, ac wedyn ar hyd y promenâd? Bu bron iddi â dweud iddi newid ei meddwl, cyn sylweddoli mor dwp byddai hynny'n swnio. 'Mae'n well i chi ddod i mewn, i mi gael nôl fy nghardigan.'

Yn y parlwr bach taclus, edrychodd Clement o'i gwmpas, gan adael i'w lygaid lyncu holl fanylion bach dibwys ei bywyd: y nofel ar y seidbord, y sgarff ar gefn y gadair esmwyth, y ffotograffau ar y silff-ben-tân. Trodd ei bol, yn sydyn, wrth i'r teimlad annisgwyl o fod yn noeth ac yn wan bigo'i nerfau. Dyma'r tro cyntaf iddi adael cyfaill gwrywaidd i mewn i'w chartref, ac roedd y rhwyg yn y llen anweledig fu rhwng Clement a hithau yn codi pwys arni.

Ciliodd y teimlad wrth i'r ddau gamu o gysgodion y tŷ i wres yr haul, a daeth y cerdded rhythmig ar hyd sgwariau llwyd y palmant â rhyddhad i Sara, ac arafodd ei chalon.

'Amser *lovely* o'r flwyddyn,' meddai Clement, wrth iddyn nhw droi o Ffordd Cader Idris i Ffordd y Pier, a cherdded dan gysgod pont y rheilffordd.

'Mae'n well gen i ddiwedd Medi, pan fydd hi'n dal yn gynnes a'r ymwelwyr wedi mynd adre.'

Ysgydwodd Clement ei ben gyda gwên drist. 'Wyddoch chi, dwi'n teimlo fel *visitor* weithiau.'

'Ond rydach chi'n dod o Aberdyfi!'

'Wel, *quite*, ond mae'r ffaith 'mod i wedi bod i *boarding school* yn gwneud gwahaniaeth mawr, wyddoch chi. Tydw i ddim yn siarad fel hogyn lleol, i ddechrau.'

'Rydach chi'n lwcus iawn o fod wedi cael addysg mor dda.'

Cerddodd y ddau mewn tawelwch am ychydig, gan basio'r tai mawrion brics coch ar y dde a'r byngalos llwyd digymeriad ar y chwith. Roedd y môr o'u blaenau, yn las trwchus melfedaidd. Daethant i ben y lôn a cherdded ymlaen, at y tywod. Roedd amryw o bobol o gwmpas, y rhan fwyaf ohonyn nhw oddeutu'r un oed â Sara a Clement, yn mynd â'u cŵn bach byrion am dro ar hyd y llwybr o sment a anwesai'r traeth yn un gyrlen fach hyll.

'Pier Road. Rhyfedd, 'te,' meddai Sara gyda gwên fach.

'Beth?'

'Roedd cynlluniau mawr i adeiladu pier dros y fan ble 'dan ni'n sefyll rŵan. Clamp o bier hir, smart a fyddai'n denu pobol o bob cornel o Brydain i'r dre. Mi ddechreuon nhw ei adeiladu o hyd yn oed, cyn sylweddoli nad oedd ganddyn nhw ddigon o bres, a gadael i'r seilia bydru yn y dŵr.'

'*Gosh.*'

'A'r unig beth sydd ar ôl ohono fo rŵan ydi enw'r lôn 'cw… Pier Road.'

'Mi fyddai pier yn *lovely* yn y *spot* yma.'

'Bydda.' Roedd enw'r lôn yno o hyd, meddyliodd Sara'n drist, i atgoffa pawb o'r hyn y bydden ni wedi medru bod, yn eu herian am y camgymeriadau a wnaed.

'Miss Williams.' Trodd Clement ati, gyda golwg benderfynol iawn ar ei wyneb, a throdd stumog Sara. Y tu ôl iddo, gallai weld yr union fan lle safodd Robat Bryn Siriol, a'i freichiau am ysgwyddau merch bengoch, ac ychydig ymhellach oddi yno, y lle y safodd Miriam yn edrych arno. Ei chariad, ym mreichiau dynes arall. 'Wyddoch chi beth roedden ni'n ddweud yn gynharach.'

'Am y pier?'

'Nage, amdana i'n teimlo fel *outsider*.' Syllodd Clement yn syth i mewn i'w llygaid hithau, gan wneud iddi deimlo'n anghyffforddus. 'Wel, Sara, tydw i ddim yn teimlo hynny ers i mi gwrdd â chi."

Plygodd hithau ei phen ac edrych ar ei thraed, gan

ganolbwyntio ar gragen las wedi cracio yn y tywod.

'Sara, mi wn i ein bod ni'n tyfu'n hŷn, ond dwi'n meddwl y bydden ni'n dda i'n gilydd, yn fodlon, yn hapus. Fedra i ddim gaddo llawer o *excitement*, ond mi fedra i addo eich caru chi. Wnewch chi 'mhriodi i, Sara?'

Clement a hithau, yn llenwi'r ardd gyda rhosod amryliw, fioledau'n feddwol o gryf eu harogl. Codi yn y bore gyda'i gilydd, cyd-wylio'r teledu yn ystod gyda'r nos; efallai, hyd yn oed, mynd ar wyliau bob hyn a hyn. Roedd Clement yn iawn, wrth gwrs, byddai'r ddau ohonyn nhw'n berffaith hapus a bodlon. Dyma fo. Dyma'i chyfle i gael bywyd iddi hi ei hun. Wedi'r cyfan, byddai Miriam yn dal i fyw drws nesa ac mi fyddai'r chwiorydd yn gweld ei gilydd yn ddyddiol...

Miriam. Cofiodd Sara am y smotiau gwyn o hufen iâ ar ei bwtsias du, yr holl flynyddoedd ynghynt, wrth iddi sylweddoli bod cariad ei chwaer wedi'i bradychu. Cofiodd hefyd am Moi yn crwydro'r traeth yma gyda'r nos, a'r graith ysgafn wen a adawodd o, heb yn wybod iddo, ar ei henaid bregus.

'Diolch yn fawr am y cynnig, ond fedra i ddim. Peidiwch â meddwl 'mod i'n *rude*, ond mi hoffwn i fynd adre rŵan.' I'w chlustiau ei hun, hyd yn oed, swniai'r geiriau'n oeraidd a chreulon. Allai hi ddim edrych ar Clement, allai hi ddim wynebu'r llygaid mawr clir a'r rheiny'n brawf finiogrwydd ei geiriau.

'Wrth gwrs,' meddai Clement yn dawel gan ddal yn fonheddig, a cherddodd y ddau yn ôl ar hyd Pier Road mewn tawelwch, heb wybod beth i'w ddweud. Wrth droi i mewn i Ffordd Cader Idris, roedd rhaid i Sara rwystro'i hun rhag rhedeg.

'Wela i chi eto,' meddai Sara heb edrych arno, cyn gadael ei hun i mewn i'r tŷ. Safodd tu ôl i ddrws y ffrynt, ei chalon yn curo'n uchel. Roedd y tŷ'n oer ac yn llonydd, a theimlai'n saff yno. Cymerodd ei hamser i gael ei gwynt ati, ond, yn araf, dychwelodd ei hanadl i'w rhythm naturiol, ac anwybyddodd y tropyn bach o siom a redai'n wenwyn trwy'i chorff.

'Wyt ti'n cysgu?' Chwalodd llais Miriam y tawelwch â'i siffrwd cyfarwydd yng nghanol y tywyllwch.

'Nac 'dw.'

Teimlai Sara gorff hir ei gefaill yn symud yn y gwely yn ei hymyl. 'Dwi'n methu cysgu.'

'Na finna.' Er nad oedd unrhyw un arall yn y tŷ i'w deffro, parhaodd y ddwy i sibrwd, fel petai eu mam yn dal i gysgu yn yr ystafell nesa.

'Sara?'

'Ia?'

'Dwi wir yn hoffi Clement, wyddost ti.'

Llyncodd Sara'i phoer, ac arhosodd yn fud.

'Mae o'n addfwyn, ac yn glên. Ac wrth ei fodd efo ti.'

'Nac ydi,' atebodd, yn berffaith onest yn ei barn hi. Roedd hi'n siŵr ei fod o'n ei chasáu hi bellach ar ôl iddi ei wrthod mor oeraidd y prynhawn hwnnw.

'Yndi, mae o. A dwi am i ti wybod, Sara, y byswn i'n iawn ar fy mhen fy hun, wsti.'

'Ar dy ben dy hun?'

'Ia, os bysat ti isho... Wel. Mi fedrwn i edrych ar ôl fy hun yn berffaith iawn.'

'Mi wnaethon ni addewid...'

'Flynyddoedd maith yn ôl, a hen addewid dwl oedd o.'

Gorweddodd Sara yn y tywyllwch, yn syllu i mewn i'r

düwch, gan gofio wyneb Moi, y gŵr priod y bu hi'n ei gyfarfod ar y traeth, flynyddoedd yn ôl. Y gŵr na chafodd gyffwrdd ynddo. Y gŵr y bu hi'n rhy hwyr yn ei gyfarfod. Symudodd o Dywyn dros ugain mlynedd ynghynt, dyna a glywodd Sara, ond, ers iddi ei gyfarfod ar noson braf ym mis Mai flynyddoedd ynghynt, aeth 'na 'run noson heibio heb iddi fagu ei chobennydd, a gweld ei wyneb yn ei phen.

'Wna i fyth briodi Clement,' meddai wrth ei chwaer yn bendant.

'O'n achos i?'

'Naci,' atebodd Sara, heb fod yn siŵr iawn a oedd hi'n dweud y gwir ai peidio.

PENNOD 18

MINA: 1973

Diolch byth ei bod hi'n bwrw.

Fel mae'r golau yn y sinema yn codi, mae Carwyn yn codi ei hwd dros ei gôt ddu, ac yn gadael, heb droi yn ôl i edrych arna i. Dwi'n gwenu, gan dynnu 'ngholer fy hun yn uchel, a'i ddilyn. Mae wynebau gweddill y gynulleidfa'n welw, y rhan fwyaf heb wên, heblaw am ambell fachgen ifanc yn gweud jôcs ac yn ailadrodd llinellau yn llawn rhegfeydd o'r pictiwr. Dwi'n crensian dros y carped, sy'n frith o gymylau gwyn popcorn, wedi'u taflu ar lawr gan y rheiny a eisteddai ar y balconi.

Mae'r glaw wedi cadw pawb draw o ddrysau'r sinema, heblaw am y protestwyr mwyaf gwydn. Ond saif Mrs Frank a Mr a Mrs Horton o dan ddau ymbarél mawr, eu hwynebau'n galed, a thywyllwch y nos yn gwneud i olau'r sinema adlewyrchu oddi ar eu cotiau, gan wneud tri angel o'r Brymis di-lun. Gwelaf Carwyn yn eu pasio, ei hwd yn dynn dros ei ben. Er eu bod nhw'n edrych arno'n ddigon swta, dydyn nhw'n amlwg ddim yn ei adnabod.

Wnân nhw ddim dweud dim wrtha i chwaith, er mi wn eu bod nhw'n edrych arna i mewn syndod hunllefus, felly dwi'n gwneud fy ngorau i edrych yn siriol ac yn brysio i ffwrdd dros y palmant gwlyb, a chysgod Eglwys Sant Cadfan yn taflu ei gysgod cyhuddgar drosta i.

Mae'r glaw wedi gwagio'r strydoedd tywyll, a dwi'n brysio ar hyd y stryd fawr gyda'm pen wedi'i ostwng, yn hanner edrych ar y patrymau mae'r olew o'r ceir wedi'i wneud ar y lôn yn y glaw. Dwi bron â chyrraedd y troad i Ffordd Cader Idris, pan mae Carwyn yn neidio allan o ddrws siop gan wneud sŵn annaearol, lleddf o waelodion ei ysgyfaint, a'i gôt yn dal yn dynn amdano. Dwi'n neidio mewn sioc, cyn troi 'nôl ato'n flin.

'Paid â gwneud petha fel 'na.' Dwi'n ei ddwrdio'n flin, cyn chwerthin ar ei stumiau dwl.

'Oedd gen ti ofn?' gofynna gyda gwên.

'Weithia. Oedd gen ti?'

'O'dd gin i fwy o ofn y protestwyr y tu allan.' Rydan ni'n dechrau cerdded tuag at y môr. 'Fedra i'm coelio 'mod i 'di cael get-awê efo fo.'

'Na finna. Mi fyddat ti allan o Sant Cadfan ar dy din 'sa unrhyw un yn gwybod.'

Rydan ni'n pasio o dan bont y rheilffordd, ac mae Carwyn yn cymryd mantais o'r to uwch ein pennau i roi sws sydyn i mi. Dwi'n synnu, fel y bydda i bob tro'n teimlo'r cryndod yng ngwaelod fy mol. Chwe blynedd, a minnau'n dal i deimlo fel geneth ifanc pan mae o'n fy nghyffwrdd i.

Rydan ni'n brysio i lawr Pier Road at y promenâd, fy mraich yn dynn o gwmpas ei fraich o, yn teimlo'r cynhesrwydd yn anadlu o'i gorff.

'Pam Pier Road?'

'O'dd 'na blania i godi pier yma 'stalwm, meddan nhw, ond ddo'th dim byd o'r cynllun,' atebais i, gan ailadrodd yr hyn a ddywedodd Mam wrtha i.

'Biti. 'Sa pier yn lle neis i fynd â chdi ganol nos fel hyn.'

Rhedwn at y meinciau dan do, ein traed yn gadael eiliad o hoel hirgrwn ar y slabiau llwyd ar lawr. Safwn yn nhywyllwch y lloches am eiliad, ein hanadl yn drom a'r tonnau tymhestlog yn pwnio'r tywod yn ddidrugaredd y tu hwnt i'r wal.

Tydan ni ddim yn gorfod siarad. Rydan ni'n cusanu o fewn eiliadau, gyda dwylo'n archwilio botymau ac yn plymio i mewn i bocedi'n nwydus. Mae Carwyn yn blasu fel y môr, ac yn arogli fel dyn, yn chwys a sebon a hen lyfrau. Mae fy mhelfis yn gwthio yn ei erbyn, ac mae fy nwylo i'n symud tuag at fotwm ei drowsus.

'Na,' meddai Carwyn, gan gymryd cam yn ôl, ac ymestyn ei fraich i 'nghadw i i ffwrdd.

'Ond dwi'n gwybod dy fod ti isho. Ro'n i'n gallu teimlo...'

'Mina, ti'n gwybod fy sefyllfa i.'

Dwi'n ebychu mewn rhwystredigaeth. 'Ti'n blydi pengaled, Car!'

Mae o'n ochneidio yn y tywyllwch. 'Stedda efo fi am funud, Mina.'

Dwi'n eistedd ar y fainc yn ei ymyl, heb glosio ato.

'Mi wyddost ti 'mod i'n dy garu di, Mina, ac yndw, dwi d'isho di'n gorfforol hefyd. Ond tydw i ddim am garu efo chdi, dim tan 'dan ni'n ŵr a gwraig. Plis, Mina, prioda fi.'

Mae'r geiriau'n gyfarwydd, yn saethu o'i geg o mor hawdd.

'Dwi 'di deud dro ar ôl tro, sut medra i briodi ficer a minna ddim yn berson crefyddol?'

'Yli. Mi fydd rhaid i ni briodi mewn eglwys, bydd, ac mi fydd disgwyl i chdi ddod i un gwasanaeth bob dydd Sul. Dwi ddim yn disgwyl tröedigaeth gen ti, Mina, ond os wyt ti'n fodlon bod yn oddefgar, a rhoi awr o dy wythnos i'r eglwys, mi fydd y ddau ohonan ni'n hapus iawn, gei di weld.'

Ochneidiaf, yr hen sgwrs yma mor flinedig â'r nos.

'Pam na fedri di 'nhrystio i?' gofynna Carwyn yn dawel, heb edrych arna i. 'Dwi heb wneud dim i ti fy ama i.'

'Dwi *yn* dy drystio di,' atebaf yn wan, gan deimlo 'nghalon yn gwasgu mewn ansicrwydd, heb fod yn siŵr ydw i'n dweud y gwir ai peidio.

'Dwi ddim yn mynd i dy adael di, Mina: fyddi di ddim ar ben dy hun fatha dy fam, fatha dy nain.'

Mae ei eiriau yn swnio'n wag, i ddechrau, ond gyda'r eiliadau maen nhw'n hel pwysau, yn ymestyn eu sillafau'n ddwfn i 'mherfedd. Gwelaf fy hun fel petawn i'n ddieithryn, fy nghoeden deulu'n pwyso'i brigau'n drwm uwch fy mhen. Nain, ac ysbryd distaw ei gŵr yn llenwi cysgodion tywyll ei chalon: fy modrybedd, eu clymau cymhleth yn rhy ddyrys i'w datod dros ddyn: Mam, yn trio ffitio'i hail ŵr yng ngwagle sanctaidd ei gŵr cyntaf. Oes gen i ofn y bydd y patrwm yn parhau ar hyd y cenedlaethau? Fydda i, fel aderyn, yn nythu yn yr un brigau ansad â Mam a Nain?

'Dwi'n dy garu di.' Mae o'n ateb syml, fel petai'n ateb i bob cwestiwn. Mae o'n ochneidio, ac yn gafael yn llipa yn fy llaw wlyb. 'Dwi'm isho i'n pier ni fynd yn angof, Mina.'

Tydw i'n methu'n lân â pheidio rhoi chwerthiniad bach sy'n ymateb i'r cydweddiad gwan. Mae Carwyn yn gwenu'n ôl, yn gwybod yn iawn mor ddwl roedd o'n swnio. Ac er i'r sgwrs gael ei chynnal ddwsinau o weithiau'n barod cyn hynny, er 'mod i'n medru meddwl am ddegau o resymau i beidio, mae 'na rywbeth yn y ffordd y gwnaeth Carwyn sleifio i mewn i'r sinema i weld y ffilm roedd rhai'n dadlau ei bod yn anghrefyddol, y ffordd wnaeth o wisgo hen gôt ei frawd a hen bâr o sgidiau Gordon fel na fyddai neb yn ei adnabod, wedi dileu pob amheuaeth oedd gen i. Mae gan Carwyn feddwl agored, mae'n oddefgar ac yn annwyl.

'Ocê, 'ta.'

'Sorri?'

'Iawn, mi wna i dy briodi di.'

Neidia Carwyn o'r fainc ar ei draed, a rhedeg allan i'r glaw gyda'i freichiau yn yr awyr, fel petai o'n dathlu gôl mewn gêm bêl-droed. Gwaedda'n hapus, gan wneud i mi chwerthin, gwaedd reddfol, anifeilaidd. Mae rhywun yn gweiddi o'r tai cyfagos, 'Shut up, you daft byger!' mewn acen Brymi, sy'n gwneud i Carwyn a minnau chwerthin yn uwch.

'Ty'd i mewn, y diawl dwl,' medda fi, a lapio 'mreichiau o gwmpas fy nyweddi gwlyb. Mae o'n cusanu fy nhalcen yn gariadus, a dwi'n sicr, yn hollol sicr, 'mod i wedi gwneud y penderfyniad iawn. Mi fydda i'n adeiladu pier fydd yn ymestyn ymhell allan i swyn y môr efo hwn.

PENNOD 19

LEUSA: 1919

Roedd y nos wedi lapio'i hun o amgylch Tyddyn Llus fel blanced melfed, yn drwchus a thrwm, a doedd dim mymryn o awel yn chwythu i mewn o'r môr. Gorweddai Leusa ar ei gwely yn brwydro am gwsg, gan deimlo'r chwys yn hel ym mhlygion tywyll ei chorff.

Chwyrnai Siôn yn ysgafn wrth ei hymyl, y blancedi wedi'u tynnu'n dynn at ei ên fel petai'n ganol gaeaf. Roedd o'n cysgu o fewn munudau i orwedd, bob nos, a llafur ei ddyddiau'n ei suo i gwsg. Nid felly ei wraig. I Leusa, roedd cwsg yn anrheg gwerthfawr ar ôl oriau o wingo, yn ansicr yn ei chnawd ei hun. Ar ôl canfod cwsg, byddai hwnnw'n troi arni'n filain, yn llawn hunllefau gwaedlyd i greithio ei meddwl a'i bigo tan y bore.

Byddai ysbrydion ei mam a'i thad yn effro yn y nos, yn sefyll yn nhywyllwch yr ystafell, yn mynnu aros yn anweledig. Gallai Leusa deimlo'r ddau yn llonyddwch y nos, yn ei gwylio'n cysgu – dau geidwad ei chyfrinach fwya. Dan eu gwyliadwraeth, byddai Leusa'n ail-fyw hen nosweithiau, yn cripian hen friwiau ac yn teimlo'r pwysau marwol ar ei brest. Roedd ei thad yn cadw gwarchae arni, gwyddai hynny, yn cadw'i heuogrwydd yn fyw flynyddoedd ar ôl ei farwolaeth.

Ei lofruddiaeth.

Marw'n araf fu hanes ei mam, hefyd, ers y noson honno pan wasgodd Leusa'r anadl olaf o berfedd ei thad – cnoi cil ar y drwg, pendroni dros yr afiach. Roedd ei chreithiau hi'n dal

157

yn goch ac yn fflin tan y diwedd, siâp gewin ei gŵr yn dal yn gryman ar wyn ei llygaid nes iddi eu cau am y tro olaf. Credai Leusa y byddai marwolaeth ei thad yn rhyddhau ei mam, ond dewis aros yn ei chawell wnaeth hi, gan dreulio'r dyddiau yn anwesu adar gwylltion, yn gadael iddyn nhw gydio ynddi â'u crafangau hyll a phigo'r briwsion bara o gledr ei llaw, cyn codi'n hy a diflannu'n gyllyll llyfn drwy'r awyr.

Paid â meddwl amdani, meddyliodd Leusa. Mae hi wedi mynd.

Ei dwylo main, yr ewinedd yn hir a chrwn. Yn union fel dwylo Sybil. Teimlai Leusa'i bol yn troi. Dwylo Sybil, yn hir ac yn feddal ac yn frown. Roedd hi'n debyg i'w nain, ond na, roedd hi'n debyg i'r ddynes y byddai ei nain wedi gallu bod. Roedd hi'n hardd, yn wylaidd, ac yn gynnes – gwyddai Leusa hynny. Rhai wythnosau ynghynt, dan wres yr haul, gwelodd Leusa pa mor gynnes roedd ei merch ifanc.

Chwaraeai'r olygfa'n ffilm yn ei phen, y lliwiau'n orllachar, yr adar yn rhy bersain yn ei chof. Ronald yn dod drwy'r giât, y chwys yn diferu i lawr ei dalcen ac yn llunio llinell wlyb i lawr ei farf. Siaradodd, am ychydig, am y tywydd, ac am Cadi, ei wraig, oedd ar drothwy marwolaeth ers erioed. Gwefusau mawr coch Sybil, yn galon waedlyd o dan lygaid gleision, llydan, yn darllen yn fratiog: 'Gŵr yn ym...ym...ymdaith o'i le ei hun, sydd debyg i ade...ader...aderyn yn cil...cilio o'i nyth', ac wyneb Siôn yn sgleinio mewn chwys a balchder wrth glywed Sybil yn darllen. Ac yna'r athro a'i ddisgybl yn cerdded i lawr at Gae Nant Isa, gan feddwl nad oedd neb yn eu gwylio.

Dim ond cyffyrddiad byr, ysgafn oedd o, dim ond dwy law yn cyffwrdd am lai nag eiliad, y bysedd yn cyrlio yn ei gilydd cyn gollwng a gwahanu. Y cyffyrddiad lleiaf, a'r un mwyaf, yn gorlifo gyda'r cyfarwydd.

Cawsai Leusa sioc, ac roedd ei chydwybod yn ei phigo. Roedd hi'n gwybod, ers y dechrau un. Wrth gwrs ei bod hi'n gwybod. Gwelsai'r arwyddion – y botymau agored ar flows Sybil, yr olwg freuddwydiol. A Ronald, a fu'n ddigalon ers blynyddoedd, yn aros am angau i ymweld â'i wraig, a hithau ar fin marw ers blynyddoedd. Bellach, yn sydyn, roedd yn llawen, yn ifanc ei olwg, a gwên yn lledu dros ei wyneb, yn hytrach nag yn ffurfio cryman â'i wefus. Roedd o mewn cariad, roedd hynny'n amlwg, ac roedd Sybil yn ddigon ifanc a dibrofiad i feddwl ei bod hithau'n teimlo 'run fath.

Neidiodd wyneb siriol Cadi a llenwi meddyliau Leusa – hithau mor blaen a gwelw, mor wahanol i wyneb main, brown Sybil. Os câi Cadi fyth wybod, mi fyddai hynny'n siŵr o'i lladd, a byddai gan ferch fach Leusa waed ar ei dwylo. Yn llofrudd, fel ei mam.

Diflannodd wyneb Cadi fel niwl o'i meddwl wrth i Leusa glywed drws ystafell Sybil yn agor gydag ochenaid wichlyd. Symudodd ei thraed yn araf dros lechi'r llawr, wrth geisio bod mor dawel â phosib. Trodd y goriad yn nrws y cefn, a daeth y glic fel ergyd yn nhawelwch y nos. Cododd Leusa ar ei heistedd, gan fwriadu codi a rhuthro allan ar ôl ei merch.

Mae hi'n sleifio allan i gwrdd â'i chariad, meddyliodd Leusa, a'i chalon yn curo. Efallai iddi wneud hynny bob nos ers wythnosau, a dychwelyd i'w gwely cyn i'w rhieni sylweddoli ei habsenoldeb. Roedd yn rhaid i Leusa'i stopio hi, a rhoi terfyn ar y garwriaeth. Mi ddylai fod wedi dweud rhywbeth yn syth, ar ôl iddi sylwi ar y cyffyrddiad hwnnw rhwng y cariadon, ond roedd ganddi ofn y ffrwydriad y byddai'n ei achosi. Roedd hi'n caru Sybil yn angerddol, yn ddi-amod; ofnai hollti'r berthynas drwy greu gwrthdaro.

Yfory, meddai wrthi hi ei hun, wrth wylio siâp tal, main ei merch drwy'r ffenest, yn cerdded oddi yno, yn gadael. Byddai'n osgoi'r ffrae tan bore fory, gan roi un noson arall o ryddid i Sybil.

Wnaeth hi ddim symud, dim ond gwylio wrth i'r tywyllwch ei llyncu, a dyna hi, mor hawdd â hynny, wedi mynd am byth. Yn y pellter, daeth sŵn tylluan yn canu galarnad, a gorweddodd Leusa'n ôl ar ei gwely, gan droi ei chefn ar y lloer oer wrth iddi drio denu ei sylw'n ôl at y ffenest.

PENNOD 20

MINA: 1976

'Wnei di drio sefyll yn llonydd?' medd Mam wrth gau'r botymau ar gefn fy ffrog. Mae ei bysedd main hi'n stiff ar ôl blynyddoedd o wau a gwnïo, ond mynna wneud hyn, pob botwm bach yn sialens i'w dwylo cam.

'Ma'r les 'ma'n cosi,' dwi'n ateb, gan edrych arna i fy hun yn y drych. Mae hi'n ffrog ddel, yn llaes ac yn wen a'r les yn ymestyn at fy ngwddw cyn cau'n goler dynn a chywrain. 'Mi fydda i'n crafu drwy'r gwasanaeth. Mi fydd pawb yn meddwl bod gen i lau.'

Ochneidia Mam, gan gau'r botwm ola, a dechrau gosod y feil yn fy ngwallt. Rydan ni'n dwy yn sbio ar yr adlewyrchiad yn y drych, y dieithryn o briodferch yma – ac er mai fi fy hun sy'n dweud – yn edrych yn go lew.

'Mi fyddai dy dad wrth ei fodd yn dy weld di rŵan,' meddai hi, a'i llais yn gryg. Dwi'n rhoi 'mraich amdani, ac yn ei gwylio hi'n trio dal y dagrau yn ôl. Mae'r briodas yn ei llonni, ac yn torri ei chalon, gan wneud iddi gofio am ei diwrnod mawr hi, yn llawn gobeithion a disgwyliadau.

'Peidiwch â chrio, Mam,' medda fi gan wenu, 'neu mi gewch chi golur dros fy ffrog i gyd.' Mae Mam yn chwerthin, ac mae'r dagrau oedd yn cronni yn ei llygaid yn cael eu llyncu.

Ebycha Mam wrth weld y cloc ar y bwrdd pincio. 'Mi fyddi di'n hwyr!' Mae hi'n codi ac yn brysio i nôl ei bag, a dwi'n cymryd un olwg ola yn y drych.

Dwi wedi mynnu nad oes car i fynd â fi i'r eglwys rownd y gornel, ffaith oedd yn achosi poendod i Mam, a thestun chwerthin i Carwyn.

'Mi fydd pawb yn meddwl ein bod ni'n rhy dlawd i gael car i ti,' medd Mam yn gwynfanllyd, gan wybod nad oes pwrpas gwneud y sylw gan 'mod i wedi gwneud fy mhenderfyniad a dyna fo. Ond wrth i Mam a minnau gerdded tuag at yr eglwys, mae hi wrth ei bodd. Plant a phobol yn stopio i wenu a chodi llaw, a'r morynion bach del o gwmpas fy nhraed, cyfnitherod Carwyn, yn mwynhau'r sylw. Diolch byth, mae hi'n braf, ac felly mi alla i wneud defnydd da o'r parasol. A minnau wedi rhag-weld y byddwn i'n casáu'r ffasiwn sylw, dwi'n dechrau mwynhau fy hun.

Mae Hywel John, sydd erbyn hyn yn rhedeg hen siop Gordon, yn aros wrth ddrws yr eglwys, yn barod i fy rhoi i Carwyn. Dewis od, gan nad ydi Hywel yn golygu rhyw lawer i mi, ond doedd 'na ddim dynion eraill y gallwn i feddwl amdanyn nhw, a rhaid cael rhywun. Mae o'n edrych yn smart iawn, chwarae teg iddo, heb smotyn o waed ar gyfyl ei siwt.

Mae Mam yn cynnig sws i mi, cyn rhedeg i mewn, ei het yn uchel ar ei phen. Ymhen eiliadau, mae'r organ yn dechrau chwarae tiwn gyfarwydd, ac mae'r drysau'n agor.

Ew, mae'n boeth yma.

Mae ochr Carwyn wedi gwneud gwell sioe na f'ochr i, o leiaf wrth ystyried yr hetiau. Prin ydw i'n adnabod 'run ohonyn nhw, heblaw am ei rieni a'i chwiorydd yn y tu blaen, a dwi'n trio dyfalu ai Anti Magi neu Anti Rona sy'n gwisgo'r het o blu lliw melyn cwstard fel petai caneri go iawn wedi'i stwffio ar ei phen. Dwi'n edrych yn syth ymlaen, a Carwyn yn edrych yn ôl arna i, gan osgoi chwerthin wrth iddo sylwi 'mod i'n edrych ar het ei fodryb. 'Ngwas i.

Ar fy ochr i, mae llond llaw o ffrindiau coleg tua'r cefn, y rhan fwya gyda'u gwŷr a'u plant, ac wedyn, cyd-weithwyr o Ysgol Llanegryn, pob un yn gwenu'n braf arna i. Mae Meri, chwaer Gordon, a'i mab gwantan, James, yn edrych arna i'n sych, ac yn y tu blaen mae Sara, Miriam a Nain Sybil, y tair â'u hancesi wrth eu trwynau.

Mae'r gwasanaeth yn ddychrynllyd o hawdd, chydig eiriau ac mae'r cyfan drosodd, heblaw am y murmur o chwerthin sy'n lledaenu fel awel o amgylch yr eglwys wrth i'r ficer gyfeirio ata i fel 'Wilhemina Helen Elis'. Gwridaf, wrth gwrs.

Daeth plant yr ysgol i'n cyfarch ni y tu allan i'r eglwys, ac ymhen dim, mae'n gwalltiau ni'n llawn o gonffeti bach amryliw. Mae'r ffotograffydd yn trio hel y morynion bach i gyd at ei gilydd. Pawb wrth gwrs yn chwerthin ac yn gwenu, heblaw am Nain Sybil, sy'n edrych yn fach ac yn fusgrell yn ei siwt las.

'Be sy'n bod, Nain?' holaf, gan lapio 'mraich o'i chwmpas. Mae hi'n ysgwyd ei phen ac yn chwythu ei thrwyn. 'Ydach chi ddim yn lecio Carwyn?'

'Mae o'n *lovely*,' meddai Nain yn sigledig. 'Meddwl ydw i, am yr holl bobol sydd ddim yma i dy weld ti'n edrych mor hapus. A thitha'n gorfod ca'l yr hen hogyn siop 'na i dy roi di i ffwrdd!'

'Dim ots gen i, Nain,' dwi'n trio'i chysuro. 'Mae gen i Carwyn rŵan.'

'Ond dim dy dad, dim Gordon hyd yn oed. Dy nain Ruth wedi marw, a dy daid Edwin, a dy daid o'n hochr ni, wrth gwrs.'

'Peidiwch â chrio.'

'Mi fyddai o'n falch iawn ohonot ti, dy daid, wsti. Roedd o'n ddyn da, Mina, yn reit debyg i ti mewn nifer o ffyrdd.'

Tydi Nain byth yn siarad am ei gŵr, ac felly mae hyn yn dod fel tipyn o sioc. 'Dwi'n siŵr y byddan ni wedi tynnu mlaen yn dda, Nain.'

Nodia Nain yn brudd. 'Does 'na 'run diwrnod yn pasio nad ydw i'n meddwl amdano fo. Dim un diwrnod.'

Nodiaf eto a cheisio meddwl am rywbeth i'w chysuro, ond be fedra i ddweud? Wedi byw mor hir heb ei chymar. Dwi'n gobeithio y ca' i a Carwyn well lwc.

'Mina!' Mae Mam yn dwrdio. 'Mae pawb yn aros amdanat ti. Mae'r ffotograffydd yn barod i dynnu'r llunie.' Mae Mam yn gweld llygaid cochion Nain Sybil, ac yn ei chymryd hi o fy mreichiau i. 'Mam fach, mewn priodas ydach chi, nid mewn angladd.'

Dwi'n gadael y ddwy, ac yn mynd i sefyll wrth ymyl fy ngŵr, ac mae'r ddau ohonon ni – fi a'r ficer gwallt hir – yn gwenu ar y camera, yn cael ein rhewi am byth mewn un foment fer.

'O'r diwedd,' meddai Carwyn, gan dynnu ei dei a'i osod yn ofalus dros gefn y gadair. 'O'n i'n meddwl na fasan ni'n cael gadael.'

'Roedd hi'n briodas dda, 'yn doedd?'

Mae Carwyn yn nodio gyda gwên. 'Pawb wedi mwynhau, dwi'n meddwl. Heblaw am dy nain…'

'Duw annw'l, roedd hi'n iawn erbyn y parti. Meddwl am Taid roedd hi, medda hi. Mae hi'n weddw ers amser mor hir.'

'Ac yn dal i wrthod dweud unrhyw beth amdano fo wrth neb? Mae o'n swnio'n amheus iawn os ti'n gofyn i fi.'

'Wel, tydw i ddim yn gofyn i chdi, ydw i?' Dwi'n gwybod

mai tynnu coes mae Carwyn, ond fedra i ddim peidio ag amddiffyn fy hen nain fusgrell. 'Tydi hi ddim yn siarad amdano fo rhag ofn iddi gael ei hypsetio, dyna i gyd.'

'Os wyt ti'n deud.' Mae Carwyn yn rhoi cusan ar fy nhalcen ac yn croesi at y ffenest fawr, gan agor y llenni. Mae goleuadau Borth ac Ynys-las yn pefrio yn y pellter, a'r môr yn dywyll o dan y gwesty. Mi fyddwn i wedi bod yn hapus i aros yma drwy'r mis mêl, mewn ystafell foethus mewn gwesty crand yn Aberdyfi, er mai dim ond ychydig filltiroedd o adre ydyn ni. Ond mae Carwyn wedi trefnu wythnos yng Nghernyw, ac yfory, mi fydda i a 'ngŵr yn dal y trên.

'Reit 'ta, Mr Huws.' Gorweddaf yn ôl ar y gwely a gwenu ar Carwyn, sy'n edrych yn fwy golygus nag erioed rŵan bod botymau uchaf ei grys wedi'u hagor. 'Wyt ti am... am orwedd i lawr efo fi?'

Mae Carwyn yn gwenu'n gellweirus wrth ddechrau datod gweddill ei fotymau. 'Wrth gwrs y gwna i, Wilhemina Helen...'

PENNOD 21

Sybil: 1960

Roedd o'n hen, a gwyddai Sybil na fyddai o'n byw am byth: ond roedd y newyddion yn dal yn sioc.

Daeth cnoc fach ar y drws. 'Mam?' Miriam oedd yno, ei llais yn gonsýrn i gyd. 'Ddowch chi i lawr i gael te?'

'Dim diolch,' galwodd, gan drio gwneud i'w llais swnio mor normal â phosib. Hyd yn oed i'w chlustiau ei hun, methodd yn llwyr. 'Ddo i lawr wedyn, 'yn lodes i.'

Arhosodd Miriam am ychydig eiliadau, fel petai'n trio meddwl beth i'w ddweud, cyn i'w thraed bellhau'n guriad calon trwm ar hyd y landin ac i lawr y grisiau. Gwyddai Sybil fod yn rhaid iddi roi'r gorau i hyn; a hithau wedi cadw'r gyfrinach mor hir, doedd hi ddim am ei datgelu hi rŵan.

Gorweddodd yn ôl yn ei gwely taclus, gan sbio drwy'r ffenest ar y glaw a symudai o Ffordd Cadair Idris tuag at Dywyn, yn donnau llwyd niwlog. Roedd sŵn yr efeilliaid yn gweini te yn y gegin yn gefndir cartrefol, ac roedd sŵn traed a sgwrsio o'r palmant islaw wrth i bobol frysio adref cyn i'r glaw gyrraedd.

Y ffordd y dywedodd Sara wrthi wnaeth ddychryn Sybil, y datgan ffwrdd-â-hi, difeddwl wrth iddi lenwi'r tebot gyda dŵr berwedig o'r tegell.

'Ddigwyddodd 'na rywbeth yn y siop heddiw?' gofynnodd Miriam, gan dynnu ffa allan o'u crwyn hirion a'u taflu nhw i fowlen: tap, tap, tap gan y cylchoedd bach gwyrdd wrth iddyn nhw ymgasglu ar waelod y gwydr crwn.

'Fawr o ddim. Mi ddaeth Mrs Probert Tŷ Hir â phâr o sgidia 'nôl eto.'

'Naddo!'

'Wir.'

'Be oedd yn bod ar y rhain?'

'Mi ddeudodd hi fod y sawdl 'di torri wrth iddi ddod o'r capal, ond dwi'n ama bod hi 'di cymryd morthwyl ato fo er mwyn cael ei phres yn ôl.' Chwarddodd y ddwy, eu cegau'n binc perffaith, eu hwynebau mor debyg wrth chwerthin.

'Be arall?'

'Hmm… Dim byd fedra i 'i gofio… O, heblaw bod yr hen ŵr 'na wedi marw neithiwr, taid Eirian Pen-rallt.'

Meddalodd manylion bach y gegin, a throdd corff Sybil yn oer, oer. Fedrai hi ddim yngan gair.

'Hwnnw efo barf, a'i wraig o'n sâl o hyd?' gofynnodd Miriam, a Sara'n nodio. 'Be oedd ei enw fo, d'wad?'

'Ronald,' atebodd Sybil yn dawel.

'Dyna chi. Hen ŵr clên oedd o yntê.'

'Ia, ac mi edrychodd ar ôl ei wraig hyd y diwedd, chwarae teg iddo fo. Mae hi'n sâl ers blynyddoedd, meddan nhw, ac wedi meddwl erioed y byddai o'n byw yn hirach na hi.'

Dihangodd sŵn o enau ei mam, sŵn heb air, sŵn anobaith. Edrychodd yr efeilliaid arni.

'Ydach chi'n iawn, Mam?' gofynnodd Sara, gan roi ei braich o gwmpas ysgwyddau Sybil. Edrychodd hithau i fyny, am eiliad, a gweld yr olwg betrusgar yn ei llygaid glas.

Llygaid Ronald.

Roedd y ddwy yn amlwg yn poeni amdani; gallai Sybil glywed tôn eu lleisiau nawr yn codi o'r gegin, yn isel ac yn ansicr. Doedd hyn ddim yn deg arnyn nhw, wrth gwrs, meddyliodd Sybil. Dylai hi fod wedi dweud y gwir flynyddoedd yn ôl, yn lle mynnu ailadrodd celwyddau creulon drosodd a throsodd. Ond methu dweud y gwir a wnaeth Sybil ar hyd y blynyddoedd. Roedd hi'n ffyddlon i Ronald hyd y diwedd, yn cydio'n dynn yn y gyfrinach, gan mai dyna'r unig beth oedd ar ôl rhwng y ddau bellach.

Clywodd Sybil sŵn drws y ffrynt yn agor, a thôn llais Nanw yn gofyn cwestiynau brysiog i'w chwiorydd. Mae'n rhaid bod un o'r efeilliaid wedi'i ffonio hi.

Roedd sŵn ei thraed mor wahanol i draed Sara a Miriam, yn frysiog, yn ddi-lol. Chnociodd hi ddim cyn dod i mewn, na sefyll yn y drws. Eisteddodd ar wely ei mam, gan syllu arni mewn penbleth. Roedd yr olwg ar ei hwyneb mor ddoniol, bu bron i Sybil â chwerthin – fel petai hi'n trio meddwl am ateb i gwestiwn dyrys mewn croesair, neu'n syllu ar swm nad oedd yn gwneud dim synnwyr iddi.

'Ydach chi'n iawn?' gofynnodd, heb ddefnyddio sibrwd parchus ei chwiorydd pan fyddai Sybil yn ei gwely. Nodiodd ei mam.

'Wedi ypsetio am farwolaeth Ronald Pen-rallt ydach chi, ia?' Unwaith eto, nodiodd Sybil. Fedrai hi ddim gwadu hynny, a'r ffaith mor erchyll o amlwg.

'Pam, Mam? Do'n i ddim yn gwybod eich bod chi'n ei nabod o ryw lawer.'

'Oeddwn,' meddai Sybil, ac eistedd i fyny, fel petai lleisio'r peth yn rhoi egni iddi. 'Roedd o'n ffrind da i Nhad, ac ro'n i'n gweld llawer ohono fo pan o'n i'n fach.'

Ochneidiodd Nanw, fel petai'n falch bod y dirgelwch wedi'i ddatrys. 'Do'n i ddim yn gwybod hynny.'

'Dwi'n meddwl mai wedi f'atgoffa i o Mam a Nhad wnaeth o,' ychwanegodd Sybil yn gelwyddog. 'Fel dwedaist ti, do'n i ddim yn nabod rhyw lawer arno fo.'

'Sut rai oedd eich rhieni?'

Arhosodd y cwestiwn yn llonyddwch yr ystafell am ychydig, wrth iddi drio meddwl am y ffordd orau i ateb. Roedd Nanw a'r efeilliaid wedi clywed, wrth gwrs, am yr adeg y diflannodd ei mam o'i gwely yng nghanol y nos, ond bu Sybil yn ofalus i beidio â dweud llawer am ei rhieni, gan wneud i'r ddau ymddangos fel ffermwyr anniddorol, heb enaid a heb hanes. Bu'n lwcus na wnaeth y merched gymryd llawer o ddiddordeb. Ond, yn sydyn, sylweddolodd Sybil mai hi oedd yr unig un ar ôl a gofiai ei rhieni. Roedd pawb arall wedi marw.

'Clên, a theg. Ro'n i'n lwcus iawn ohonyn nhw.'

'Pam nad ydach chi'n siarad amdanyn nhw, Mam?'

Mae'n gwestiwn anodd, a gwnaeth Sybil ei gorau i ateb gyda gonestrwydd. 'Achos eu bod nhw wedi mynd, a 'mod i'n trio anghofio.'

'Ond pam ydach chi am anghofio?' Syllodd Nanw arni'n daer. 'Ydach chi ddim am i ni wybod am ein gwreiddiau? Mi wn i, efo Mina, 'mod i'n trio dweud cymaint ag y galla i gofio am Wil, fel nad ydi'r atgof amdano fo'n marw gyda mi...'

Cofiodd Sybil, yn sydyn, am y prynhawn braf hanner canrif yn ôl, Ronald a hithau'n gorwedd yn y gwair a siffrwd y nant gerllaw yn swyno'r ddau. Y blew bach ar ei freichiau; ei ewinedd sgwâr; teimlad blaenau ei fysedd yn anwesu ei boch. Atgofion hyfryd a phoenus, cysurus a miniog, atgofion na fyddai'n bod ar ôl iddi farw. Sut gallai teimlad mor gryf droi yn ddim? Wylodd Sybil, gan roi ebychiad bach.

'Dyna fo,' meddai Nanw, gan roi ei braich am ei mam yn warchodol. 'Fysach chi'n hoffi i mi ddod i angladd Ronald Pen-rallt efo chi, i wneud yn siŵr eich bod chi'n iawn?'

Roedd hi'n bwrw, a'r dafnau tewion yn stido to'r eglwys yn dreisgar. Chwaraeai'r organydd dôn leddf wrth i'r seti lenwi gyda phobol, pob un â'i wyneb hir gwelw yn gwisgo brethyn du trwm dan oleuni egwan. Plethai Sybil i mewn i'r darlun yn dwt, er ei bod yn siŵr fod gweddill y gynulleidfa'n gallu gweld y gwirionedd yn ei hwyneb. Y ffaith noeth mai ym mlaen yr eglwys y dylai hi a Nanw fod yn eistedd, nid yng nghanol y môr o wynebau.

Gorffennodd yr organydd un gân a dechrau chwarae tôn fwy mawreddog, y nodau pendant agoriadol yn herio'r sibrydion ac yn achosi i bawb sefyll ar eu traed. Cariwyd yr arch i mewn gan chwe dyn – ei feibion-yng-nghyfraith efallai – a wnâi i'r bocs pren edrych mor ysgafn. Edrychodd Sybil ar Nanw'n gwylio'r prosesiwn gyda chydymdeimlad, ond gyda phellter yn ei llygaid hefyd. Mor wahanol fyddai ei hwyneb tlws pe gwyddai mai ei thad oedd yn yr arch honno.

I ddilyn yr arch, daeth Cadi'n wan, â hances o dan ei thrwyn a dwy o'i merched wrth ei hochr, un â'i braich o gwmpas ei chanol a'r llall yn gafael yn ei llaw. Roedd ei llygaid yn goch, ac, yn rhyfedd iawn, ei gruddiau yn binc fel petai wedi bod yn rhedeg. Edrychai'n iach, yn iachach nag y gwelsai Sybil hi cyn hyn, ac wrth iddi eistedd yn y tu blaen, sylweddolodd Sybil ei bod hi wedi bod yn disgwyl clywed am ei marwolaeth yn ystod cyfnod a oedd yn fwy na hanner ei bywyd. Bob tro y gwelai wraig ei chariad ar y stryd, yn y siop, ar y traeth, byddai'n mesur ei hiechyd gyda'i llygaid: *peswch o'r frest, wedi colli pwysau, gruddiau melyn*. Wedi aros, yn y sicrwydd ei bod hi ar fin marw, ar fin rhoi rhyddid i Ronald ddod, o'r diwedd, ati hi, Sybil.

Roedd y cyfan drosodd.

Ronald a fu farw, nid Cadi. Tad plant Sybil, ei chariad

gydol ei hoes. Ddeuai o ddim ati rŵan. Roedd yr aros dros yr holl flynyddoedd wedi bod yn ofer.

Bu'r gwasanaeth yn un hir, yn orgrefyddol, a boddodd Sybil yng ngeiriau undonog y pregethwr, er iddi adael ambell i air dreiddio i mewn i'w hymwybod. *Cristion. Cariadus. Ffyddlon.* Cododd y geiriau gur pen arni, fel petai bob llythyren yn cael eu cerfio yn ei hymennydd gydag ysgrifbin miniog.

Daeth y gwasanaeth i ben heb iddi deimlo fawr ddim. Yn wir, roedd hi'n amau fod yr oerfel y tu allan wedi treiddio trwyddi ac wedi rhewi ei chrombil, gan nad oedd gweld yr arch, na meddwl am y dwylo mawr a'r llygaid gleision ynghau y tu mewn iddi, wedi cael fawr o effaith arni.

Roedd yr ymbarelau du fel madarch yn y fynwent, a'r bobol oddi tanynt yn syllu'n llawn hiraeth wrth i'r ficer offrymu gweddi ar lan y bedd. Gollyngwyd yr arch ar raffau i mewn i'r pridd, gan wneud sŵn sbloetsh bach wrth gyrraedd y gwaelod. Criai rhai o ferched Ronald erbyn hyn, wrth daflu llond dyrnaid o bridd ar yr arch, ond allai Sybil ddim wylo, gan nad oedd y gwasanaeth, y weddi, y geiriau, y glaw, yr eglwys, yr arch, yn ddim byd i'w wneud â Ronald. Perthyn i'r haf, i gynhesrwydd ac i wên lydan roedd Ronald iddi hi.

Daeth y cyfan i ben. Roedd Sybil wedi gobeithio dianc yn sydyn, ond cymerodd Cadi ei lle wrth giât yr eglwys, gan ddiolch i bawb. Câi'r ymbarél lydan ei dal uwch ei phen fel coron gweddw. Safai ei phlant yn gwmwl gwarchodol o'i chwmpas. Doedd dim synnwyr mewn dilyn y traddodiad hwn, meddyliodd Sybil yn biwis, a hithau'n dal i fwrw glaw, ond ymunodd â'r ciw i gydymdeimlo 'run fath. Rhoddai Nanw wrth ei hymyl rhyw gynhesrwydd iddi.

Pan ddaw eu tro nhw i gydymdeimlo gyda Cadi, ystyriodd Sybil am ennyd beth fyddai ganddi i'w ddweud.

'Diolch i chi am ddod,' meddai Cadi'n syber, cyn symud ei llygaid i'r rhai nesaf yn y ciw.

Teimlai Sybil iddi gael ei phwnio. Y geiriau amhersonol oedd yr unig beth oedd yn ddyledus iddi.

Wrth ddianc o dan fwa giât yr eglwys i'r stryd wlyb, cododd y tristwch o'i bol i'w llwnc yn un cwmwl du, gan wneud i anadl Sybil gyflymu mewn panig. Sylwodd Nanw ddim bod ei mam yn dechrau crynu, ond arswydwyd Sybil. Bu'n rhaid iddyn nhw orfod galaru'n dawel, yn gudd, ac ni chafodd Nanw na'r efeilliaid sefyll y tu ôl i'r arch yn ddagreuol. Chafodd hi chwaith mo'r hyn y dymunai amdano, er iddi aros mor ffyddlon amdano.

'Welsoch chi'r bowlen eirin Mair?'

Tro Sara oedd hi i weithio yn y siop, a suddodd Sybil a Miriam yn gyfforddus i mewn i'w harferion bore Gwener. Sybil a'i dyrnau'n ddwfn mewn toes, a Miriam yn trefnu ffrwythau ar y pestri mewn llestr gwyn i wneud tarten.

'Ar sil y ffenest,' atebodd ei mam, gan blymio'i chledrau i mewn i'r toes, a'i dynnu'n ôl gyda blaenau ei bysedd. Gosododd Miriam yr eirin Mair gwyrddion yn y darten, fel wyau bach caled, a rhoddodd un yn ei cheg, cyn hanner cau ei llygaid wrth flasu'r surni.

Daeth cnoc ar y drws, yn gyflym a chaled, ac ochneidiodd Sybil o ganlyniad i amseru gwael eu hymwelydd.

'Mi a' i,' meddai Miriam, wrth weld dwylo'i mam yn dalpiau o does a'i ffedog yn gwmwl llychlyd gwyn o flawd. Wrth iddi ateb y drws, torrodd Sybil y lwmpyn toes yn dri darn, a'u taflu i mewn i duniau pobi, gan fwynhau'r sŵn trymaidd a greai'r weithred.

'Mam?' meddai Miriam o'r drws. 'Mae rhywun yma i'ch gweld chi.'

'Iawn.' Rhedodd ddŵr y tap, cyn rhwbio ei bysedd wrth ei gilydd o dan y ffrwd o ddŵr. Tynnodd ei ffedog a'i chrogi ar y bachyn ar gefn y drws, cyn ymuno â Miriam yn y parlwr.

Safai'r ddynes wrth y lle tân, yn syllu ar Sybil. Trawyd honno gan y tebygrwydd oedd mor amlwg rhwng yr ymwelydd a'r efeilliaid – yr un cyrls tywyll, yr un dwyster tlws ar eu hwynebau. Mae'n rhaid bod rhywun wedi sylwi ar y tebygrwydd, meddyliodd Sybil mewn panig llwyr, cyn cofio nad oedd hi ei hun wedi sylwi tan y funud honno.

'Mrs Williams,' meddai'r ddynes a rhoi gwên fach i Sybil, ond gwên drist oedd hi, gwên na chyrhaeddodd ei llygaid. Un o ferched Ronald a Cadi, yr un a briododd y ffermwr o Lanegryn. Cofiodd Sybil weld y dagrau'n gwrido'i llygaid yn yr angladd.

'Mi a' i drwodd,' meddai Miriam, gan ddiflannu i'r gegin.

Gwerthfawrogai Sybil gwrteisi ei merch, a theimlai'n llawn balchder wrth iddi dynnu'r drws ar ei hôl.

'Sut ydach chi erbyn hyn?' gofynnodd Sybil. Doedd ganddi ddim syniad beth roedd y ferch hon yn ei wneud yn ei chartref, bythefnos wedi angladd ei thad. Roedd ei phresenoldeb yn gwyrdroi ychydig ar hoff ystafell Sybil yn y tŷ. Ymddangosai'r lliwiau'n fwy llachar, y corneli'n finiocach.

'Yn burion. Diolch i chi am ofyn. Mae Mam yn dal i drio dod i arfer gyda bod ar ei phen ei hun. Mae 'na sôn y daw hi acw i fyw aton ni.'

Nodiodd Sybil. 'Dwedwch wrthi 'mod i'n meddwl amdani.'

Gwnaeth y ddynes gydnabod ei geiriau caredig.

''Steddwch, Meira! Gymrwch chi baned?'

'Tydw i ddim am aros.'

Crynodd Meira drosti fel petai'n deffro o freuddwyd, a brysiodd at y bwrdd bach yng nghornel yr ystafell. Roedd bag papur brown mawr arno, bag na wnaeth Sybil sylwi ei fod yno tan rŵan. Cododd y ddynes y pecyn, a'i roi ym mreichiau Sybil, fel petai'n faban. Roedd ei gynnwys yn drwm a chaled. Gwnaeth y ffaith fod hanner chwaer ei phlant yn gosod rhywbeth mor swmpus yn ei breichiau i Sybil grynu.

'Mi ddywedodd Nhad, cyn iddo farw, ei fod o am i chi gael hwn. Roedd o'n sôn yn aml am eich tad, Siôn, a dwi'n meddwl bod rhyw gysylltiad rhyngddo fo a hwn.'

'Diolch,' atebodd Sybil, a'i llais yn gryg o euogrwydd. Rhoddodd Meira wên fach iddi, cyn gadael yr ystafell.

Ar ôl iddi fynd, eisteddodd Sybil yn ei hoff gadair esmwyth, ac agorodd y bag papur. Ynddo, roedd Beibl, ei feingefn yn graciau crychog, a'i dudalennau'n bapur trêsho o denau. Tynnodd Sybil ei bysedd dros y clawr patrymog, a chofio i Ronald gario'r llyfr o dan ei gesail i fyny'r bryn tuag at Dyddyn Llus, gan afael yn dynn ynddo a'i ddefnyddio fel esgus i ddod i'w gweld hi. Cododd y llyfr i'w ffroenau, gan chwilio am sawr ei chwys chwerw-felys yn carlamu tuag ati dros y blynyddoedd, ond doedd dim o'i arogl ynddo bellach, heblaw am lwch a lleithder y Beibl.

Fe'i hagorodd yn ofalus, a bodio'r tudalennau noeth, melyn, gan feddwl am ddwylo mawrion ei chariad yn ei anwesu, cyn ei hanwesu hi. Roedd un dudalen wedi'i phlygu, a throdd Sybil ati, gan feddwl ei smwddio â'i llaw, ond nid camgymeriad mohono – roedd Ronald wedi tanlinellu un adnod ar y dudalen mewn inc glas dyfrllyd.

Ei gwefusau cochion, tew yn baglu dros y geiriau, y lliw haul yn cuddio'r gwrid ar ei gruddiau ifanc. Ei thad yn gwenu, ei mam wrth ei bodd, a Ronald wrth ei hymyl, ei ffurf mawr, tal, cadarn yn ddigon i wneud iddi hogi ei sgiliau actio a thwyllo'i rhieni.

Eisteddodd Sybil yn ei chadair esmwyth, gan deimlo pwysau'r Beibl ar ei gliniau esgyrnog. Roedd y dwylo a orffwysai ar y cloriau yn galed a chreithiog. Ers y tro diwethaf y gwelsai'r llyfr hwn roedd talp mawr o'i bywyd wedi'i fyw.

Yn sydyn, o unman, daeth y gwenwyn, mor gryf nes iddo deimlo fel presenoldeb rhywun arall yn yr ystafell; yn ddigon cryf i wasgu'r anadl o'i brest, a chodi blas drwg o'i pherfedd. Roedd hi'n hen. Diflannodd ei bywyd wrth iddi aros am rywun na ddaeth yn y diwedd, rhywun a wyddai ei bod hi'n unig, ac yn drwm ei chyfrifoldebau. Diflannodd yr atgasedd gyda chryndod, ac ni ddaeth byth yn ei ôl i galon Sybil. Yn ei le, roedd yr atgof am wên ac am ddwylo.

Am ryw reswm, na wyddai Sybil pam, trodd at y Beibl newydd oedd ganddi i weld y diweddariad o'r adnod oedd wedi'i cherfio yn ei chof am byth. Plethodd ei thafod o amgylch y sillafau'n dawel. *Fel aderyn yn crwydro o'i nyth, felly y mae dyn sy'n crwydro o'i gynefin.* Roedd yn well ganddi'r diweddariad – roedd o'n gwneud synnwyr iddi, yn ffitio'i hanes hi rywsut. Roedd hi wedi crwydro o'i chynefin, ac wedi teimlo gwres ei chartref yn ei thynnu hi 'nôl. Oedd, roedd Sybil fel aderyn, ond wyddai hi ddim yn iawn oedd hi wedi treulio'i bywyd yn dderyn gwyllt, neu'n sownd mewn cawell, yn chwilio'n ddyfal am ddihangfa.

PENNOD 22

MINA, 1989

Mae hi'n boeth yn Nhywyn, ond rhyw wres anghyfforddus, llawn statig. Yn dal i heidio'n wenyn pigog a blin yn y gwres, daw'r ymwelwyr i'r siopau bach ar y stryd yn eu festiau rhy dynn a'u shorts Bermuda yn sbloetsh o liwiau hyll, annaturiol. Mae'r awyr yn frown fel dŵr budr, heb unrhyw las i gynnig gobaith. Yn ffodus mae gen i ymbarél a chôt law yn y bag dros f'ysgwydd, gan y bydd storm yn sicr o ysgwyd y byd erbyn y bydd hi'n amser i mi ddod adref.

Dwi'n troi o'r stryd i lawr i Ffordd Cader Idris, gan nodi'r tawelwch sydyn a'r diffyg twristiaid. Mae coch brics y tai yn llachar yn erbyn y ffurfafen fygythiol, ac mae'r teimlad sydd wedi bod yn llechu yng ngwaelod fy mol ers dyddiau yn chwyddo. Alla i ddim cofio am unrhyw dro arall nad own i am groesi'r trothwy i mewn i dŷ Nain.

Trof fy ngoriad yn y drws, gan grynu yn y gwres heb allu clywed 'run smic. Dim sgwrsio, dim radio, dim hymian bodlon. Mae'r waliau fel petaen nhw'n anadlu'r tawelwch.

Taflaf fy mag i gornel y parlwr, gan gymryd cip i mewn i'r gegin. Neb. Mae'n rhaid bod pawb yn y llofftydd. Mae sŵn fy nhraed ar y pren wrth i mi fynd i chwilio am gwmni'n teimlo'n amharchus, fel petawn i'n amharu ar ddifrifoldeb yr achlysur. A dweud y gwir, mae galw'r peth yn achlysur yn ddigon amheus. Ond, dyna ni, tydw i ddim yn gyfarwydd ag arferion marwolaeth, diolch byth.

Mae'r tair chwaer yn llofft eu mam, a hithau, fel brenhines

yng nghanol y gwely, ei chroen mor wyn a llyfn â'r dillad gwely. Mae Mam, Sara a Miriam yn codi eu pennau pan ddof i mewn, ac yn edrych fel petaen nhw braidd yn siomedig i weld mai dim ond fi sydd yma, ac nid rhywun arall, a all eu hachub o'r ffasiwn sefyllfa. Disgwyl Carwyn, ac yntau'n ficer, neu Dduw ei hun, efallai? Mae cadair yno i mi'n barod, wrth ymyl Mam, a dwi'n setlo ynddi, ac yn dal llaw esgyrnog Nain.

'Pryd wnaeth hi fwyta?'

'Dim ers ddoe, a dim ond hanner taten a chydig o bys,' ateba Miriam yn flinedig.

'Ydi hi wedi deffro o gwbl?'

'Dim ond i siarad lol am funud, a mynd 'nôl i gysgu wedyn.'

Mae Mam yn edrych yn hŷn na hyd yn oed ei mam ei hun rŵan, â'i llygaid yn fach a'r gwyn yn felyn blinedig. Dwi'n trio meddwl am rywbeth priodol i'w ddweud, ond fedra i ddim meddwl am unrhyw beth, felly edrychaf o amgylch llofft Nain, gan feddwl, cyn wythnos dwytha, mor hir fu hi ers i mi fod yno. Llygadaf y bocs tlysau sgleiniog ar y bwrdd pincio gan gofio'r pleser roedd fy mysedd-hogan-fach yn eu cael o'u bodio. Mae pum rhosyn porffor mewn fas wydr wrth ei ymyl, eu petalau'n llyfn a'u pigau'n gyllyll milain yn erbyn y gwydr.

'Rhosod del,' meddwn i, gan feddwl am yr ardd gefn, yn llawn blodau a pherthi. 'O'r ardd daethon nhw?'

'Naci, Sara ddo'th â nhw.'

Dwi'n troi i weld Nain, a'i llygaid yn llydan, yn glir, ac yn fawr fel llygaid plentyn. 'Ydach chi'n iawn, Nain?'

Edrycha arna i a'i llais yn swnio'n wahanol, yn iau rhywsut. Mae Mam a'r efeilliaid yn pwyso mlaen at eu mam, yn ansicr o beth i'w wneud.

'Dau beth ges i mewn 'wyllys erioed, dau Feibl mawr du.'
Mae hi'n gwenu arna i, gwên na welais i cyn hynny. 'Fi, o
bawb, yn cael dau Feibl gan ddau bechadur.' Mae hi'n rhoi
chwerthiniad bach direidus, cyn i'w hwyneb sobri. 'Be fyddai
Mam yn 'i ddweud? Be yn y byd fyddai Mam yn 'i ddweud
am hyn i gyd?'

Ysaf am gael gwneud iddi wenu eto, i leddfu ei phryderon.
'Mi fyddai eich Mam chi'n iawn, siŵr.'

Mae Nain yn dal fy llygaid am ychydig eiliadau, a tydw
i ddim yn siŵr ydi hi'n hapus neu'n drist. Mae hi'n cau ei
llygaid wedyn, gan sibrwd, yn dawel fel anadl, 'Nos dawch.'

Cysga eto o fewn ychydig eiliadau. Dwi a Mam a'r efeilliaid
yn edrych ar ein gilydd, ac yn deall heb ddweud gair.

Mae'r bedair ohonon ni'n eistedd o gwmpas y gwely, yn
codi i wneud paneidiau bob hyn a hyn, yn gwylio'r awyr
y tu allan yn duo'n araf wrth i amser swper agosáu. Wrth
i Sara ddechrau sôn am ymlwybro i lawr y grisiau i wneud
brechdanau ham, daw cnoc ar y drws − cnoc sy'n ddigon
sionc i fod yn amharchus, rywsut. Neidiaf ar fy nhraed, yn
falch o'r cyfle i gael seibiant oddi wrth yr ystafell drymaidd.

Carwyn a Lisa sydd yno, yn brysio dros stepen y drws ac
i mewn i'r parlwr ac i'r gegin. Maen nhw fel corwynt, yn
brasgamu drwy'r tawelwch bregus. Mae Carwyn yn cario bag
plastig trwm yr olwg i'r gegin.

'Ma Dad a finna 'di g'neud caserol cig oen, efo mint o
'rardd Mrs Bailey, sy'n deud gobeithio bydd Nain yn well cyn
bo hir. Ma Dad wedi gneud tatws sdwnsh hefyd, efo llwyth o
fenyn. Ydi Nain Sybil wedi marw eto?'

Dwi'n hanner gorwedd ar y soffa, gan ymestyn fy mreichiau
at Lisa. Mae 'ngeneth fach saith oed yn fy nghofleidio'n dynn,
a rhof fy wyneb yn ei gwallt gan arogli ei phersawr ifanc, glân

– shampŵ a sebon a mintys ffres. Mae ei hymateb i agosrwydd marwolaeth ei hen nain wedi f'atgoffa mai geneth fach ydi hi o hyd – yn ymateb gyda diddordeb a chwestiynau, ond heb emosiwn. Dwi'n agor fy llygaid ac yn gweld Carwyn yn fy ngwylio o'r drws.

'Wyt ti'n iawn?'

Dwi'n nodio'n flinedig, yn gwybod nad ydw i'n edrych yn iawn o gwbl. Mae 'ngwallt i'n sych ac angen ei liwio, a 'nghroen i'n batshys coch heb y colur sy'n goleuo fy ngwedd fel arfer. Dwi'n difaru i mi fynnu mynd i'r ysgol heddiw, ar ôl cael cynnig diwrnod i ffwrdd. Go brin y gwna i gysgu heno.

'Tydw i'm yn siŵr ai dyma'r lle gora i Lisa,' meddwn i, gan godi ar fy nhraed. 'Mae Nain yn sâl iawn, a...'

'Ond dwi isho deud ta-ta wrthi,' meddai Lisa'n bendant. 'Tydi o'm yn deg bod pawb arall yn cael ei gweld hi cyn iddi farw, a tydw i ddim.'

'Y peth ydi, 'yn lodes i, mae 'na olwg wael arni hi, ac mae hi'n cysgu'r rhan fwyaf o'r amser.'

'Dim ots gen i. 'Mond isho rhoi sws ar ei boch hi, a deud ta-ta, ac mi a' i adre.'

'A phan ma hi'n deffro, mae hi'n siarad lol nad oes neb yn deall. Dwi'm isho i ti ypsetio, Lis.'

'Plis!'

Dwi'n sbio ar Carwyn. Mae o'n ochneidio. 'Penderfyna di, Mina, ond mi dwi'n gweld lot o blant bach sy'n colli eu neinia a'u teidia yn capal 'cw, ac mae o'n help, dwi'n meddwl, iddyn nhw gael dweud ffarwél.'

Mae Mam, Sara a Miriam yn syllu arnon ni wrth i'r tri ohonon ni gerdded i mewn, cyn gwenu ar Lisa.

'Mae swper i chi yn y gegin,' meddai Carwyn, gan wenu'n

garedig. 'Pam nad ewch chi rŵan, tra 'dan ni yma efo Sybil. Fydd hi ddim yn cael ei gadael ar ei phen ei hun wedyn.'

Mae'r tair chwaer yn diolch iddo, ac yn diflannu drwy'r drws i gael eu swper. Mae Lisa'n eistedd yng nghadair Mam, ac yn cydio yn llaw Nain Sybil.

'Dwi rioed 'di gweld ei gwallt hi mewn plethan o'r blaen. Del 'di o, 'te.'

'Roedd yn rhaid ei dynnu fo o'r bỳn 'na, ti'n gweld, neu mi fydda fo wedi bod yn anghyfforddus i orwedd arno fo.'

Mae Carwyn yn gwenu ar ei ferch, wrth iddi lygadu plethen sidanaidd ei Nain gyda pheth eiddigedd. Mae ganddi hi wallt cyrliog, anodd ei drin, fel ei thad, y ddau yn casáu'r cymylau du o amgylch eu pennau.

Ry'n ni ein tri'n eistedd o gwmpas gwely Nain Sybil, am hanner awr a mwy, yn sgwrsio efo'n gilydd ac, ambell waith, yn siarad gyda Nain ei hun, er ei bod hi'n cysgu'n drwm. Mae'r awyrgylch mor wahanol i'r awyrgylch pan oedd y chwiorydd yma, yn gynhesach rywsut, ac yn haws ei ddioddef.

Ymhen ychydig, daw'r tair chwaer yn eu holau, a Miriam yn cario Beibl o dan ei braich.

'Swper hyfryd, Carwyn, diolch i ti,' medd Mam, a'i llygaid yn llawn edmygedd.

Er nad ydi Mam yn ddynes Gristnogol, mae ganddi barch mawr at Carwyn am ei fod o'n ficer, ac mae'r peth yn ddigon i godi cywilydd arna i ar adegau. Mae diddordeb fy ngŵr mewn coginio yn gwneud iddi synnu bob tro mae hi'n ei weld o mewn ffedog, neu â maneg ffwrn dros ei law.

'Rydan ni am ei throi hi rŵan,' medd Carwyn wrth godi ar ei draed. 'Mae hi'n amser gwely i Lisa fach...'

'Cyn i chi fynd, Carwyn, fyddwch chi'n fodlon gwneud

cymwynas fach â ni?' gofynna Miriam yn daer. 'Doedd Mam ddim yn ddynes Gristnogol, fel y gwyddoch chi, ond mae'r tair ohonon ni'n meddwl y byddai'n beth braf i chi roi gweddi fach, os nad oes ots 'da chi.'

'Mi sbion ni yn yr hen Feibl yma rŵan am adnod fach, a sylwi ei bod hi wedi marcio'r adnod hon, yn fan hyn. Fasach chi'n meindio…?' Mae Miriam yn pasio'r Beibl i Carwyn, ac mae yntau'n taro golwg ar y dudalen o'i flaen.

'Priodol iawn,' medd gan wenu, ac yn eistedd ar y gwely yn ymyl Nain Sybil. Mae o'n cymryd ei llaw'n addfwyn, ac yn plygu ei ben rhyw fymryn. 'O Dduw, gofalwch am enaid da Sybil. Gŵr yn ymdaith o'i le ei hun, sydd debyg i aderyn yn cilio o'i nyth. Gadewch i Sybil orffwys yn nyth y nefoedd, gan wybod na fydd hi'n mynd yn angof yn ei chynefin. Rhowch i ni'r nerth i allu diolch am ei bywyd a'i chymwynas, ei hegni a'i chariad. Amen.'

Dwi'n edrych ar wynebau Mam, Miriam, a Sara, ac yn gweld, mewn eiliad, beth yw Duw.

Cyn ffarwelio, mae Carwyn yn dweud, heb ddal fy llygaid, ei fod o wedi bod wrth ymyl digon o wlâu angau i wybod pan fo'r diwedd yn agos, ac mae o'n argymell y dyliwn i aros dros nos.

Mae'r shifftiau nos yn dechrau: y pedair ohonon ni'n cytuno y gwnawn ni gymryd ein tro, awr yr un, a gaddo deffro'r nesaf ar y rhestr pan ddaw'r amser. Am dri o'r gloch, mae Sara'n fy neffro gan roi ei llaw ar fy mraich, a dwi'n sylweddoli ei bod hi'n pistyllio'r glaw.

'Tro Nanw fydd hi mewn awr,' mae hi'n sibrwd, wrth ddringo i mewn i'r gwely lle bûm i'n cysgu. Dwi'n dal yn gwisgo fy jîns a'm siwmper, felly'r cyfan sydd i'w wneud yw tynnu fy slipars am fy nhraed a symud tuag at ystafell Nain Sybil.

Mae hi'n union yn yr un safle ag roedd hi pan es i i 'ngwely rai oriau ynghynt. Mae'r glaw yn stido'r palmentydd gyda chysondeb sy'n swnio'n gerddorol, bron, ond tydi o ddim yn cyffwrdd yn y ffenest, wrth syrthio i lawr.

Estynnaf am nofel o 'mag wrth y gwely, a'i chlawr yn binc a sgleiniog – dyma'r unig fath o beth a 'nghadwith i'n effro heno. Yn rhyfedd iawn, tydw i ddim yn gysglyd, ac mae awr yn pasio mewn dim o dro, wrth i mi suddo i mewn i ramant afreal y nofel a'i chymeriadau nwydus. Pan mae'r cloc yn pwyntio at bedwar, mae'n ymddangos yn wirion i ddeffro Mam rŵan, a hithau mor flinedig. Na, mi garia i 'mlaen i ddarllen, a gadael i bawb arall gysgu.

Am chwarter wedi pump, dwi'n mynd i lawr i'r gegin i nôl paned, a phan ddof yn ôl i lofft Nain, caf sioc o'i gweld hi'n troi ei phen i wenu arna i. Gwenaf 'nôl, a gosod y baned ar y bwrdd bach.

'Ydach chi isho'r baned yma, Nain?' Tydi hi ddim yn ateb, dim ond yn dal i wenu, a dwi'n symud draw i agor y llenni. 'Ylwch, mae'r wawr ar dorri rŵan. Welwch chi Foel Gocyn a Chrawc y Barcud yn dechra dŵad i'r golwg, Nain? Ac ma hi 'di peidio bwrw, 'lwch… Ma pob dim yn mynd i edrych mor wyrdd ar ôl yr holl law 'na.' Dwi'n troi 'nôl ati hi, ond mae hi wedi cau ei llygaid drachefn, gan adael hoel gwên fach ar ei hwyneb.

'Dyna fo.' Mae hi'n ochneidio, ac yn lledaenu ei gwên unwaith eto, a'i llygaid yn dal ynghau. 'Wedi dod o'r diwedd.'

'Pwy, Nain?' gofynnaf, heb ddisgwyl ateb.

'Tad y merched, wedi dŵad i fy nôl i,' meddai, er mawr syndod i mi, ac yna'n sgwrsio mewn llais gwahanol, fel petai rywun arall yn yr ystafell. 'Dwi wedi aros amdanat ti, wsti.

Lle buest ti cyhyd?' Mae hi'n ochneidio eto, fel petai sgwrsio
â'r dyn yn ei breuddwyd yn rhyddhad mawr iddi, ac yn ei
thawelu. Dwi'n aros am anadl arall, ond mae'r tawelwch yn
parhau, tan i mi sylweddoli, o'r diwedd, bod Nain Sybil wedi
'ngadael i.

Y tu allan, mae'r wybren yn goleuo'n glir, a'r adar yn canu
marwnad i dawelwch y nos.

PENNOD 23

LEUSA: 1927

Glaw. Glaw. Glaw. Glaw. Roedd twll yn nho'r pantri. Gallai Leusa glywed y drip, drip, drip wrth i'r pwll bach dyfu'n fawr, yn duo llechi'r llawr. Gwyddai na fyddai ond munud yn nôl bwced o'r cwt tu allan a'i osod o dan y twll i ddal poer y dŵr a ledaenai dros y llawr. Ond arhosodd yn ei chadair, yn edrych drwy'r ffenest gan wrando ar y cloc yn tipian.

Roedd hi'n teimlo fel petai hi wedi bwrw bob dydd ers i Sybil adael.

Ar ddiwrnod fel hwn y bu farw Siôn, yn dawel ac yn fonheddig yn ei wely, ei fysedd o'n wyn fel sialc, ei wefusau'n sych grimp. Daeth y dynion i'w nôl o, er ei bod hi'n glawio, a'u bwtsias nhw'n llithro yn y mwd wrth gario'r arch i lawr y llwybr. Roedd hi'n ffordd mor afiach i farw, rywsut, heb ffŵs na rhamant na llygedyn o haul hyd yn oed, yn union fel pob dydd arall, heblaw bod Siôn wedi dal ati i gysgu. Parhaodd y byd yn union fel roedd o cyn hynny.

Gwyddai Leusa fod pawb yn y dre yn beio Sybil, yn ysgwyd eu pennau'n ddirmygus wrth gydymdeimlo'n biwis. 'Mi aeth o i lawr yn sydyn ar ôl iddi hi adael. Fuodd o byth 'run fath wedyn.' Yn taenu gwaed yn driog trwchus ar ddwylo ei merch, cyn bod y pridd wedi setlo ar fedd ei gŵr.

Nid Sybil oedd ar fai, meddyliodd Leusa wrth hel atgofion. Hi ei hun oedd yn gyfrifol am ymadawiad ei merch, gan ei llethu gyda gofal, heb adael lle i Sybil dyfu na datblygu. Roedd

Leusa wedi gwasgu'r flanced o gariad dros wyneb ei merch. Fedrai hithau, wedyn, wneud dim ond ffoi.

Wrth sefyll i roi mwy o goed ar y tân, dechreuodd pen Leusa droi fel chwyrligwgan, a chwyrlïodd ei chartref o'i chwmpas fel corwynt chwil. Eisteddodd drachefn, gan gau ei llygaid am ychydig, yn llyncu'r cyfog cynnes a gododd yn ôl o'i stumog. Gwyddai nad arhosai'r chwyd i lawr am hir – fyddai bwyd ddim yn aros mwy nag awr yn ei chorff y dyddiau hyn.

Gwyddai Leusa nad oedd ganddi fawr o amser ar ôl yn awr, a diolchai am hynny. Roedd hi'n ofni'r oriau cymysglyd rhwng byw a marw, yr amser ble roedd ei meddwl yn blodeuo a'i chorff yn gwywo. Byddai'n sgrechian ym mudandod y tyddyn, gan weld llygaid siomedig ei thad, hen waed ei rhieni yn staenio'i bysedd. Roedd ganddi gymaint i edifarhau amdano, cymaint o ysbrydion i'w hwynebu, gwyddai nad distaw fyddai ei diwrnodau olaf. Ac yna, byddai tawelwch yn ochneidio drwyddi, ac yn y tawelwch hwnnw byddai hi'n hapus.

PENNOD 24

MINA: 2005

Tawelwch. Mae'r ffenestri plastig yn lladd sŵn y stryd. Ond rhywsut, tydi o ddim fel adre heb siffrwd sgwrsio'r siopwyr yn pasio ar hyd palmentydd cul Stryd yr Ywen.

Mae popeth fel y dylai fod: y dresel yn dwt a di-lwch, y cloc uwchben y lle tân yn tipian yn dawel i gadw amser, y llestri wedi'u golchi a'u sychu ac yn eu priod lefydd yn y cypyrddau. Yr unig bethau estron sydd yma ydi'r cardiau cydymdeimlo sy'n gorchuddio'r silff fach o dan y ffenest, a'r arogl trwchus, trwm, o lilis. Mae 'na dri llond fâs ohonyn nhw, yn hyll fel cegau agored, llwglyd – mi fyddai Mam wedi'u casáu nhw. Ar yr arwydd cyntaf o wywo, mi wna i eu taflu nhw, ond am rŵan, maen nhw'n hawlio'r ystafell, yn atgoffa unrhyw un sy'n ymweld fod pethau'n wahanol yma, bellach.

Wythnos ers ei chladdu, pythefnos ers ei marwolaeth, ac mae hi'n bryd dechrau cau'r llyfr ar Mam, a gwaredu ei chartref o bob arwydd iddi fyw yma rioed. Mae Sara a Miriam wedi cynnig helpu, ond dwi'n gwybod y byddai'r ddwy yn hel meddyliau a synfyfyrio wrth wneud gwaith sy'n styrbio cymaint o atgofion, felly dwi ar fy mhen fy hun. Mae Carwyn yn dweud bod y math yma o beth yn medru bod o gymorth mawr i rai sy'n galaru. Mi atebais innau 'mod i am gael cydymdeimlad gŵr, nid cydymdeimlad ficer, ac mi gydiodd yn fy llaw a gadael i mi grio heb ddweud gair. Chwarae teg iddo.

Dringaf y grisiau i'w llofft, ac agor ei chwpwrdd dillad,

gan drio peidio ag edrych ar ei gwely wrth i mi basio. Mae ei phersawr fel ysbryd wedi'i ryddhau o'i chwpwrdd, yn henffasiwn ac yn gyfarwydd fel coflaid. Dwi'n mynnu addo i mi fy hun nad ydw i am grio. Ddim eto.

Mae popeth ar hangers, a'r dillad wedi'u trefnu fesul lliw: y du ar y chwith a'r gwyn ar y dde, ac ambell liw tawel yn crogi rhwng y ddau. Dwi'n codi popeth, heb dynnu dim o'u hangers, a'u plygu, cyn rhoi'r cyfan mewn bagiau bin. Mae'r sgidiau yn sgleiniog ac mewn parau taclus ar waelod y cwpwrdd, a dwi'n teimlo fel y Jiwdas mwyaf milain yn eu pentyrru'n flêr i fag arall. Ond mae gweld y cwpwrdd yn wag yn dod â rhyddhad. O leia dwi wedi dechrau.

Mae dau siwtces ar ben y cwpwrdd dillad, un yn llawn ffrogiau blodeuog del oedd yn perthyn i Mam cyn i mi gael fy ngeni. Dwi'n eu dosbarthu nhw i fagiau – un i'r siop elusen, ac un arall i Lisa, fydd wrth ei bodd yn cael bag pic-a-mics o bethau ffasiynol o anffasiynol.

Mae'r siwtces arall yn drymach, a'r sip yn stiff. Mae'n llawn papurau a lluniau, nodiadau a ffotograffau. Dwi'n codi'r llythyr sydd ar ben y cwbl – hen lythyr y sgwennais i ati o'r coleg. Codaf i nôl paned. Mae'n mynd i gymryd amser a dagrau i edrych a dosbarthu'r holl bethau yma.

Ar ôl dod yn ôl o'r gegin, paned boeth a hanner pecyn o fisgedi i gadw cwmni i mi, dwi'n codi'r siwtces ar y gwely, ac yn codi pentwr o amlenni, wedi'u clymu'n dwt gyda llinyn glas. Tydi'r ysgrifen arnyn nhw ddim yn gyfarwydd, ond mi wn i pwy sydd wedi'u hysgrifennu – mae ei gyfeiriad ar gefnau'r amlen. Dyma lythyrau Nhad.

Mae'r papur yn frau a'r ysgrifen yn frith o smotiau inc blêr a geiriau wedi'u croesi allan, llythyr bachgen ifanc. Mae'r llythyron cyntaf wedi'u cyfeirio at 'Nanw Williams, 3, Ffordd

Cader Idris, Towyn' ac mae 'na dri yn y cefn at 'Mrs Nanw Elis, 1, Stryd yr Ywen, Towyn'. Mi ddigwyddodd carwriaeth fy rhieni cyn Cymreigio enw'r dref, ac mae'n gwneud i mi feddwl am eu gorffennol fel lle cwbl wahanol, tref bell, na cha' i fynd iddi byth.

Druan o Nhad. 'Toes ganddo ddim syniad sut i ysgrifennu llythyr caru. Mae'r manylion yn ddiflas ac yn anniddorol. Mi fedra i ddychmygu fy mam, yn eneth ifanc, yn cael ei siomi wrth chwilio am eiriau cariadus, rhamantus.

Mae fy army boots yn rhy fach i mi ac yn rhwbio cefn fy sawdl felly mae gen i swigen gas yn y fan honno. Fy mriw cyntaf o'r rhyfel! Dwi wedi rhedeg allan o daffi caled, ond peidiwch â phoeni, Nanw, mae Mam wedi gaddo danfon peth i mi.

Dwi'n darllen pob gair, ac yn sylwi bod fy nhad wedi gwella ar ôl ychydig o ymdrechion. Efallai fod ambell soldiwr mwy profiadol wedi rhoi help llaw iddo, neu fod diflastod, ofn, neu hiraeth wedi rhoi min ar ei dalentau.

Dwi'n edrych ymlaen at gael dod yn ôl ar leave i gael eich gweld chi. Mae gan lawer o'r bechgyn yma lodesau yn aros amdanyn nhw adref, ac mae ambell un yn cario llun. Efallai y medrwch chi anfon un i mi gyda'r llythyr nesaf.

Y llythyr nesaf yw'r un cyntaf i gael ei gyfeirio at Stryd yr Ywen, yr un cyntaf rhwng y ddau fel gŵr a gwraig. Mae e'n fyrrach na'r gweddill, ac yn dweud mwy am fy mam nag ydi o am Nhad.

Dwi wedi dangos photograph o'r briodas i'r hogiau, ac mae pob un yn dweud mor smart ydach chi. Prin y medra i gredu eich bod chi'n meddwl eich bod chi'n edrych yn dew ar y dydd. Roeddech chi mor slim ag erioed.

Y llythyr olaf yn y pentwr yw'r unig un sy'n dod â dagrau i'm llygaid. Hwn oedd yr un olaf i Nhad ysgrifennu cyn iddo farw, ac mae'r creadur fel petai'n gwybod yn union beth oedd i ddod.

Mae llawer o'r hogiau y bûm i in training gyda nhw wedi'u lladd erbyn hyn. Does 'na fawr o hwyl ar unrhyw un. Mae pawb yn dweud bod y Germans yn llawer clyfrach nag oedden ni'n meddwl.

Gobeithio eich bod yn cadw'n iawn, a bod y cramp wedi mynd erbyn hyn. Mae'n biti na fydda i yno i weld y babi pan fydd o'n fach. Cofiwch y bydda i'n meddwl amdanoch chi, dim ots ble y bydda i.

Dwi'n sychu'r ychydig ddagrau o'm llygaid, ac yn dwrdio fy hun am or-ramantu. Ond mae 'nghalon i'n tynhau eto wrth weld llun priodas Mam a Dad, wedi'i dynnu o flaen Eglwys Sant Cadfan. Mae Mam yn edrych yn fwy trwchus nag arfer (dwi wedi hen weithio allan bod dyddiadau fy ngeni a dyddiad eu priodas yn ddigon i godi aeliau, er nad ydw i wedi ystyried canlyniadau'r peth yn iawn o'r blaen.) Does dim rhyfedd nad oedd hwn yn cael ei arddangos ar ddresel Mam. Tydi o ddim yn llun da o 'run o'r ddau. Mae Mam yn edrych fel petai'n gorfodi'r wên (wedi blino ar ôl diwrnod hir?) ac mae Dad yn edrych ar y camera fel petai o ddim yn sicr beth yn union sy'n digwydd o'i gwmpas.

Casgliad o luniau mewn amlen frown sydd yn y nesa: rhai ohona i'n blentyn, rhai o Nain Sybil ac Anti Miriam ac Anti Sara, yr efeilliaid, yn ifanc ac yn chwerthin; llun o Mam yn eistedd ar borfa, yn gwenu'n ddel ar bwy bynnag oedd yn tynnu'r llun. Mae 'na un o briodas Mam a Gordon, sy'n waeth, hyd yn oed, na llun priodas Mam a Nhad – Mam yn cau ei llygaid a Gordon yn edrych fel petai rywun wedi rhoi gwn wrth ei ben a'i orfodi i wenu.

Amlen blastig, yn cynnwys genedigaethau, marwolaethau a phriodasau – tystysgrifau taclus, yn gofnodion llwyd, diddim, o fywydau lliwgar.

Mae'r bag papur brown sydd ar waelod y siwtces yn gyfarwydd i mi. Mae o wedi dod o un o ddroriau Nain Sybil, a wagiwyd yn dorcalonnus ar ôl ei marwolaeth. Dwi'n agor ei blygiadau brau, ac yn tywallt eu du mewn ar gynfasau gwely blodeuog fy mam.

Tri llun yn unig sydd yma, a does 'run o'r bobol yn y lluniau yn gyfarwydd i mi. Dwi'n syllu drwy niwloedd y camerâu, ac yn edrych am debygrwydd i mi fy hun yn yr wynebau llonydd.

Mae'r llun cyntaf yn dangos dynes fawr, ifanc, yn sefyll â'i breichiau wedi plethu'n dynn o dan ei bronnau swmpus. Mae hi'n sefyll ar lan y môr a'i thraed noeth yn plymio'i bodiau i'r tywod, un wylan yn smotyn tywyll uwch ei phen.

Mae hi'n edrych yn hapus.

Mae'r ail lun yn dangos y ddynes o'r llun cyntaf, yn hŷn rŵan. Eistedda ar gadair bren, yn syllu i mewn i'r camera heb wên, heb emosiwn. Mae'r gŵr sy'n sefyll wrth ei hymyl yn edrych yn garedig, rywsut, er nad oes gwên ar ei wyneb yntau chwaith. Mae ei lygaid yn sgleinio trwy'r blynyddoedd, a dwi'n gwenu arno.

Y trydydd llun sy'n achosi mwyaf o benbleth i mi, ac wrth edrych yn ofalus ar y ddynes ifanc yn sefyll mewn ffrâm ddrws, dwi'n amau 'mod i wedi gwneud camgymeriad, ac nad dieithriaid yn unig oedd yn y lluniau. Mae'r ddynes ifanc, yn ddychrynllyd o ifanc, yn gyfarwydd hefyd, ei hwyneb main, tlws, a'i bysedd hirion. Nain Sybil! Dwi'n cyffroi ac yn craffu ar yr eneth fach sy'n dal ei llaw, ac yn sbio ar y camera'n bwdlyd. Na, mae hi'n rhy ifanc i fod yn Mam, ond mae'n rhaid mai hi sydd yno, hefyd. Mae bol Nain Sybil yn gwegian o dan ei ffedog flêr, yn drwm gyda'r efeilliaid sy'n tyfu oddi mewn iddi. Mae'r ffordd mae hi'n pwyso yn erbyn y drws, yn gwenu'n ddi-boen, yn gwneud i mi feddwl yn siŵr mai dyma oedd ei chartref adeg tynnu'r llun. Mi fedra i weld mai tŷ teras bychan ydi o, nid y tyddyn bychan roedd Nain wedi'i ddisgrifio, ac mae 'na rywbeth yn siâp y ffenestri, pren y drws yn dal edau fy meddwl ac yn codi atgof… Dwi'n nabod y tŷ yma o rywle. O ddyddiau coleg, yn baglu yn ôl i'r neuaddau ar ddiwedd noson drwy'r strydoedd cul. Heol y Groes! Ond, mi ddywedodd Nain…

'Mina?' Mae llais Carwyn yn dod o waelod y grisiau i dorri ar fy nghanolbwyntio, a dwi'n ateb 'mod i yno. Mae o'n dal i wisgo'i goler wrth ddringo'r grisiau'n gyflym ac yn agor drws llofft Mam gyda gwên fach.

'Priodas dda?'

'Fel pob un wan jac arall.' Eistedda ar y gwely wrth fy ymyl, ei wallt o'n frith erbyn hyn, ond yn drwchus a meddal. Yn ei ddillad gwaith edrycha fel person gwahanol, a heblaw 'mod i'n nabod pob llecyn o'i gorff, pob cornel o'i feddwl, mi fyddwn i'n ei farnu o heb feddwl – gŵr yn drwm dan bwysau Cristnogaeth, yn gul ac yn llwyd. Ond dwi'n adnabod hwn yn well nag ydw i'n adnabod i fy hunan, ac yn gwybod am ei hoffter o gyfrolau Taoaidd; ei stash cudd o recordiau pync tanllyd o dan y grisiau; y mwynhad a gaiff wrth wylio ffilmiau gwaedlyd Tarantino. Mae 'ngŵr, erbyn hyn, yn blethau cywrain o liwiau bywiog, ac mae'r llwyd ar ei ben fel arian yn adlewyrchu'r byd.

'Edrych trwy hen lunia wyt ti?' Mae o'n plicio'r llun o 'mysedd ac yn edrych arno'n fanwl, ei lygaid yn crychu'n fach heb help ei sbectol. 'Sybil sy yn fa'ma?'

Nodiaf. 'Fedra i ddim dallt y peth, Car, dwi'n siŵr mai yng Nghaerfyrddin mae'r tŷ yna…'

'Falle 'i bod hi'n ymweld â ffrind yno.'

'Ond sbia ar y ffor' mae hi'n sefyll. Mae o'n hollol amlwg mai ei chartref hi ydi o!'

'Mae hi'n edrych yn gartrefol iawn, siŵr i ti, ond falle mai tŷ ffrind agos ydi o, rhywle lle bydda hi'n treulio llawer o'i hamser...'

'Ond mi fydda hi wedi sôn, pan o'n i'n dechrau yn y coleg yno...'

'Mina.' Mae Carwyn yn rhoi'r llun wyneb i waered ar y gwely. 'Falle nad Caerfyrddin ydi'r lle o gwbl... gan fod 'na lawer o dai bychan tebyg i hwnna o'r cyfnod yna. Rŵan ty'd. Dwi am brynu cinio i ti.'

Mae'r llygaid, sy'n grychlyd yn y corneli, yn dwyn fy sylw oddi ar y llun, a dwi'n gadael i Carwyn fy nhynnu ar fy nhraed. Gadawn y tŷ yn llonydd, ac yn dawel, ond mae rhywbeth yn fy nghalon yn cau wrth i mi gau drws y ffrynt. Ydi o 'run fath i bawb, tybed? Oes rhywbeth bach yn datod gan lacio deunydd ein heneidiau pan fo ein mamau ni'n marw?

Wrth i ni gamu o'r drws i'r stryd, rhaid dweud 'sorri' gan i mi bron â cherdded i mewn i hen ŵr mewn cadair olwyn, ac mae'r dyn ifanc sy'n gwthio'r hen ŵr bychan yn gwenu, ac yn murmur 'no worries' yn ôl. Daw'r pâr â chwlwm i 'mrest: y ddeuoliaeth anodd, y bartneriaeth afiach. Y mab yn gwarchod y tad.

'Ty'd.' Tynna Carwyn ar fy llawes, a dwi'n hapus i gael fy nhynnu o 'myfyrdod tywyll, tuag at rywle cynnes, cyfarwydd.

PENNOD 25

WIL: 2005

Ddyliwn i ddim fod wedi dod yn ôl, meddyliodd Wil. Ddyliwn i ddim fod wedi dod. Mae popeth yn wahanol, pawb wedi mynd.

'*What would you like for lunch, Pa?*' gofynnodd Sam, gan roi'r gorau i'r gwthio a chymryd hoe fach.

Eisteddodd ar un o'r meinciau pren y tu allan i swyddfa'r heddlu, gan rwbio'r chwys oddi ar ei dalcen. Rŵan, gan fod Wil yn ei ôl yn ei hen gartref, swniai acen ei fab yn estron, ei lais yn uchel, er mai Wil ei hun oedd wedi meithrin ei dafod o gwmpas y geiriau, wedi hogi ei ddealltwriaeth o'r llafariaid hirion.

'*I don't mind. I'm not all that hungry.*'

Roedd ei lais ei hun, hyd yn oed, yn codi gwrid ar Wil, fel petai'n blentyn bach yn trio defnyddio acen newydd, fel plicio'i gôt ar ôl cyrraedd adre. Dyma oedd ei acen rŵan, wrth gwrs, ar ôl hanner canrif heb ddefnyddio'r Gymraeg a boddi ei hun yn Saesneg Canada. Ond roedd yn dal i deimlo fel twyllwr plentynnaidd, celwyddgi nad oedd yn gartrefol yn unrhyw le.

'*You should eat something,*' meddai Sam, a theimlodd Wil eiliad o anesmwythyd wrth weld bod ei fab mor gyfarwydd â dweud wrtho beth i'w wneud. Cofiodd yr holl adegau iddo'i ddwrdio o amgylch y bwrdd bwyd, ac yntau'n fachgen bach ('*No-one is leaving the table until all the plates are clean. Understood?*') gan wybod bod ei fab wedi haeddu'r hawl i

193

ddweud y drefn wrth ei dad.

Cododd Sam ar ei draed, gan wisgo'i gap yn ôl am ei ben. Gwthiodd gadair olwyn ei dad yn araf ar hyd y stryd, i gyfeiriad yr orsaf drenau. Roedd y strydoedd yn glir, a hithau'n fis Hydref, ond curai calon Wil yn gyflymach bob tro y pasiai unrhyw un, a hwnnw neu honno wedi cyrraedd oed cael pensiwn. Edrychon nhw ddim arno, wrth gwrs. Pwy fyddai'n cymharu'r hen ŵr musgrell hwn â'r bachgen ifanc cyhyrog a fu farw yn y rhyfel, amser maith yn ôl? Er bod lliwiau'r atgofion, hyd yn oed, wedi pylu, roedd Wil yn sbio, ac yn cofio. Yr hen ŵr yn pwyso ar ddwy ffon, ei siwt frown o'n drwsiadus a'i sgidiau'n sgleinio. Ai John Llan oedd hwnna? Neu ai Wil oedd yn gweld tebygrwydd yn y llygaid am mai dyna roedd o eisiau ei weld?

Wrth i'r tad a'r mab gyrraedd y gornel, sylwodd Wil ar hen wraig yn agosáu, ei phen wedi plygu wrth iddi gerdded yn araf, basged yn ei llaw. Roedd hi'n fychan, a'i gwallt yn wyn. Crynai perfedd Wil wrth ei gweld. Roedd o mor siŵr, mor sicr mai Nanw oedd yno. Ond cafodd sioc a siom wrth i'r ddynes godi ei phen a phasio. Nid Nanw. Nid Nanw.

'*There doesn't seem to be much up this way... Should we turn around?*'

Roedd awydd Sam i blesio'i dad wedi'i wneud yn nerfus, yn enwedig ac yntau heb gwmni ei fam, a fu farw flwyddyn ynghynt. Gobeithiai y deuai'r trip hwn â rhyw agosatrwydd newydd rhyngddo ef a'i dad, ac y byddai'n ildio rhai o'i gyfrinachau iddo. Roedd Wil ei hun yn sâl eisiau dweud y gwir wrth Sam, y gwir a fu'n pwyso mor drwm arno, ond gwyddai mai hunanoldeb fyddai'n ei wthio i wneud y ffasiwn beth.

'*That's where I caught the train.*' Rhannodd belydryn bach

o'i orffennol gyda'i fab, darn bach y gwyddai y byddai Sam yn ei drysori. *'There were ten? No, fifteen of us. We were so happy, we thought we were off for a holiday of a lifetime.'*

Wrth i Sam graffu ar yr orsaf blaen, ddi-lun, llwyddodd i weld rhywbeth hardd ynddi. Bu'n holi a holi am enwau, dyddiadau, cyfeiriadau, a'i dad wedi ateb, dro ar ôl tro, ei fod yn awyddus i anghofio'r gorffennol, gan nad oedd dim byd wedi cyfri tan iddo gwrdd â Minnie, ei fam. Dylai fod wedi gwehyddu celwydd diflas, diramant i leddfu chwilfrydedd ei fab, meddyliodd Wil. Gadawodd Sam i'w ddychymyg liwio'r rhannau gwag, gan greu plentyndod llawn erchyllterau, llawn annhegwch i'w dad tawedog.

'What was it like, Pa?'

'It was like the beginning of the summer holidays,' atebodd Wil yn onest, gan gofio gwres y platfform, blas yr halen ar ei wefusau, arogl y trên. *'It was like freedom.'*

Roedd y rhan fwyaf o'r mamau yn crio, eu cegau cam wedi'u cuddio o dan hancesi gwyn, eu tristwch yn dawel. Safai eu meibion wrth eu hymyl, yn ansicr beth i'w wneud – chwerthin, neu gysuro, neu ymuno yn yr wylo. Anadlodd y trên ger y platfform, ei gorff du yn sgleinio fel chwilen o dan yr haul.

Doedd Ruth ddim fel y gweddill. Safai wrth ymyl Wil, yn udo crio'n hyll, ei thrwyn yn rhedeg a'i llygaid cochion yn gorlifo'n ddiurddas dros ei dillad. Gwisgai ffrog ddi-siâp, yn wyrdd tywyll taclus, a het am ei phen.

'Mi fydda i'n iawn, Mam,' meddai Wil o dan ei wynt, yn ymwybodol o'r wynebau oedd wedi troi i'w cyfeiriad. 'Peidiwch rŵan, da chi.'

'Tyrd ti'n ôl,' atebodd ei fam, gan fethu dal ei gwynt yn

iawn yn ei dagrau. 'Cofia ddod yn ôl.'

'Dim ond i gamp treinio dwi'n mynd,' ymbiliai ei mab, ei wyneb yn wrid pinc.

Daeth achubiaeth i Wil yn y floedd uchel o *'all aboard!'* a rhoddodd sws fechan ar foch ei fam cyn dringo ar y trên. Arhosodd gweddill yr hogiau wrth y drysau, neu frysio at y ffenestri i godi dwylo ar eu mamau, eu cariadon, eu gwragedd. Fe eisteddodd Wil wrth y ffenest yn wynebu'r platfform gwag yr ochr draw, gan drio peidio â dychmygu wyneb ei fam yn chwilio'r ffenestri'n ddyfal am ei mab. Roedd yn berwi o gywilydd.

'Isn't there anybody you want to look up?'

Taenodd Sam ei fys ar waelod y petryal polisteirin gan godi'r cymysgedd halen a finag i'w wefusau. Oerodd sglodion Wil ar waelod eu bocs, a thaflodd Sam y cyfan i fîn cyfagos.

'Anybody I knew here have either died or moved away.'

Eisteddodd y ddau ar fainc o dan do ar y promenâd, yn wynebu'r môr a'r awyr llwyd fel y slabiau trymion dan draed, a'r tywod, hyd yn oed, yn siomedig o ddi-liw. Roedd yr adeiladau tal hardd a fu'n addurn mor urddasol i'r traeth yn awr dan gysgod bocsys o bensaernïaeth hyll y saithdegau, yn sment caled, didostur. Roedd fflachiadau coch o'r *amusements* a welodd ddyddiau gwell fel petaen nhw'n tynnu eu tafodau arno, dro ar ôl tro, a'r cae chwarae, heb ymwelwyr, yn groth wag, anhapus.

Dwn i ddim pam ddois i nôl, meddyliodd Wil yn llawn anobaith. Dwn i ddim beth ro'n i'n gobeithio dod o hyd iddo.

'Pa, do you want to go and have a look in the graveyard?'

Er bod y cwestiwn yn un ansensitif, gallai Wil weld yn llygaid ei fab nad oedd hwnnw wedi gofyn y cwestiwn ar chwarae bach. Dylai Wil fod wedi meddwl am y peth, ac yntau wedi cael bywyd cyfan i feddwl amdano. Teimlai o dan bwysau i roi ateb, i wneud penderfyniad. Wna i gadw'r llyfr yn agored, heb gael gwybod pwy sydd ar ôl, os oes 'na unrhyw un, meddyliodd Wil. Ydw i am wybod, cyn i mi fynd adref i Ganada, cyn i minnau farw?

'*All right.*' Nodiodd yn dawel, gan amau nad oedd enwau ar gerrig beddi yn mynd i wneud fawr o wahaniaeth iddo p'run bynnag, ac eto, gwyddai ei fod ar fin trywanu ei hun wrth ddarganfod beth fu hanes ei deulu, ei ffrindiau, ei gymdogion.

Mynnodd gerdded o gwmpas beddi'r eglwys, er nad oedd ganddo fawr o gryfder yn ei goesau esgyrnog mwyach. Rhywsut, roedd hercian o garreg i garreg yn teimlo'n fwy parchus na chael ei wthio o amgylch y fynwent. Doedd dim rhaid iddo chwilio'n hir am enw cyfarwydd. Syllodd ar y garreg am amser hir, yn nodi'r blodau ffres arni, yn sylwi ar gornel braf y fynwent lle gorffwysai'r ddau ynddi.

'*Did you know them?*'

Chwilio am wybodaeth roedd Sam, heb orfodaeth, ond teimlai Wil wenwyn tuag ato ef ei hun yn chwyddo'n atgas y tu mewn iddo wrth i'w fab orfod gofyn ffasiwn gwestiwn. Teimlai y dylai gyflwyno'i fab i fedd ei nain a'i daid, a dweud wrtho eu bod nhw wedi bod yn bobol annwyl a mwyn.

'*What does it say?*'

Gwnaeth Wil ei orau i gadw'i lais yn wastad wrth iddo gyfieithu'r ysgrif, gan lyncu'r wybodaeth ar yr un pryd.

Er Cof Annwyl Am
Edwin William Elis, Ty'n Dderwen
1892–1940
A'i Annwyl Briod
Ruth Jane Elis
1894–1956

Hedd, Perffaith Hedd

Roedd cerfiad prydferth o ddwy law ynghyd mewn gweddi ar ben y llechen, ond, fel arall, dim. Bu farw tad Wil yn syth ar ôl iddo glywed ei fod wedi colli ei unig fab, yn bedwar deg wyth. A'i fam, annwyl, chwithig, blaen. Buodd hithau farw'n chwe deg dau. Roedd yn rhaid i Wil ganolbwyntio'n galed er mwyn parhau i anadlu'n ddwfn. Tybed, ar eu gwlâu angau, a wnaethon nhw ildio rhywfaint o'u bywydau, cytuno'n dawel i farw yn gynnar, er mwyn iddyn nhw gael bod efo'u mab?

Pedwar deg wyth. Yr un oed â Sam rŵan.

'*Do you want to sit down? You look tired.*'

'*These graves are all very old...*'

'*Yeah, I think there's another cemetery on the way outta town. Come on, Pa, let's go.*'

Cyffyrddodd Wil yn dyner ym medd ei rieni cyn gadael, ei fysedd musgrell yn ceisio rhoi gwasgiad bach i'r llechen, a honno'n oer o dan ei law.

Ar dir ei dad roedd y fynwent newydd, ac roedd hynny'n gwneud perffaith synnwyr i Wil, rywsut. Roedd hi'n rhewllyd, er mai dim ond mis Hydref oedd hi, a bu'n rhaid i Sam a'i dad lapio'u cotiau trwm o amgylch eu cyrff cyn dechrau i fyny'r llwybr drwy'r beddi. Roedd Wil wedi dychwelyd i'w gadair olwyn, wedi ildio i hen greithiau'r rhyfel oedd yn cripian ei gymalau.

'*Go slower!*' gwaeddodd ar ei fab hoffus, gan ddifaru'n syth. '*I just want to read the names.*'

Dawnsiodd yr enwau cyfarwydd fel ysbrydion o'i flaen, wrth iddo ddarllen rhes ar ôl rhes o gerrig: hen gyfeillion ysgol, cyn-gariadon, hen gymeriadau. Dyma faes chwarae ei Dywyn o, yn dawel ac mewn undod yn yr awel. Yn farw ac yn llonydd yn yr oerfel. Deuai'r holl wynebau yn ôl iddo, mewn ennyd, a chydiodd yr atgofion yn dynn yn ei enaid, gan ei dynnu 'nôl: John Edwards, Mabel Wentworth, Idris Evans, William Pryce, Miriam Williams.

'*Stop for a minute.*'

Miriam Elizabeth Williams, yn yr ail res o feddi, darlun o gennin Pedr yn coroni'r garreg. O dan ei henw, Sara Greta Williams, ei hefaill, a fu farw lai na blwyddyn ar ei hôl. Y ddwy fel un, fel arfer.

Roedd y bedd nesaf atyn nhw'n perthyn i Sybil Mary Williams, Ffordd Cader Idris. Roedd hi'n amlwg iddyn nhw brynu plot teuluol yma. Am eiliad, gwelodd Wil wagle yn ymyl bedd Sybil, a dechreuodd ei ddwylo grynu wrth ddychmygu Nanw, yr unig un ar ôl, yn gynnes yn y tŷ ar Stryd yr Ywen, yn aros.

Ond na.

Roedd y pridd yn dal yn uchel, y blodau drud yn dal i orffwys ar y bedd. Roedd y groes fach bren, a nodai fan ei gorwedd dros dro, yn harddach, rywsut, nag unrhyw garreg yno. A'i henw, yn fychan, mewn arian:

Nanw

Marwolaeth ddiweddar, marwolaeth ei wraig gyntaf a'i gariad gydol oes. Cododd Wil ei lygaid llaith at y gwynt, gan weld cornel bella'r fynwent, a chofio iddo benlinio yno yng nghanol yr haf, ymhell cyn i'r cae droi'n fan gorffwys i'r meirw, a chymryd ei llaw wen yn ei law yntau a gofyn iddi fod yn wraig iddo. Dim ond llechi oedd yno erbyn hyn, yn sefyll yn stond yn y gwynt, yn nodi'r union fan lle bu'r ddau mor hapus unwaith.

Syllodd ar y pridd a bwysai ar ei chorff, gan ddychmygu Nanw ifanc, ugain oed yn llonydd yn ei harch, a gwywodd rhan o galon Wil, a marw.

'I think we should head back to the hotel,' meddai Sam wrth dynnu ei wregys diogelwch dros ei frest. *'You look tired.'*

'I'm fine. I'd like to have one more look at the town. If you park at the picture house, and...'

'Dad, we can come back tomorrow...'

'I don't want to come back again. I want to get it over and done with.'

Gyrrodd Sam yr hanner milltir rhwng y fynwent a'r dref mewn tawelwch, a llosgodd Wil ag euogrwydd am iddo fod mor biwis wrth ei fab oedd mor awyddus i'w blesio. Yn euog hefyd am iddo gelu'r gwir. Doedd Sam ddim wedi dweud gair, chwarae teg iddo, er iddo weld ei dad o dan deimlad, yn dal i obeithio y byddai'n rhannu'r gwir gydag o rywdro. Doedd cyfenw ei nain a'i daid, hyd yn oed, ddim yn gyfarwydd iddo, gan i Wil ddwyn syrnâm Nanw ar ôl iddo faglu i mewn i ddinas Edmondton, ei ddillad yn garpiau mwdlyd, yn ansicr be yn union roedd o'n wneud.

Roedd o wedi meddwl yn ôl ganwaith i'r noson honno, wedi trio ailgreu'r rhyddhad rhyfedd a ferwodd yn ei berfedd wrth weld trychineb yn blaguro o'i flaen yn nyfnder y nos.

Roedd y camp treinio ar gyrion Edmondton yn ddwsin a mwy o gytiau brics coch unllawr, ac awyrennau bychain wedi'u parcio'n llinell daclus y tu ôl iddynt. Llyfai'r lôn lanio i un ochr tua'r gorwel, ac amgylchynwyd y cwbl gan gaeau gwyrdd a choedwigoedd trwchus o goed pinwydd. Sythai Wil yn yr awyr rhewllyd, a hiraethai am gysur y mynyddoedd a anwesai dref Tywyn. Tyfai panig yng nghrombil meddwl Wil wrth i'r wythnosau fynd heibio, a'r hanesion o faes y gad yn ffrydio'n ôl fel hunllefau i gnoi tyllau yn ei gwsg. Gorweddai yn ei wely yn gwrando ar synau chwyrnu yn dod o fyncs yr hogiau eraill, a throellodd ei feddwl yn llanast o fomiau, gwaed a sgrechian. Roedd ganddo ofn, er mor anodd oedd cyfaddef hynny iddo ef ei hun. Fe wnâi unrhyw beth i droi ei gefn ar y rhyfel.

Ceisiodd gysuro ei hun wrth feddwl am adref, am gacennau cri ei fam, am sŵn y lleisiau ar y stryd ar ddiwrnod marchnad, am wên annwyl Nanw. Ar ôl ychydig wythnosau, chwerwyd hyd yn oed yr atgofion hynny. Roedd Nanw wedi syrthio mewn cariad gydag arwr dewr, nid gyda'r llwfrgi ofnus hwn. Fyddai o'n ddim ond siom iddi.

Ochneidiodd Wil a chodi o'i wely, gan wisgo ei sgidiau. Tynnodd ei gôt amdano a chamu'n dawel drwy'r drws. Gwyddai mai dim ond un peth a fyddai'n diosg yr ellyllon o'i ben – cerdded yn yr oerfel, a'r smôc yn creu rhuban llwydlas o fwg o'i amgylch.

Cerddodd yn gyflym, â'i gefn at yr adeiladau hirion lle cysgai ei gyfeillion. Teimlai ei ysgyfaint yn dechrau ei boenydio wrth iddo gerdded mor bell, mor gyflym, ar noson mor oer. Dychmygai ei fod yn cerdded nid mewn gwlad estron, ond dros gaeau ei dad, a bod popeth oedd yn annwyl iddo o fewn y filltir sgwâr. Gwyddai mor hawdd y gallai ymgolli yn ei ddychymyg, a thybiai mai dyma oedd yr unig beth a'i cadwai yn ei iawn bwyll. Cerddodd am hanner awr, gan freuddwydio am adref.

Daeth y ffrwydriad cyntaf fel daeargryn, a throdd Wil, gan ysgwyd y lluniau o'i wraig o'i ben wrth weld un o'r awyrennau bach oedd ger y dorms yn wenfflam. Ymhen eiliadau, ffrwydrodd yr un nesaf ati, a'r un nesaf at honno, gan greu mwclis o dân ar y gorwel.

Y Jyrmans, meddyliodd Wil. *Maen nhw'n bomio'r camp.* Trodd ar ei sawdl, a rhedeg.

Wrth nesáu at y goedwig, a'i frest yn brifo ar ôl rhedeg, trodd yn ei ôl. Ymhen rhai munudau, roedd y tân wedi lledaenu ei fflam a'i dafodau wedi lledu ar hyd yr adeiladau. Sylweddolodd nad bom oedd yn gyfrifol – chlywodd o 'run awyren uwchben, ac yntau wedi bod yn effro ers oriau. P'run bynnag, doedd y Jyrmans ddim wedi cyrraedd Canada.

Trodd Wil unwaith eto, a rhedeg i grombil y goedwig.

Ni adawodd iddo'i hun feddwl wrth iddo wibio drwy'r coed, yn baglu dros wreiddiau a chael ei grafu gan y canghennau isaf. Roedd hi'n wawr erbyn iddo gyrraedd ochr draw'r goedwig, ac yn y golau egwan, gallai weld y tai yn closio i ffurfio strydoedd, pob un yn ymestyn i ganol dinas Edmondton.

Paid â meddwl am y peth, rhybuddiodd Wil yn dawel. *Dim rŵan; dim eto.*

Pasiodd y dydd fel breuddwyd. Torrodd glo sied un o erddi'r tai, a dwyn pâr o ofyrols glas. Tynnodd y dillad newydd amdano, cyn llosgi ei iwnifform flêr yng nghornel cae chwarae. Ar fin y ddinas, stopiodd mewn garej fawr a gofyn am waith, ac ar ôl dyfeisio stori iddo'i hun, cafodd waith fel mecanic, a chael ystafell mewn tŷ anferth amhersonol yn y ddinas. Synnodd o weld y diffyg cwestiynau a gafodd: mi fyddai trigolion Tywyn wedi holi unrhyw ddieithryn yn dwll, ond, mewn dinas, doedd gan neb fawr o ddiddordeb.

O fewn pedair awr ar hugain o biciad allan am smôc, roedd Wil yn berson gwahanol.

Methodd gysgu'r noson honno, gan deimlo edifeirwch yn gwenwyno'i gorff, ei waed, a'i feddwl. Wylodd fel babi yn ei stafell wrth feddwl am y noson flaenorol. Pam na redodd o'n ôl i drio achub ei ffrindiau? Be os achubwyd pawb, a phob un yn gwybod erbyn hyn ei fod o wedi rhedeg i ffwrdd fel llwfrgi?

Wylodd am Nanw, a'r babi bach a wingai yn ei bol. Wyddai o ddim yn iawn tan rŵan ei fod o'n ei charu'n angerddol. Un eiliad o wendid ac ofn, ac roedd o wedi rhedeg i ffwrdd oddi wrth ei deulu, ei wraig, ei blentyn bach diymadferth. Fedrai o ddim mynd yn ôl rŵan. Roedd o wedi gadael Nanw, ac mi fyddai'n hiraethu amdani am weddill ei fywyd.

Yr wythnos ganlynol, cafodd gip ar bapur newydd lleol a sgrechiai'r pennawd, '47 Dead in Air Force Camp Tragedy'. Prynodd y papur a phori drosto mewn caffi bach hanner gwag ar ôl gorffen ei waith am y dydd.

Nam ar un o'r awyrennau oedd yn gyfrifol, ac fe wibiodd y tân o amgylch y camp gan ddinistrio popeth o'i flaen. Ystyriodd Wil sut roedd ffawd wedi achub ei fywyd, ac wedi cynnig bywyd newydd, swydd a chartref mor hawdd iddo.

Trodd at restr enwau'r meirw, a llyncu ei boer yn ôl wrth weld ei enw ei hun ymysg yr inc du. Roedd o wedi llwyddo; roedd o wedi dianc.

Ysgydwodd Wil ei ben wrth geisio dileu'r atgofion oedd bellach mor rhyfedd iddo ac yntau 'nôl yn Nhywyn.

Gwthiodd Sam ei dad i lawr Stryd yr Ywen yn ei gadair olwyn, a hwnnw'n synnu wrth weld nad oedd fawr o newid yno – y siop ar y gornel wedi cau, ffenestri plastig wedi cymryd lle'r rhai tenau a oedd yno hanner canrif yn ôl. Roedd Rhif Un yn dal i sefyll yn urddasol ar waelod y stryd, a chymerodd Wil gip i mewn drwy'r ffenest wrth basio. Gorchuddiai llenni ysgafn o les patrymog y gegin, ac ochneidiodd Wil.

Yn sydyn, camodd dynes ganol oed a ficer a choler yn dynn am ei wddf drwy ddrws Rhif Un. Yn wir, bu bron i'r ddynes daro yn erbyn y gadair olwyn. 'Sorri,' meddai hithau, cyn symud i ffwrdd. Mae'n rhaid mai dyna'r bobol oedd wedi prynu'r tŷ ar ôl i Nanw farw, meddyliodd Wil. Chysidrodd o ddim y byddai unrhyw gysylltiad rhyngddo fo a'r dieithriaid – er nad oedd hynny'n rhesymegol, byddai ei blentyn o a Nanw yn dal i fod yn blentyn yn ei dyb cymysglyd ac afreal o.

Roedd hi'n hawdd creu bywyd newydd i fachgen tawel, cydwybodol fel Wil. Creodd stori iddo ddod i Ganada ar ôl colli ei rieni mewn tân, ac iddo fethu'r profion i ymuno â'r fyddin am fod ganddo galon wan. Roedd y stori wedi'i llunio mor ofalus nes iddo ddileu o'i gof y gwirionedd oedd yn aros amdano. Bu ugain mlynedd cyntaf ei fywyd newydd fel hen freuddwyd afreal. Wrth ddianc rhag y rhyfel dileodd flynyddoedd ei fagwraeth yn Nhywyn a dileu pob atgof am ei rieni a'i deulu bach newydd.

'*Where do you want to go now, Pa?*' gofynnodd Sam, gan loetran ar gornel Stryd yr Ywen – cartref y teulu y dihangodd rhagddo mor bell yn ôl.

'*Home,*' atebodd Wil yn dawel, gan dynnu ei het dros ei glustiau i foddi synau'r gwylanod yn sgrechian yn wawdlyd uwch eu pennau.

PENNOD 26

MINA: 2009

Cysgodion yn symud. Sŵn crio a sibrwd, ac arogl blodau. Dwi'n marw, yn araf; yn syrthio fel deilen o goeden i rywle clyd, cynnes. Mae'r brifo, hyd yn oed, wedi dod i ben.

Ac eto, clywaf bob dim, teimlaf bob symudiad – fy synhwyrau wedi'u hogi'n finiog gan lonyddwch a gwendid fy nghorff. Dwi'n cysgu'n dawel, ond yn teimlo'n fwyfwy effro wrth i'm hanadlu arafu... Mae'n enedigaeth ysgytwol, yn farwolaeth sy'n bywiogi.

Aderyn ddaeth â fi yma.

Roeddwn i wedi cerdded o'r dref ar hyd y lôn, wedi galw i osod blodau ar fedd Mam. Roedd hi'n braf ond yn oer, a'r cennin Pedr ar ochr y ffordd yn dechrau dangos eu petalau heulog. Wrth i mi droi tuag adref, gwelais y barcud yn crymanu drwy'r nen. Cawr o aderyn, y plu ar ei fol yn wyn fel cwmwl a'i adenydd yn frith mawreddog bob ochr iddo. Welais i rioed farcud mor fawr cyn hynny. Dilynais o â'm llygaid wrth iddo lunio cylchoedd mawr drwy'r awyr. Wrth iddo basio dros fy mhen, baglais tuag yn ôl ac i lwybr lorri ludw. Y peth olaf a welais oedd y barcud uwch fy mhen, yn hedfan tua'r nefoedd.

Mae'r dyddiau'n gwaedu i'w gilydd a minnau'n trio sgwrsio â'm teulu, sy'n llwyd wrth droed y gwely, eu llygaid yn chwyddo o ganlyniad i'r diffyg cwsg a'u lleisiau'n sibrydion parchus. Dwi am ddweud 'mod i'n iawn, 'mod i'n teimlo'r llonyddwch fel heddwch yn cripian tuag at fy enaid, ond tydi 'nghorff i ddim yn ymateb i'r gorchymyn.

'Mae'n iawn, 'wchi,' sibrydai Lisa yng nghanol y nos, gan gydio yn fy llaw oer, ei phen yn drwm braf ar fy stumog. 'Gewch chi ollwng gafael rŵan. Does dim rhaid i chi frwydro dim mwy.'

Agor yn sydyn wna fy llygaid, ond na, dyna nhw wedi cau er bod y lliwiau'n fwy llachar nag arfer, a phersawr y blodau'n gwywo'n drwm yn yr awyr.

Sylwaf fod ambell gysgod yn yr ystafell yn gwingo, a dwi'n sylweddoli eu bod nhw'n fud, yn dywyllach na chysgodion eraill. Maen nhw'n symud yn gwmwl tuag ata i, ac yn plygu dros fy ngwely.

Mae'r niwl yn cilio o flaen eu hwynebau, a dwi'n gwenu.

Mae bysedd hirion Mam yn ymestyn am fy llaw, a'r merched y tu ôl iddi'n gwenu, ambell un yn gyfarwydd i mi gan i mi eu gweld mewn hen luniau. Yng ngolau gwan y ward, mae ei bysedd yn edrych fel canghennau fy nghoeden deulu, a'r cysgodion y tu ôl iddi fel adar bach tywyll yn gorffwys arni'n dawel.

Am restr gyflawn o lyfrau'r Lolfa, mynnwch
gopi o'n catalog newydd, rhad
neu hwyliwch i mewn i'n gwefan

www.ylolfa.com

Ile gallwch archebu llyfrau ar lein.

TALYBONT CEREDIGION CYMRU SY24 5HE
ebost ylolfa@ylolfa.com
gwefan www.ylolfa.com
ffôn 01970 832 304
ffacs 832 782